Hilde Thiele

Nicole Wilde

Vom Wolf getroffen

und andere WILDE Geschichten von Hunden und Wölfen

Kynos Verlag

Titel der amerikanischen Originalausgabe:
Hit by a Flying Wolf
True Tales of Rescue, Rehabilitation and Real Life with Dogs and Wolves

Konrad-Zuse-Straße 3 • D-54552 Nerdlen/Daun
Telefon: +49 (0) 6592 957389-0
Telefax: +49 (0) 6592 957389-20
www.kynos-verlag.de

Übersetzt aus dem Englischen von Gisela Rau
Umschlagsgestaltung:
Kynos Verlag Dr. Fleig GmbH unter Verwendung eines Fotos von Nicole Wilde
Fotos: Nicole Wilde
Gedruckt in Lettland

ISBN 978-3-95464-023-2

Inhaltsverzeichnis

Für alle Hunde und Wölfe, die ich gekannt und geliebt habe.

Danksagung

Dies ist das persönlichste Buch, das ich bis jetzt geschrieben habe und ich möchte gern denjenigen Menschen danken, die mich durch all die seltsamen und wunderbaren Erfahrungen, die ich darin beschreibe, begleitet haben.

Danke an meine Mutter Lisa Terry dafür, dass Du ein großartiges Vorbild bist. Nicht nur als starke, lebensfrohe Frau, sondern auch darin, wie Du liebevoll und mitfühlend mit Hunden lebst und sie trainierst. Ganz zweifellos hast Du mir die Liebe zu Hunden vererbt.

Valerie Pollard, Du bist eine tolle Freundin und wirst mir immer besonders nah bleiben. Ich weiß all Deine Unterstützung in der ersten schwierigen Zeit mit Bodhi sehr zu schätzen.

Tia Torres, wir haben eine Menge zusammen durchgemacht. Niemand sonst kann den Herzschmerz (und Muskelschmerz!) und auch die Freude, die wir in unserer ersten Zeit der Wolfsrettung hatten, je verstehen.

Margaret (Margo) Rudoy, danke dafür, dass Du so gut zu Mojo warst und so lieb, als er die Therapie durchmachte. Das hat uns viel bedeutet.

Sheryl Mistretta, ich danke Dir für Deine Unterstützung im Tierheim, als wir Sierra adoptiert haben. Ich bin froh, dass wir Facebook-Freunde sind und Du weiterhin auf meinen Fotos sehen kannst, wie glücklich sie ist und wie sie geliebt wird.

Adrienne Hovey, danke für Dein Können als Lektorin und dafür, dass das Arbeiten mit Dir so viel Spaß macht. Ein guter Sinn für Humor ist absolute Voraussetzung dafür, meine Arbeiten zu redigieren, und Du hast Dich definitiv qualifiziert. Ein Gruß an die Komma-Queen!

Michelle Silmon, Du bist eine Seelenschwester und einer meiner liebsten Menschen. Du hast mich nicht nur mit meinen Wölfen unterstützt, sondern Du und Bruce habt so vielen geholfen. Du wirst immer ein helles Licht in der Welt und in meinem Herzen sein.

C.C., danke dafür, dass Du all die verrücktesten Wolfs- und Hundejahre hindurch immer so liebevoll und geduldig warst. Du bist nicht nur ein toller Ehemann, sondern ein unglaublich cooles, aufregendes und hilfsbereitetes menschliches Wesen. Ich habe ein Riesenglück, dass ich das letzte Vierteljahrhundert mit Dir teilen durfte. Du bist immer noch der wichtigste Mensch der Welt für mich.

Einleitung

Phantom war einer der größten Wölfe, die ich je gesehen habe. Er wog über sechzig Kilo und die riesige Transportbox brachte weitere 20 Kilo auf die Waage. Es muss der Adrenalinstoß gewesen sein, der mich und C.C. in die Lage versetzte, die Box aus dem umzäunten Grundstück hinaus auf die Straße hinaus zu schleppen, während wir aus dem Augenwinkel heraus beobachteten, wie sich das Feuer immer schneller einen Weg durch das trockene Gebüsch fraß. Es kam schon am Fuß des Hügels auf uns zu, und oben am Hügel loderte eine weitere Flammenwand auf das Haus zu. Es gab nichts, das wir tun konnten. C.C. rannte die Auffahrt hinauf und holte sein Auto. Ich machte den Kofferraum meines Jeep Cherokee auf, und als er zurückkam, luden wir die Box hinein. Oder besser gesagt – wir versuchten, sie einzuladen. Ich hatte die Box vor etlichen Monaten von Tia ausgeliehen und irgendwie angenommen, dass sie genau wie die anderen ins Auto passen würde. Ich verfluchte mich selbst dafür, dass ich so dumm gewesen war. Wieso hatte ich es nicht vorher ausprobiert? Phantom würde auf keinen Fall in eine kleinere Box passen, und uns lief die Zeit davon.

„Nicole," sagte C.C. in einem ernsten Tonfall, den ich noch nie von ihm gehört hatte, „wir müssen los." Er ging schnell vom Jeep weg los in Richtung seines Autos.

Die Box stand mitten auf dem staubigen Weg, und das Feuer kam näher. „Ich kann Phantom nicht einfach hierlassen!" schrie ich. Es musste doch einen Weg geben, ihn mitzunehmen ...

Aber warten Sie. Ich greife zu weit vor. Lassen Sie mich erklären, wie ich dazu kam, einen Wolf aus einem Waldbrand zu retten und wie überhaupt mein Leben und Arbeiten mit Hunden und Wölfen begonnen hatte.

Wenn mich Erwachsene als Kind fragten, was ich einmal werden wollte, wenn ich groß bin, fehlte mir immer die passende Antwort. Andere kleine Mädchen sagten „Lehrerin", „Krankenschwester" oder sogar „Ehefrau und Mutter". Mir erschien nichts davon verlockend. Was mich interessierte – und mit „interessierte" meine ich, ich war verrückt danach – waren Hunde.

Die einzige seriöse Berufslaufbahn, die ich kannte und die mit Tieren zu tun hatte, war Tierarzt. Leider warfen mich aber mein mangelndes Interesse an den dazu nötigen Naturwissenschaften in Kombination mit meiner Abneigung des im Curriculum vitae verlangten Aufschneidens toter Tiere aus dem Rennen. Die Schuld für letzteres lade ich ganz klar auf die hängenden Schultern meines damaligen Mit-Laboranten an der High School, der mit verklärtem Blick und irrem Grinsen die Eier aus unserem gemeinsamen Frosch geschnitten hatte. Es trug auch nicht gerade zu meiner guten Laune bei, dass das Froschherz noch weiterschlug, nachdem wir es entfernt hatten. Nachdem Tiermedizin also vom Tisch war, hatte ich keine Ahnung, welche Art von Zukunft vielleicht etwas mit Hunden zu tun haben könnte. Ich sehnte ich mich aber sehr danach. Und obwohl die Erfüllung meiner Träume noch eine ganze Zeitlang auf sich warten ließ, waren Hunde während meiner prägenden Jahre immer gegenwärtig und bildeten den warmen, pelzigen Soundtrack meines Lebens.

Unser erster Hund startete mit dem echten schottischen Namen „McTavish" ins Leben. Aus Gründen, die mir und meinem Bruder Bobby verschlossen blieben, entschieden unsere Eltern, dass er umgetauft werden musste. Und so wurden wir Kinder ganz demokratisch daran beteiligt, neue Spitznamen vorzuschlagen. War das spannend! Meine Ideen einer Siebenjährigen gingen in Richtung etwas Dunklem wie „Midnight" oder „Onyx". Ich erinnere mich nicht mehr an Bobbys Vorschläge, aber er war damals vier und ich meine mich zu entsinnen, dass einer seiner Namen etwas mit einer Käsesorte zu tun hatte. Kurzum waren seine Namensvorschläge jedenfalls nicht das, was man gerne in einem belebten Stadtpark ruft. Letzten Endes entschied sich Vater für einen seiner eigenen Vorschläge: Happy. Ich hasste den Namen, aber bei Happy blieb es.

Happy war, wie man es von einem Scottie-Welpen erwartet, wild und leicht bissig. Er jagte Bobby und mich durch unsere kleine Brooklyner Wohnung und ließ Zahnabdrücke auf unseren Fersen und Knöcheln zurück, wenn wir nicht schnell genug waren. Schnell entwickelte ich die Strategie, in mein Schlafzimmer zu rennen, aufs Bett zu springen und mich außerhalb der Reichweite von Happys schnappenden Kiefern gegen die Wand zu drücken. Im Rückblick wirkt es seltsam, dass meine Mutter nie einen Hundetrainer zur Hilfe genommen hat. Natürlich waren das damals aber auch noch andere Zeiten und Hundetrainer waren noch nicht so im öffentlichen Bewusstsein wie heute. Außerdem, von dem Schnappen einmal abgesehen, hatte Mama immer ein Händchen für Hunde. Ohne je ein einziges Buch über Hundeerziehung gelesen zu haben, hatte sie es geschafft, Happy gutes Benehmen und eine ganze Reihe Tricks mitsamt Pfotegeben und Rolle beizubringen. Sie war ein Naturtalent. Fasziniert sah ich zu, was sie machte und saugte meine erste Lektion in Sachen Hundetraining in mich auf.

Außerdem war meine Mutter sehr sportlich. In ihrem Heimatland Norwegen war sie Seiltänzerin, die in ganz Europa an Orten wie dem Moulin Rouge in Paris auftrat, und hier in den Staaten war sie eine hervorragende Tennisspielerin und eine erprobte Bowlerin. Sie spielte Bowling in einer Liga und war richtig, richtig gut. Unsere Wohnung war von einem Einrichtungsstil geprägt, den man am besten mit dem Leitmotiv „Silber- und Goldtrophäe" umreißen kann. Die von Wand zu Wand reichenden Bücherregale waren mit Statuetten stolzer, geflügelter Frauenfiguren und Plaketten mit Aufschriften wie „1. Platz - Liga" oder „Punktrekord in der Einzelwertung" vollgestopft. Kleinere, nippesähnliche Trophäen waren über jeden Kaffeetisch, Beistelltisch und sonstige verfügbare Oberflächen verteilt. Irgendwann begann Mom, Trophäen abzulehnen, weil sie keinen Platz mehr hatte, um sie hinzustellen.

Eines Tages, als Bobby fünf war und ich acht, nahm unsere Mutter uns zur Bowlingbahn mit. Der zwanzigminütige Fußmarsch von unserer Wohnung aus führte durch eine sichere, typische Mittelklasse-Gegend – sicher, mit Ausnahme eines desolaten Wegstücks, das unter auf Pfeilern verlegten Gleisen herführte. Mitten in diesem Niemandsland gab es einen Schrottplatz, der mit Autos in verschiedenen Stadien der Demontage vollgestellt war. So oft, wie wir schon an dieser Blechwüste vorbeigegangen waren, hatte ich noch nie einen Menschen dort gesehen. Sehr bewusst war mir allerdings der große, schwarzlohfarbene Schäferhund, der rastlos am Maschendrahtzaun entlang patrouillierte und strenge Warnungen an jeden bellte, der es wagte, irgendwo in der Nähe seines Königreichs entlangzugehen. Unsere kollektive Gangart beschleunigte sich jedes Mal, wenn wir vorbeikamen.

Als wir diesmal den Pfad erreichten, der am Schrottplatz entlangführte, sah ich den Hund nicht auf seiner üblichen Route Wache laufen. Wo war er? Sekunden später wurde die Antwort erschreckend klar: Er war ausgebrochen. Da stand es, das Ungeheuer, das in unseren kindlichen Köpfen legendären Monsterstatus erreicht hatte, keine fünfzehn Meter von uns entfernt und durch keinen Zaun von uns getrennt. Er stand mit gesenktem Kopf still und starrte uns an – und dann rannte er geradewegs auf uns los! Mit aufgestellten Nackenhaaren und wütend bellend flog er auf uns zu. Mama schob Bobby und mich entschieden hinter ihren Rücken und machte einen Schritt nach vorn. Sie schaute den Hund geradewegs an und riss ihre Handfläche zum international verständlichen „Halt!"-Signal nach oben. Der verwunderte Hund hielt mitten im Schritt inne. Dann kommandierte sie mit strenger, autoritärer Stimme: „Sitz!" Das Hinterteil des Hundes senkte sich umgehend zu Boden. Mit uns im Schlepp ging Mom ruhig weiter, während unsere Herzen wie rasend schlugen. Ich schaute zurück. Der immer noch sitzende Hund hatte einen überaus fragenden Gesichtsausdruck, während er uns beim Weggehen zusah. Was meine Mutter an diesem Tag getan hatte, hinterließ bei mir bleibenden Eindruck. Wer weiß, vielleicht habe ich das Hundetraining im Blut.

Als ich zwölf war und eines Tages vom Spielen heimkam, stellte ich fest, dass Happy weg war. Meine Eltern hatten ihn weggegeben, weil die Hausverwaltung neuerdings keine Haustiere mehr erlaubte. Wir hatten keine Gelegenheit gehabt, uns zu verabschieden – vermutlich hatten unsere Eltern gedacht, sie könnten uns damit Kummer ersparen. Trotzdem waren Bobby und ich untröstlich. Aber wie Kinder so sind, beschäftigen wir uns mit anderen Dingen und das Leben ging weiter. Als ich mit dreizehn an die Highschool ging (ja, mit dreizehn, aber das ist eine andere Geschichte) bekamen wir einen anderen Hund. Skippy – Sie wissen, dass ich auch diesen Namen nicht ausgesucht habe! – war ein kleiner Schipperke-Labbiemix. Wir hatten dem örtlichen Tierschutzverein einen Besuch abgestattet, wo meine Eltern ihn entdeckt hatten. Die gerade einmal fünf Monate alte, schwarze, langhaarige Hündin stand selbstbewusst in einer Ecke eines überfüllten Zwingers. Sie war von einer Gruppe von Hunden umringt, die sie anbellten und nach ihr schnappten, und sie gab ihnen gleiches zurück. Meinen Eltern imponierte ihr Mut.

Trotz ihrer frühen Mobbing-Erfahrungen wuchs Skippy zu einem wunderbaren, angenehmen Hund heran, der Menschen und andere Hunde liebte. Gern legte ich mich nachmittags nach der Schule zu ihr auf den Boden, streichelte ihr langes, seidiges schwarzes Fell und erzählte ihr von meinem Tag. Es machte mir Spaß, ihr Tricks und Gehorsamsübungen beizubringen. Skippy lernte schnell und war eine begeisterte Schülerin. Sie kam immer aufgeregt anstolziert und konnte es kaum erwarten, sich auf Kommando um sich selbst zu drehen, Pfote zu geben oder die Rolle zu machen. Ich war unheimlich stolz auf meine tolle Schülerin.

Skippy war für Bobby und mich durch unsere ganze Jugendzeit eine ständige Begleiterin. Irgendwann zog Bobby nach Long Island und ich ging aufs Brooklyn College. Weil ich an einem verkürzten Highschool-Programm teilgenommen hatte, begann ich das College gleich nach meinem sechzehnten Geburtstag. Meine gewählten Hauptfächer waren Englisch und Psychologie, aber eigentlich befasste ich mich in der Hauptsache mit Motorradfahren und Verabredungen mit langhaarigen Typen in schwarzen Lederjacken. Sie können sich die Freude meiner Eltern vorstellen. Nachdem ich mit neunzehn meinen Abschluss hatte, lernte ich Bassgitarre spielen und begann in Rockbands zu spielen, wieder zur endlosen Begeisterung meiner Eltern. Da ich ja nun aber auch meinen Lebensunterhalt verdienen musste, folgte eine Reihe von Bürojobs. Egal, ob ich dabei die Stunden in einem dunkelgrauen Büroklotz oder einem schicken, modernen Büro verbrachte – mein Ziel war immer, meine Arbeit zu erledigen, die Füße stillzuhalten und mich unauffällig einzufügen, bis ich eine Möglichkeit finden würde, einen Job zu finden, in dem ich mit Hunden arbeiten würde.

Egal, wo ich damals arbeitete, trainierte ich nebenher immer Hunde, die Freunden und Nachbarn gehörten. Irgendwann brachte ich es zu ein paar zahlenden Kunden, aber es reichte nicht, um davon zu leben. So biss ich mich weiter in der Geschäftswelt durch, trug die geforderte Kleidung (für mich sind Feinstrumpfhosen heute noch Teufelszeug), machte brav Oh und Ah zu Babyfotos und diskutierte über Fernsehsendungen, die mir vollkommen sinnlos vorkamen, für meine Arbeitskollegen anscheinend aber furchtbar wichtig waren. Dass an meinem Arbeitsplatz Hunde- anstatt Babyfotos hingen, fanden die meisten schräg. Allerdings bin ich sicher, dass ich ihnen sowieso merkwürdig vorgekommen sein muss, mit meinen Rock-and-Roll-Haaren und meiner unaufgeregten Grundeinstellung. Die Tage kamen mir endlos vor. Ich hing in Stepford fest. Jahre später hatte ich das Glück, einen Job in der Musikindustrie zu ergattern, wo eine entspanntere Arbeitsatmosphäre herrschte.

Alles in allem war mein Leben nicht schlecht. Ich hatte das Glück einer mietpreisgebundenen Wohnung, einen Job bei einer hippen Plattenfirma in Manhattan, einen Freund, der auch ein netter Kerl war und ein paar enge Freunde. Aber ich hatte auch das andauernde, nagende Gefühl, dass ich eigentlich woanders sein sollte. Und ich wusste auch genau, wo: In Kalifornien. Klar hasste ich die frostigen Winter in Brooklyn und die laute, überfüllte U-Bahn, aber das alleine war es nicht. Es nagte konstant und sehr real an meiner Psyche, dass ich endlich in ein Flugzeug steigen und mich an die Westküste aufmachen sollte. Es war wie Heimweh nach einem Ort, an dem ich noch nie gewesen war.

Ich hatte keine Ahnung, was Kalifornien mir bieten würde. Mein Leben nahm ein paar erstaunliche Wendungen und Kurven und führte mich letztendlich an Orte, die ich mir nie hätte vorstellen können. Über die Jahre hinweg jobbte ich ehrenamtlich in städtischen Tierheimen und privaten Tierschutzvereinen und arbeitete als freiwillige Managerin eines Tierheims in Los Angeles. Irgendwann wurde ich Hundetrainerin, Hundeverhaltensspezialistin und Autorin und reiste um die Welt, um Vorträge zu Hundeverhalten zu halten. Ich hatte das Privileg, mein Leben mit einem tollen Mann, ein paar tollen Hunden und sogar Wölfen zu teilen. Aber ich greife schon wieder vor.

Was Sie auf den folgenden Seiten lesen, sind Geschichten über das Leben und Arbeiten mit Hunden und Wölfen, vom meinem Blickwinkel als Tierschützerin, Trainerin und Hundebesitzerin aus geschrieben. Manche Erfahrungen sind witzig, andere rührend und wieder andere durchaus merkwürdig. Aber alle sind absolut wahr. Damit es sich leichter liest, habe ich die Wölfe- und die Hundegeschichten auseinander gehalten, obwohl beide Spezies gleichzeitig hier bei uns lebten.

Ich hoffe, dass meine Darbietungen Sie unterhalten, Ihnen gute Laune bereiten oder vielleicht sogar dazu führen, dass Sie Ihr eigenes Leben mit Hunden anders betrachten. Meine Jahre mit den Hunden und Wölfen waren lustig, fröhlich, herausfordernd und schmerzlich. Sie gehören zu den besten Zeiten meines Lebens. Oder, wie es die Rockband Grateful Dead sagt: „What a long, strange trip it's been."

Teil 1

Die Hunde

Kalifornien und Soko

Ich war achtundzwanzig, als ich endlich in Kalifornien ankam. Ich kannte keine Menschenseele, aber eine Kollegin aus der Musikbranche hatte mir angeboten, eine Frau zu besuchen, die sie dort kannte. Diese Frau besaß einen zweistöckigen Bungalow in Los Angeles. Nachdem ich einen Nachmittag bei ihr verplaudert hatte, endete es damit, dass ich die obere Etage mietete. Sie war klein, hatte aber eine vom Boden bis zur Decke reichende Fensterfront mit Aussicht über die Hügel von Hollywood. Nachts waren die Sterne heller als die Lichter in den benachbarten Häusern. Tagsüber war der gemeinsam genutzte Garten ein üppig grüner Zufluchtsort, an dem ich entspannen konnte. Für mich Stadtmädchen war es das reinste Paradies.

Mit mir war eine Freundin mitgekommen, die während der ersten paar Wochen bei mir bleiben wollte. Weil es nur ein Schlafzimmer gab, schlief sie in einem Alkoven über dem Wohnzimmer. Eines Nachts sah ich nach dem Zubettgehen noch einmal aus der offenen Schlafzimmertür und sah meine Freundin mit dem Rücken zu mir an den Fenstern stehen. Sie trug ein langes, weißes Nachthemd. Im Dämmerlicht konnte ich gerade so ihren Hinterkopf erkennen. Sie verlagerte langsam ihr Gewicht von einem Fuß auf den anderen, während sie wehmütig über die Hügel blickte.

„Cheryl?" fragte ich vorsichtig. „Alles in Ordnung?" Ich dachte, dass sie wahrscheinlich ihren zuhause zurückgebliebenen Freund vermisste.

„Mir geht's gut, warum?" Die verschlafene Stimme kam aus dem Alkoven – *nicht* von der Gestalt, die ich immer noch klar am Fenster stehen sah.

„Wart mal eine Sekunde", sagte ich ruhig und stieg aus dem Bett. Ich ging auf die Gestalt zu und behielt sie dabei fest im Auge. Aber als ich nur noch ein paar Meter entfernt war, verschwand sie. Sie tat mit leid, wer auch immer sie war – oder gewesen war. Ein trauriger Mensch ist nun einmal ein trauriger Mensch, egal ob er zufällig atmet oder nicht.

Der Geist machte mir keine Sorgen, meine Vermieterin unter mir schon. Sie entpuppte sich nach und nach als manipulative und emotionale Drama-Queen. Na, das war ja ein schönes Willkommen in Kalifornien! Davon abgesehen war es auch noch der kälteste Januar seit Beginn der Wetteraufzeichnung. Das Obergeschoss war nicht isoliert, und meine Vermieterin hatte beschlossen, dass ich es nicht verdient hatte, ein paar Decken von ihr auszuborgen. Und als ob das noch nicht genug wäre, stellte sich das Auto, das ich gekauft hatte, als echtes Montagsauto heraus, das mehr Zeit in der Werkstatt als auf der Straße verbrachte. Cheryl reiste nach ein paar Wochen nach New York zurück und ich war alleine. Ich muss wohl nicht sagen, dass diese ersten Monate in Los Angeles sehr schwierig waren.

Schließlich kam ich zu einer gespensterfreien Wohnung, einem laufenden Auto, einem Job in einem Tonstudio und einem Gig als Bassgitarristin in einer örtlichen Rockband. Ich machte den klassischen Fehler, etwas mit einem Bandmitglied anzufangen, und die Beziehung dauerte zehn Monate. Ein paar Wochen nach unserer Trennung tat ich einem der Mädels, die einen unerschöpflichen Vorrat an Kerlen zu haben schien, leid und sie schleppte mich in einen Club namens Coconut Teaszer auf dem Sunset Strip. An diesem Abend traf ich meinen künftigen Mann. C.C. war groß und schlank und hatte langes, dunkles Haar, das ihm in eleganten Wellen fast bis zur Hüfte fiel. Er sah aus wie ein Rockstar, dachte aber wie ein Poet. Er war intelligent und nett und es machte Spaß, mit ihm zusammen zu sein, und so dauerte es nicht lange, bis wir uns verliebten und zusammenzogen.

Hollywood war in der Hinsicht lustig, dass immer irgendetwas los war und passierte, aber irgendwann hatten wir das ständige Chaos auch satt. Auf der Suche nach einem ruhigen und stillen Ort, an dem wir Hunde halten konnten, mieteten wir ein Gästehaus in Woodland Hills, einem malerischen Vorort am Rande des San Fernando Valley. Das himmelblau gestrichene, über mehrere Ebenen gebaute Cottage hatte geräumige Zimmer und gewölbte

Decken und war auf dem Hinterhof eines größeren Hauses gebaut. Am Haupthaus entlang verlief ein schmaler Grasstreifen. Er setzte sich an unserem Haus entlang fort, sodass wir unser eigenes uneingezäuntes Stückchen Hof hatten. Das gesamte Anwesen war nach hinten und den Seiten mit Maschendraht eingezäunt, aber zwischen Haupthaus und Straße war alles offen. Unsere Vermieterin, Candy, lebte mit ihrem Teenagersohn Mitch, einem rundum netten Jungen und Hundefreund, im Haupthaus.

Candy und Mitch hatten drei Hunde. Simba, einen alten Aussie, der kaum noch laufen konnte und morgens aufgehoben werden musste, wenn er auf der kalten Betonzufahrt lag. Toke, eine junge Deutsche Schäferhundin, war so nett, wie ein Hund nur sein kann, sie war braun, lohfarben und rundum freundlich. Ihr Kumpel Peace war ein großer, einschüchternd aussehender dreijähriger schwarzer Deutscher Schäferhund, der in mir Erinnerungen an das Monster vom Schrottplatz weckte.

Kurz, nachdem wir eingezogen waren, führte Mitch uns zur Garage, um uns Peace vorzustellen. Als er die Tür aufmachte, kam ein dunkler, bellender Fleck auf uns zugesprungen und machte uns ganz schön Angst. Mitch schaffte es, den Hund zu beruhigen, aber ich fragte mich ernsthaft, wie wir mit ihm koexistieren sollten. Zum Glück begann Peace mit der Zeit, seinem Namen Ehre zu machen – das heißt, nur so lange, wie wir nicht im Dunkeln nach Hause kamen. Sobald es dunkel wurde, war alles zu spät. Wir parkten dann immer an der Straße und schlichen auf Zehenspitzen am Haupthaus vorbei. Noch zehn Meter, noch fünf ... aber Peace hörte uns unausweichlich und begann wütend zu bellen, wenn wir vorbeigingen. Zum Glück für uns war er nachts an einem langen Seil angebunden, das ihn außerhalb unserer Reichweite hielt.

Mit der Zeit schlossen wir nicht nur Freundschaft mit Peace, sondern fanden auch sein Geheimnis heraus: Er war abhängig. Wenn es Treffen anonymer Alkoholiker für Hunde geben würde, hätte er sich auf den Hinterbeinen an das knochenförmige Rednerpult gestellt und erklärt: „Mein Name ist Peace und ich bin ein Bringoholiker.“ Die Malamutes hätten zweifellos ein warmes

„Willkommen, Peace!“ gewufft und die anderen Schäferhunde hätten wissend genickt. Die Border Collies hätten natürlich einfach nur gestarrt.

Peaces Lieblingsdroge war ein Tennisball, aber alles andere, das zwischen seine Kiefer passte, tat es auch. Stöckchen gab es auf dem Grundstück in Hülle und Fülle, und so kam er oft aufgeregt schwanzwedelnd auf C.C. und mich zu. Er legte uns ein Stöckchen zu Füßen und schaute uns mit glänzendem Blick an, der sagte. „Komm, mach mit, das macht Spaß!“. Er hatte uns im Handumdrehen trainiert. Wenn er nichts Geeignetes für uns zum Werfen fand, hob er herumfliegenden Müll oder sogar Blätter auf und bettelte um ein Spiel. Schonmal versucht, ein Blatt zu werfen? Gar nicht so leicht! Der zwanghafte Faktor seines Verhaltens war etwas traurig, aber wir hatten Spaß daran, mit ihm zu spielen und genossen es, wann immer wir konnten.

Irgendwann beschlossen C.C. und ich, dass es jetzt Zeit für unseren ersten eigenen Hund wäre. Ich hatte mein Herz in Gedanken schon an einen langhaarigen Deutschen Schäferhundwelpen verloren und suchte die Tierheime danach ab, aber ohne Erfolg. Letzten Endes fanden wir eine Züchterin. Die Frau informierte uns, dass das Langhaar in den Zuchtlinien als Fehler betrachtet würde, sie aber zufällig einen dieser „Fehler“ im Wurf habe. Was dem einen ein Fehler, ist dem anderen sein Glück, und so brachten wir schon kurz darauf einen wunderschönen schwarzlohfarbenen Schäferhundwelpen nach Hause. Wir nannten sie Soko. Mein Lieblingsgetränk damals war Southern Comfort mit Cola – abgekürzt SoCo and Coke – und ich fand den Namen clever (und ich hatte über „Happy“ gelacht). C.C. organisierte etwas Zaunmaterial und verwandelte unseren Grasstreifen in einen umzäunten Hof, in dem wir vergnügt mit unserem energiegeladenen Fellbündel spielten. Wir nahmen Soko überallhin mit, wo es ging und sozialisierten sie mit unterschiedlichen Menschen in fremden Umgebungen. Ich brachte ihr Manieren, etwas Unterordnung und Tricks bei, ging mit ihr zur Hundeschule und machte sie mit anderen Hunden bekannt.

Soko lernte schnell und war erschreckend intelligent. Sie musste etwas nur ein einziges Mal tun und hatte es schon verstanden. Genau wie Peace war sie völlig ballverrückt. Wenn niemand verfügbar war, der ihr einen Tennisball werfen konnte, amüsierte sie sich eben selbst, indem sie sich oben ins Treppenhaus stellte, den Ball fallen ließ und dann die Treppe hinunterraste, um ihn wieder zu fangen. Oft legte sie mir den Ball zu Füßen, wenn ich gerade beim Abendessen saß und startete ihre übliche Routine: Erst mich anschauen, dann den Ball. Mich. Den Ball. Hin und her, hin und her. Die Gedankenblase über ihrem Kopf sagte ganz klar. „Nun wirf schon!" Sie war ein Border Collie im Körper eines Deutschen Schäferhundes. Ich habe keinerlei Zweifel, dass sie dieses Starren ohne einmal zu zwinkern hätte stundenlang durchhalten können. Wenn ich es endlich satt hatte, angestarrt zu werden, drehte ich mich zu ihr hin und sagte ruhig, aber bestimmt: „Jetzt nicht." Da sie gelernt hatte, dass dies keine weitere Aufmerksamkeit von meiner Seite bedeutete, nahm sie den Ball und trottete zu ihrem Körbchen, wo sie sich mit einem schweren Drama-Queen-Seufzen hinlegte.

C.C. hatte genau wie ich schon immer eine Schwäche für Hunde gehabt. Er war mit einem von ihm sehr geliebten Collie namens Sparky aufgewachsen, aber er hatte im Appalachengebirge von North Carolina gelebt, wo es nicht gerade eine ausgeprägte Heimtierkultur gab. Hunde wurden öfter zur Jagd eingesetzt als mit ins Haus genommen. Allein die Idee eines mit im Haus lebenden Hundes war den Leuten dort völlig fremd. Als wir Soko bekamen, teilte ich ihm mit, dass sie im Haus leben würde – ob er auch das auch wolle, sei seine Sache. Was nur zum Teil als Scherz gemeint war.

Soko war in diesem ersten Jahr ein glücklicher, angenehmer Hund. Aber nach einer traumatischen Erfahrung (mehr dazu später) begann sie, ausgeprägte Angststörungen zu zeigen. Die meisten Menschen wissen nicht, dass Hunde eine genetische

Veranlagung für Geräuschangst haben können und dass das verräterische Verhalten erst dann sichtbar an die Oberfläche tritt, wenn es irgendeinen Auslöser gab. Und Sokos größte Probleme waren definitiv Geräuschphobien. Bestimmte Geräusche - besonders scharfe und hohe – versetzten sie in einen panikähnlichen Zustand. Fernsehen wurde zur angespannten Situation für uns alle, weil früher oder später in irgendeinem Film oder Werbespot ein hohes Piepen vorkam, das Soko wie eine Rakete aus dem Raum flitzen ließ.

Es gab mehrere Geräusche, die Soko aus dem Konzept brachten, aber Piepen war dasjenige, gegen das ich sie am dringendsten desensibilisieren wollte, besonders, da sie auch noch eine Phobie gegen die Mikrowelle entwickelt hatte. Das ganze Problem konnte auf das Piepen von C.C.'s Pager zurückgeführt werden. Sie hatte Angst vor dem Geräusch, und weil sie ein schlauer Hund war, hatte sie die Angst schnell auf andere Dinge generalisiert, die ähnliche Geräusche machten. Sie wusste, dass die Mikrowelle piepte und dass das Öffnen und Schließen ihrer Tür das furchtbare Piepen ankündigte. Folglich verkettete sie sehr schnell die ganze Sequenz bis zurück zum Öffnen der Kühlschranktür, und zum Schluss rannte sie jedes Mal schon weg, wenn ich nur in die Küche ging. Aus der Küche abzuhauen mag zwar eine verständliche Reaktion sein, wenn Sie je meine Kochkünste genossen haben, aber in ihrem Fall war es vollkommen unnötig.

Um das Problem anzugehen, positionierte ich C.C. an der Mikrowelle und instruierte ihn, deren Tür vorsichtig auf meine Anweisung hin zu öffnen und zu schließen. So wollten wir uns bis zum Piepton vorarbeiten. Ich stand mit Soko am anderen Ende des Hauses, eine Handvoll Hot-Dog-Stückchen zum Füttern bereit. C.C. öffnete und schloss wie geplant vorsichtig die Mikrowellentür, und jedes Mal gab ich Soko ein Stückchen Wurst. Alles klappte ganz gut, bis irgendetwas – vielleicht ein Testosteronschub – C.C. dazu brachte, die Tür zuzuknallen. Das Ergebnis? Soko hatte eine Woche lang Angst vor Hot Dogs! Zum Glück schafften wir es nach diesem Ereignis, mit unserem Desensibilisierungs-Programm wieder in die Spur zu kommen.

So nett und hochintelligent Soko auch war, so muss man doch sagen, dass sie keine Lassie war. Einmal war nach einem Winter-Unwetter die Rampe an unserer Hintertür vereist. Ich rutschte beim Rausgehen aus und fiel sehr unelegant hin. Mein Knöchel schmerzte wie verrückte und ich dachte, er könnte gebrochen sein. Ich begann vor Schmerzen zu schreien. Rannte Soko mit ihrem genialen Hundeintellekt zum Telefon und wählte den Notruf? Bellte sie, bis Hilfe kam? Nix da. Sie verschwand, um kurz darauf zurückgetrottet zu kommen ... mit einem Ball im Maul. Sie legte ihn hin, wo ich saß, und begann, zwischen mir und dem Ball hin- und herzuschauen. Hin und her. Hin und her .... *Wirfst du ihn jetzt oder was?* Nein, wirklich im allergeringsten keine Lassie.

C.C. war zu Soko zwar immer lieb gewesen, aber ihre ständigen Ängste machten es ihm schwer, sich ihr wirklich nah zu fühlen. Und so sehr ich sie auch liebte und mit ihrer Ängstlichkeit mitlitt, gebe ich zu, dass ich gerne einen einfacheren Hund gehabt hätte. Im Rückblick weiß ich allerdings zu schätzen, wie viel mir Soko über das Arbeiten an Angststörungen beigebracht hat. Indirekt haben die Herausforderungen, die sie an mich gestellt hat, später vielen anderen Hunden geholfen.

Natürlich wollten wir nur das Beste für Soko, und eins der Dinge, von dem wir wussten, dass sie es lieben würde, war ein Hundekumpel. Als sie elf Monate alt war, hatte sie viel Erziehung und Verhaltenstraining genossen und es schien uns der richtige Moment zu sein. Der Hund, der dann zu Sokos lebenslangem Begleiter wurde, war Mojo, ein Deutscher Schäferhund- Malamute- Rottweiler- Wolf- Mix, der einfach nur riesengroß war.

Von Erdbeben und Rockstars

Wir alle lieben unsere Hunde, egal ob sie zufällig niedlich oder hässlich sind, sich vorbildlich benehmen oder den Terror in Person darstellen. Aber hin und wieder begegnet man einem Hund, der wirklich ganz besonders ist, einem Hund, der unser Herz so tief berührt und dem wir so eine starke Verbindung spüren, dass uns ganz klar ist: Kein anderer Hund wird uns je nochmals auf die gleiche Art und Weise beeinflussen. Manche nennen diesen Hund ihren Herzhund oder Seelenhund. Mein Seelenhund war Mojo.

Er war groß und hager, hatte langes, dunkles Fell und bewegte sich mit selbstbewusstem Stolz. Während andere Hunde Bewunderer hatten, die Komplimente wie „Die ist ja so süß!" oder „Das ist aber ein echt hübscher Junge!" verteilten, hatte Mojo – ich kann es nicht anders nennen – Fans. Mit 55 Kilo war er größer und länger als die meisten anderen Hunde. Manche Menschen hatten Angst, sich ihm zu nähern, aber viele wollten auch mit den Händen durch seinen glänzenden schwarzen Pelz streichen. Ich konnte kaum mit ihm die Straße entlanggehen, ohne dass irgendjemand uns anhielt und rief: „Wow, was für ein Hund ist das denn?". Mojo war ein Mix aus Malamute, Deutschem Schäferhund und Rottweiler mit einem Schuss Wolfsblut. Er hatte ein bisschen von allen und jede Menge Charisma. Er war ein Rockstar! Eine Freundin gab einmal zu: „Er ist der Grund dafür, dass ich Hunde habe." Sie war ihr Leben lang eine Katzenfrau gewesen, dann aber, wie so viele andere, Mojos Charme erlegen. Der Hund, den sie dann aus dem Tierheim adoptierte, Salem, sah wie eine kleinere Version unseres Jungen aus.

Mojo war durch eine Reihe ungewöhnlicher Ereignisse zu uns gekommen, die am 17. Juni 1994 um halb fünf morgens ihren Anfang genommen hatten. Auch wenn man es später als das Erdbeben von Northridge bezeichnete, lag das Epizentrum des schrecklichen Vorfalls eigentlich gar nicht in Northridge, Kalifornien, wie man ursprünglich dachte, sondern 15 Kilometer weiter südlich, in Reseda. Wir brauchten keinen Seismologen, um den genauen Ort auszumachen. Es handelte sich um unser Wohnzimmer. Hatte ich eine Minute zuvor noch friedlich geschlafen, saß ich in der nächsten kerzengerade im Bett und dachte, ein Güterzug würde geradewegs in unser Haus rasen. Die Luft war erfüllt von einem unglaublich lauten Krachen. Die Wände wackelten. Das Bett schaukelte wie verrückt. In verwirrter Panik duckte ich mich und versuchte den Büchern auszuweichen, die von einem Wandregal auf meinen Kopf herunterfielen. Ich schrie aus vollem Hals in den stockdunklen Raum, konnte mich selbst aber nicht hören. Im Wohnzimmer, in dem C.C. wegen einer starken Erkältung geschlafen hatte, standen die Dinge keinen Deut besser. Ein fünfzig Kilo schwerer Eichen-Wandschrank voller Schallplatten krachte nur Zentimeter von seinem Kopf entfernt auf den Boden.

Wir stolperten orientierungslos und voller Panik im Dunkeln umher und trafen uns schließlich in der Diele. Wir packten uns an den Händen und versuchten, über Glasscherben und Schutt zu steigen, während wir uns vorsichtig einen Weg in Richtung Haustür bahnten. Ich streckte die Hand nach der Klinke aus, aber die Tür war verschlossen. Natürlich war sie das, wir schlossen sie immer nachts ab. Aber in diesem Moment war keiner von uns zu klaren Gedanken fähig. Wir tappten im Dunkeln herum und versuchten, die Schlüssel zu finden. Plötzlich roch ich Gas. Und genau in dem Moment hörte ich Soko bellen. Sie war offenbar beim ersten Anzeichen für Probleme durch die Hintertür in den Hof geflohen. Ich konnte es ihr nicht übel nehmen. Mit dem Bild eines wegen einer undichten Gasleitung explodierenden Hauses lebhaft vor Augen, verdoppelten wir verzweifelt unsere Suchanstrengungen. Endlich fanden wir die Schlüssel und schafften es nach draußen. Alles in allem hatte das starke Beben zwanzig Sekunden gedauert, aber uns kam es vor wie zwanzig Minuten.

Gebäude waren eingestürzt. Bäume waren auf Autos gekracht. Menschen waren verletzt. Wir standen alle unter Schock. Der Rest der Welt erfuhr es gerade in den Nachrichten, aber wir waren noch lange nicht außer Gefahr. Nachbeben, die normalerweise schwächer sind als das eigentliche Hauptbeben, können Minuten, Stunden oder sogar nach Tage nach dem ersten Stoß auftreten. Bei jedem Nachbeben dachte ich, es ginge wieder los. Adrenalin schoss mir durch die Adern und mein Körper stellte sich auf „Kampf oder Flucht“ ein. Ich konnte nichts dagegen tun. Anderen in unserer Gegend ging es ähnlich, der Zahl der in den Vorgärten aufgeschlagenen Zelte nach zu urteilten. Die Menschen hatten Angst, wieder in ihre Häuser zurückzugehen. Soko war vermutlich am meisten von allen traumatisiert. Immer, wenn die Erde wieder zu zittern begann, zitterte ihr ganzer Körper mit. Wir wechselten uns damit ab, sie fest zu umarmen, weil das sie irgendwie ein wenig zu beruhigen schien.

Nicht ein einziger Gegenstand in unserem Haus stand noch, von einem Computergehäuse abgesehen. Wir räumten auf, so gut es ging und blieben drinnen. Ich dachte, dass die Lage sich beruhigen würde, aber es ging mit Nachbeben weiter, eins nach dem anderen. Ich war geistig, körperlich und gefühlsmäßig völlig fertig. Nach dem fünften oder sechsten Nachbeben konnte ich nicht mehr. Ich befand mich im Zustand äußerster Folterqualen. Ich drehte mich zu C.C. um und sagte: „Ich weiß nicht, ob ich noch in Kalifornien leben kann.“ Wir hatten schon immer über New Mexico als möglichen Wohnort nachgedacht, und während die Wände noch wackelten, beschlossen wir, die Stadt zumindest für ein paar Tage zu verlassen. Ich hatte eine Freundin, die außerhalb der Erdbebenzone wohnte und Soko hatte immer gerne mit ihren Hunden gespielt. Ich wusste, dass Soko dort viel ruhiger sein würde als jetzt hier. Also ließen wir sie dort bei ihr in guten Händen und machten uns auf den Weg nach Albuquerque.

Freunde hatten uns erzählt, das Klima in New Mexico wäre dem Kaliforniens sehr ähnlich. Ha! Nicht einmal in der ganzen Zeit, die wir in L.A. lebten, hatte es im Januar geschneit. Und da saßen wir nun und zitterten unter einer frostigen weißen Schneedecke. Wir hatten vorgehabt, nach Santa Fe zu fahren, aber es hatte so stark geschneit, dass der Highway gesperrt war. Positiv war nur, dass zumindest der Boden nicht wackelte. So saßen wir in unserem Hotelzimmer, aßen Cornflakes und Bananen und lasen die Lokalzeitung. Unter den Kleinanzeigen fiel mir eine ins Auge: „Wolfshybriden,“ begann sie. „Brave, wunderbare Familienhunde.“ Ich las die Beschreibung zwar mit gewisser Skepsis, aber sie hatte mich dennoch gepackt. Wir hatten ohnehin die ganze Zeit schon nach einem Kumpel für Soko suchen wollen – und da saßen wir nun, eingeschneit und konnten nirgends hin. Und der Züchter wohnte zufällig in der Nähe unseres Hotels. Wir sahen uns an und zuckten mit den Schultern. Ich rief an.

Ich weiß nicht, was ich erwartete, wie ein Züchter von Wolfshunden auszusehen hätte – vielleicht hatte ich mir einen beeindruckenden, exotischen Indianer oder ruppigen Kämpfertyp vorgestellt – aber Stacy und ihr Mann sahen wie typische Vorstadtbewohner aus. Die schlanke Brünette und ihr stämmiger, muskulöser Mann empfingen uns herzlich und führten uns durch ein Holztor in den Hinterhof. Mitten auf dem unbefestigten Grundstück stand ein Maschendrahtgehege, aber die Wolfshunde liefen draußen frei herum. Deva, die Mutter, war ein wunderschöner weißer Malamute-Wolfsmix. Sie war ganz und gar weich und sanft – von ihrem langen, seidigen Fell bis hin zu der Art, wie sie sich an uns drückte, um sich streicheln zu lassen. Ihre lange, schlanke Schnauze kitzelte mein Gesicht, als sie weiche, nasse Küsse auf meine Wangen drückte.

Dann gab es da noch Thor, den Vater. Der Mix aus Deutschem Schäferhund und Rottweiler stand ein paar Meter entfernt und schaute zu uns herüber. Auch wenn er nicht in unsere Richtung sprang oder sonst irgendwie drohte, hätte er genauso gut ein „Bleib weg“-Schild um den Hals haben können. Wir waren ganz klar Eindringlinge. Stacy erklärte, dass Thor zwar nicht gefährlich, aber noch nie besonders freundlich gegenüber Menschen gewesen sei. Nur damit, dass es schon so lange her ist und mit dem Nachbeben-Zustand meines Gehirns lässt sich erklären, dass ich nicht die rote Warnflagge vor meinem inneren Auge sah und nicht machte, dass ich schnellstmöglich von dort wegkam.

Insgesamt gab es neun Welpen. Mit ihren acht Wochen hatten die niedlichen schwarz-weiß-und lohfarbenen Fellbündel beim Raufen und Ringen miteinander so viel Spaß, wie ihn nur Welpen haben können. Manche spielten einfach weiter, wenn wir uns näherten, während andere voller Neugier auf uns zukamen. Zwei der Welpen hielten sich zurück und beobachteten uns argwöhnisch. Ich hatte mein Anti-Niedlichkeits-Schutzschild zu Hause vergessen und war den großen, braunen Augen und fröhlich wuselnden Körpern gnadenlos ausgeliefert. Ich saß auf dem Boden und spielte mit den Welpen, machte Oh und Ah und versank in einen Zustand der glückseligen Dämlichkeit. Nur das Oxytocin ist schuld, dieses verflixte Kuschelhormon. Es vereinfacht den Nestbau bei Vögeln und die Akzeptanz der Nachkommen bei Schafen – und macht erwachsene Menschen zu einfältig lächelnden Idioten, wenn sie Welpen sehen. Ich war verflixt nochmal geradezu durchflutet von dem Zeugs. Was eine Kuschel-und-Knuddel-Orgie zur Folge hatte.

Bilder von Welpenboxen und Gesundheitszeugnissen schwirrten vor meinem geistigen Auge. Schließlich hatten wir inmitten all der Aufregung um das Erdbeben nicht gerade geplant, einen Welpen mit nach Hause zu bringen. Wir sagten Stacy, dass wir uns noch nicht sicher seien. In dem Versuch, uns zu einer Entscheidungsfindung zu helfen, erzählte sie uns von Dave, einem Automechaniker, der einen von Devas und Thors Welpen aus einem früheren Wurf hatte. Sie sei sicher, sagte sie, dass wir gerne in Daves Werkstatt, die ganz in der Nähe sei, vorbeischauen und uns den jetzt anderthalbjährigen Zeus anschauen könnten, der täglich dort anzutreffen sei. Diese Gelegenheit, eine Vorschau darauf zu bekommen, wie die Welpen ausgewachsen aussehen würden, wollten wir uns nicht entgehen lassen.

Nach fünfzehn Minuten Irrfahrt durch ein Labyrinth grauer, schmutziger Straßen kamen wir an Daves Autowerkstatt an. Ich ging durch die Eingangstür, C.C. einen Schritt hinter mir. Kaum hatte ich einen Fuß über die Schwelle gesetzt, stürzte eine Masse aus schwarzem Fell und Zähnen auf mich zu. Zeus stand auf seinen Hinterläufen, legte seine Pfoten auf meine Schultern und knurrte mir ins Gesicht. Vage nahm ich sich nähernde Schritte wahr. Ich stand stocksteif da, schaute zu Boden und dachte nur „Hoffentlich hat der Kerl seinen Hund gut unter Kontrolle." „Zeus, aus!" schrie Dave. Mit einem abschließenden Blick, der „Wir klären das später noch" sagte, stieg dieser Bär von einem Hund von mir herunter und zog sich widerwillig zurück. Dave entschuldigte sich und erklärte, dass er Zeus normalerweise wegsperrte, wenn Kunden kamen, aber nicht dazu gekommen sei. Was hatte es mit Thor und Zeus und diesem schrecklichen Benehmen auf sich? Ich nahm mir vor, niemals einen Hund nach einem griechischen Gott zu nennen.

Schreiben Sie es meinem Bedürfnis nach Trost und Glück als Folgeerscheinung des Erdbebens oder der unerträglichen Niedlichkeit der Welpen zu, aber wir fanden uns trotz Zeus' Verhalten wieder bei Stacy zuhause ein. Nach etwas weiterer Beschäftigung mit den Welpen einigten wir uns auf eine Hündin namens Wednesday. Der Wurf war aber nicht etwa nach Wochentagen benannt worden, sondern nach Figuren aus der Fernsehserie „Die Addams Family". Es gab einen Pugsley und eine Morticia, aber ich bin nicht sicher, ob sie auch so weit gegangen waren, einen Welpen „Cousin It" zu nennen. Wir bezahlten, erhielten ein Zertifikat, das Wednesday 25% Wolfsblut bescheinigte und fuhren mit C.C. am Steuer und der friedlich in meinem Schoß liegenden Wednesday ab.

Als die frostigen Vorstadt-Häuserblöcke einer nach dem anderen an uns vorbeizogen, lachten wir und unterhielten uns über die Possen der Welpen. Wednesday war eine der Zurückhaltenderen des Wurfs gewesen, die im Hintergrund geblieben und uns argwöhnisch beobachtet hatte, während die anderen Welpen fröhlich um uns herumtollten. Scheue und ängstliche Hunde haben mich schon immer schnell um den Finger gewickelt, weshalb meine Wahl nicht besonders verwunderlich war. Am anderen Ende des Welpen-Verhaltensspektrums hatte es einen Rüden gegeben, der geradezu um Beachtung gebettelt hatte. Er sprang an uns hoch und bepfötelte uns, wackelte fröhlich, wenn wir ihn streichelten und hob vor lauter Begeisterung praktisch vom Boden ab. Wir unterhielten uns weiter über ihn und lächelten und lachten über seine Versuche, Aufmerksamkeit zu erregen. Plötzlich stoppte unsere Unterhaltung abrupt. Wir tauschten einen bedeutungsvollen Blick aus – und drehten um.

Stacy machte es nichts aus, Wednesday gegen den Welpen zu tauschen, der, wie sich herausstellte, Fester hieß. Fester! Wie bei Onkel Fester. Außerdem war der Gedanke an eine eiternde Wunde auch nicht gerade erheiternd (to fester- engl. eitern, schwären, Anm. d. Übers.) und ich konnte mir wirklich nicht vorstellen, quer über eine riesige Rasenfläche „Fester, hier!" zu rufen. Wir würden den Namen also sofort ändern, sobald uns etwas Besseres eingefallen war. Mit dem munteren, nun namenlosen Welpen im Schlepp begannen wir als Nächstes, die Vorbereitungen für den Rückflug von uns Dreien nach Kalifornien zu treffen.

Wir brachten den Welpen zu einem nahegelegenen Tierarzt, wo es eine Untersuchung und ein Gesundheitszeugnis für den Flug gab. In einer Hundebox der Größe S wäre er während der Reise sicher untergebracht. Weil wir die Kuschelzeit so lange wie möglich ausdehnen wollten, setzten wir ihn erst kurz vor dem Flughafen in seine Box. Oder vielmehr, wir hatten es vor, denn dummerweise stellten wir am Terminal fest, dass er nicht durch die Käfigtür passte. Selbst mit seinen acht Wochen war er schon groß und wog über sieben Kilo. Angesichts der näher rückenden Abflugzeit drehten wir schließlich in unserer Verzweiflung die Verbinder auf, hoben den Kunststoffdeckel der Box ab, setzen den Welpen rein und machten den Deckel wieder fest. Ein Blick darauf, wie er die Box füllte – Fell quoll aus jeder Ritze nach draußen – sagte uns, dass wir eine andere Lösung finden mussten, und zwar schnell. Zum Glück konnte die Fluggesellschaft eine Hundebox in Größe M für uns auftreiben. Wir waren aus dem Schneider!

Zurück in L.A. tauften wir den Mega-Welpen in Mojo um, nach den Zeilen aus dem Doors-Song „Mr. Mojo Risin'". Mojo – oder Mojo Kartoffelhund, wie ich ihn in alberner Laune manchmal nannte – hatte einen unwahrscheinlichen Lebensdurst, der sich in allem zeigte, was er tat. Er atmete sein Futter gleichsam ein und hielt sofort nach Nachschub Ausschau. Einmal schaffte er es, in einen Zwanzig-Kilo-Sack Trockenfutter zu klettern und fraß sich durch ein Viertel des Inhalts hindurch, bevor er ertappt wurde. Er lief nicht einfach nur einem Ball hinterher, sondern er jagte ihn, erlegte ihn und weidete ihn aus. Plüschspieltiere fürchteten um ihr Leben.

Eines Tages, als Mojo ein paar Monate alt war, rannte er ungebremst durch eine Hundeklappe, die in eine dünne Glasscheibe eingesetzt war. Als er in den Hof gestürzt kam, baumelte der komplette Rahmen um seine Hüften. Wir hätten uns ärgern müssen, wenn wir nicht so gelacht hätten. Aber Mojo hatte auch sanftere Seiten. Als Reaktion auf sanfte Koseworte und freundliches Streicheln schmolz er nur so dahin, und Bauchkraulen versetzte ihn in einen Zustand transzendentalen Glücks. Alles, was er tat, tat er zu 200%.

Diese wilde Welpen-Begeisterung übertrug sich auch auf das Spiel mit Soko. Er sprang mit seinem Minipanzer-Körper auf sie drauf und schnappte mit großem Welpenappetit ganze Mäuler voll ihres Fells in dem Versuch, sie zu Boden zu ringen. Soko als die tolerante, liebe und unterwürfige Hündin, die sie war, ließ ihn mehr oder weniger tun, was er wollte. Das klingt zwar nett, trug aber leider nichts dazu bei, dass er Manieren lernte oder wie man richtig mit anderen Hunden spielt.

Als Mojo erwachsen wurde, wurde klar, dass er ein Problem hatte. Was zuerst nur wie ein leichtes Hinken ausgesehen hatte, hatte sich im Alter von sechs Monaten zu einem schmerzhaften Zustand verwandelt, bei dem er seinen rechten Hinterlauf bei jedem Schritt nachzog. Die Röntgenbilder zeigten eine so flache Hüftgelenkspfanne, dass sie den Kopf des Oberschenkelknochens kaum umschloss. Alle Trainings- und Sozialisierungsmaßnahmen wurden gestoppt, als Mojo eine Operation und anschließend einen langwierigen Reha-Prozess durchmachte. Die Züchterin erklärte, nichts von Hüftgelenksdysplasie in den Linien zu wissen, bot aber an, Mojo gegen einen anderen Welpen zu tauschen. Aber er war inzwischen quasi zu unserem Kind geworden und wir hätten ihn genauso wenig „getauscht", wie Eltern ihren menschlichen Nachwuchs je tauschen würden.

Gottseidank entwickelte Mojo niemals Thors oder Zeus' Verhalten gegenüber Menschen. Er war eigentlich auch nicht aggressiv gegenüber anderen Hunden – das, was er war, kann man am ehesten mit „unausstehlich gegenüber anderen Hunden" beschreiben. Im Park jagte er irgendeinen armen, harmlosen Hund

und verbreitete leeres Imponiergehabe, bis dieser endlich auf dem Rücken lag und Mojo mit einer Art stolzer Schadenfreude über ihm stand. So glücklich ihn dieses Spielchen auch machte – das Verhalten war inakzeptabel und es musste etwas dagegen unternommen werden.

Damals war ich noch keine professionelle Trainerin. Natürlich hatte ich in Brooklyn und auch später in L.A. ein paar Hunde trainiert, aber es war nie mein eigentlicher Beruf gewesen. Jetzt schien die richtige Zeit gekommen zu sein, die Sache ernsthafter anzugehen. Also begann ich, einem Mann namens Kyle beim Gruppenunterricht zu assistieren. Kyle lebte ziemlich weit draußen in der Wüste, wo er Wolfshunde züchtete und trainierte. Jeden Samstag stand ich um vier Uhr morgens auf und fuhr zwei Stunden zu seinem Trainingszentrum. Dort praktizierten zehn verschlafene Menschen und ihre Hunden auf einem großen Grundstück militärisch anmutende Übungen, zu denen Kyle Befehle bellte: „Links! Vorwärts! Halt! Sitz! Rechts kehrt! Rechts! Rechts!". Und dann das allgegenwärtiges „Verdammt, hören Sie auf, diesen Hund zu verhätscheln!", dass bei Kyle jedes Mal dadurch ausgelöst wurde, dass ein Besitzer einfach nur nett zu seinem Hund sprach. Kyle war eigentlich ein ganz netter Kerl, wenn er nicht unterrichtete, aber auf dem Hundeplatz war er der reinste Feldwebel. Meine früheren Wettkampferfahrungen in der rhythmischen Sportgymnastik ermöglichten es mir zwar, die Schrittfolgen in der von ihm geforderten Präzision auszuführen, aber ich fühlte mich unwohl mit den harschen, groben Korrekturen, die den Hunden mittels Kettenwürgern beigebracht wurden. Oh ja, mein Timing war toll. Ich setzte die Korrekturen richtig. Und bekam Ergebnisse. Trotzdem fühlte sich irgend etwas von Grund auf *falsch* daran an, wie wir die Hunde behandelten.

Ich brachte Soko und Mojo mit zu den Stunden, damit ich auch mit ihnen üben konnte. Natürlich coachte Kyle mich auch darin, wie ich Mojos Reaktivität gegenüber anderen Hunden korrigieren sollte. Das funktionierte so, dass ich mit ihm an den Hunden der anderen Teilnehmer vorbeigehen sollte, die in Abständen am Maschendrahtzaun festgebunden waren. Immer dann, wenn Mojo in Richtung eines der Hunde zog oder bellte, musste ich hart am Kettenwürger rucken und ihm ins Gesicht schreien. Zwar ging ich davon aus, dass Kyle mehr von Hundeverhalten verstand als ich, aber trotzdem ließ mich die Übung jedes Mal zusammenzucken. Ich konnte nichts dagegen tun. Mojo hörte immer sofort mit dem Gepöbel auf, wenn er korrigiert wurde, aber ich war weit davon entfernt, nett zu meinem Hund zu sein und machte mir Gedanken, wie sich das wohl auf seine Gefühlswelt auswirken könnte. Aber damals hatte ich weder das Wissen noch die Erfahrung oder das Selbstvertrauen, um mich gegen Kyle zu stellen, und schon gar nicht vor den anderen Teilnehmern.

Die wöchentlichen Trainingsstunden gingen weiter, und ich fuhr widerwillig mit dem Programm fort – bis zu dem Tag, an dem ich etwas wirklich Furchtbares sah. Kyle arbeitete mit einem fünf Monate alten Junghund vor den am Rand sitzenden und zuschauenden Schülern. Er gab einen Befehl. Der Hund gehorchte nicht. Kyle beugte sich über ihn und blaffte den Befehl lauter. Der Hund schnappte nach ihm. Plötzlich ruderten vier kleine Pfoten verzweifelt in der Luft, während der Welpe nach Atem rang, weil seine Luftzufuhr durch den Kettenwürger abgeschnitten wurde, an dem Kyle ihn hochhielt. Urin tropfte am Welpenbein herunter. Kyle war zufrieden, dass der eigensinnige Welpe sich unterworfen hatte und ließ ihn wieder auf den Boden ab. Ein paar Minuten später war die Stunde zu Ende. Ich fuhr und kam nie wieder zurück.

Mojo war das, was moderne Hundetrainer heute als meinen „Cross-Over-Dog“ bezeichnen. Er half mir verstehen, dass es bessere und freundlichere Trainingsmethoden gibt, die genauso effektiv sind. Schon bald war ich in der Lage, das Anschreien, Leinenrucken und andere Strafen durch Lob, Leckerchen und Zuneigung zu ersetzen. Ich zeigte Mojo genau, was von ihm erwartet wurde, brachte ihn auf die Erfolgsspur und belohnte ihn dann, anstatt ihm unvollständige Informationen zu geben und dann für Fehler zu bestrafen. Ich brachte ihm außerdem eine ganze Reihe Tricks bei, unter anderem das sehr niedliche „Erdmännchen“ und „Mach das Licht aus“. Ich liebte es, tagsüber mit Mojo heimlich Tricks zu üben und dann C.C. damit zu überraschen, wenn er von der Arbeit kam. Eines Abends lungerten C.C. und ich auf dem Sofa herum und sahen fern. Wie beiläufig sprach ich Mojo an: „Mach mal das Licht aus." C.C. schaute mich an, als würde er denken „Verwechselst Du mich jetzt schon mit dem Hund?" Mojo trottete die Treppe zum Lichtschalter hinauf, drückte ihn mit der Nase und tauchte uns in Dunkelheit. Im bleichen Schein des Fernsehers konnte ich den ungläubigen Ausdruck in C.C.'s Gesicht sehen. Ich war so stolz auf meinen Jungen! Unser ganzes Üben hatte sich gelohnt und dazu auch noch Spaß gemacht. Endlich hatte ich die Art von Trainingsbeziehung zu meinem Hund, mit der ich mich wohlfühlte. Mojo und ich waren beide viel glücklicher und waren durch die freundlichen Trainingsmethoden endlich auch in der Lage, sein Verhalten gegenüber anderen Hunden zu verbessern. Die Schuldgefühle darüber, wie grob ich Mojo früher im Namen der Erziehung behandelt hatte, wurde ich aber nie los und schwor mir, das den Rest seines Lebens lang wieder zu gut zu machen.

Letzten Endes blieben wir doch in Kalifornien. Unser gemietetes Heim war zwar ganz nett, aber es zog uns aus der Stadt heraus. Nach einem Monat Suche fanden wir ein Haus im Ranchstil im ländlichen Bereich, eine Dreiviertelstunde aus Los Angeles heraus. Wir entschieden uns auch deshalb für diesen Ort, weil die Wolfsrettungsstation, in der ich mich engagierte, ganz in der Nähe war – mehr dazu später. Mojo und Soko begleiteten uns auf friedlichen Spaziergängen auf ruhigen, unbefestigten Wegen und wedelten glücklich, wenn sie nach Kaninchen und Eichhörnchen in die Büsche hüpften und die Vegetation erkundeten, die es schaffte, im harten Wüstenklima zu überleben. Das Heulen der Polizeisirenen war vom Heulen der Kojoten ersetzt wurden und von den Hügeln ringsherum duftete es nach Salbei und Rosmarin. Wir alle liebten es.

C.C. und Soko machte die Hitze nichts aus, aber Mojo und ich waren da anderer Ansicht. Wir flüchteten uns jeden Sommer in das kühle, klimatisierte Haus, wenn die Temperaturen draußen bis auf über dreißig oder manchmal sogar vierzig Grad stiegen. Ich ging mit den Hunden in den relativ frühen Morgenstunden und verbrachte dann den Rest des Tages damit, von zuhause aus zu arbeiten. Mit dem Schreiben von Büchern hatte ich sozusagen fast aus Versehen angefangen. Ich war Mitglied in einem Internetforum über Wolfshunde und stellte schnell fest, dass ich zwei bis drei Stunden täglich damit verbrachte, E-Mails von Menschen zu beantworten, die Hilfe suchten. Und weil die Probleme häufige Probleme waren, beantwortete ich die gleichen Fragen wieder und wieder. So kam es zu der Idee, doch ein Buch zu schreiben. Auf diese Weise, so dachte ich, bräuchte ich nur einen zwei oder Tipps im Forum zu geben und könnte dann auf das Buch verweisen. Ich schlug einer kleinen Gruppe von kompetenten Wolfsleuten vor, dass wir doch jeder ein Kapitel schreiben sollten. Die Antwort war durchweg die gleiche: "Tolle Idee! ... Sag uns Bescheid, wenn es fertig ist." Und so begann ich mein erstes Buch zu schreiben: *Leben mit Wolfshunden.*

Mojo lag immer auf den kühlen Fliesen meines Arbeitszimmers, wenn ich am Computer saß. Wenn ich zu lange arbeitete, kam er herübergetrottet, setzte sich mir gegenüber, legte eine Pfote auf mein Bein und bedachte mich mit einem bedeutungsvollen Blick, der in etwa sagte: „Wäre es nicht Zeit für eine Pause und um meinen Bauch zu kraulen?" Er hatte immer Recht. Bauchkraulen war ganz ehrlich unsere Lieblingsbeschäftigung. Ich saß dazu immer in glückseliger Abwesenheit auf dem Boden, sang Nonsens-Lieder und scherte mich nicht darum, wie lächerlich ich mich anhören musste. Mojo räkelte sich derweil auf dem Rücken und strahlte nur so vor Liebe und Zuneigung. Mein Lieblings-Bauchkraul-Song hatte sich aus Simon and Garfunkels „Love me like a rock" entwickelt: „Cause my mummy loves me/She loves me/She get down on her knees and rub me/ She r-u-u-u-b me like a dog." Was soll ich sagen? Es funktionierte für uns.

Die Zeit vergeht viel zu schnell, und ehe wir uns versahen, waren unsere Hunde Senioren. Mojo war mit dem Alter sanfter geworden. Soko hatte leider eine degenerative Myelopathie entwickelt, eine Krankheit, bei der die Nerven an Rücken und Hinterhand nach und nach immer mehr geschädigt werden. Sie knickte erst beim Laufen immer öfter um, sodass sie quasi auf den Knöcheln lief, und konnte irgendwann kaum noch gehen. 2006 trafen wir die traurige Entscheidung, sie einschläfern zu lassen. Sie war dreizehn. Mojo war damals elf und es wurde nur zu schnell klar, dass er unter der gleichen Krankheit litt. Soko war ein reiner Deutscher Schäferhund und die degenerative Myelopathie ist in der Rasse nicht unbekannt. Aber dass Mojo auch betroffen war, war ein furchtbarer Schock. Sokos Symptome waren so plötzlich und so spät in ihrem Leben gekommen, dass es für uns nicht mehr viel zu tun gab. In dem verzweifelten Versuch, alles nur Menschenmögliche für Mojo zu tun, stürzte ich mich in eine regelrechte Forschungskampagne zu dem Thema.

Es gab Futterzusätze. Es gab Tabletten. Ich versuchte es mit energetischer Heilung und Massage, und jeden Samstag fuhren wir eine Stunde einfache Fahrt zu einem Hunde-Rehazentrum. Dort massierte und streckte eine wunderbare, freundliche Therapeutin Mojo und führte ihn durch Übungen wie mit den Hinterbeinen auf einem hölzernen Wackelbrett balancieren oder in einem wassergefüllten Behälter ein Laufrad bedienen. Er brauchte eine Weile, um sich an die Wassertherapie zu gewöhnen. Er brachte es nie so weit, sie zu mögen, aber ich wusste, wie ich das Herz dieses Jungen erreichen konnte: Ganz klischeehaft über seinen Magen. Ich stand vor dem Wasserbehälter und ermunterte ihn zum Laufen, indem ich einen Holzlöffel mit Erdnussbutter darauf ein paar Zentimeter vor seine Nase hielt. Bei meinen ersten Versuchen beschleunigte er seinen Schritt, leckte kurz am Löffel und geriet dann kurzfristig in einen solchen Erdnussbutter-Rausch, dass er weiterzugehen vergaß. Es fiel schwer, nicht zu lachen, wenn er dann mit überraschtem, comic-ähnlichem Gesichtsausdruck nach hinten wegrutschte und sich erst Sekunden später wieder daran erinnerte, dass er weiterlaufen musste. All die Medikamente, Zusätze und Therapien konnten die Krankheit zwar nicht heilen, schienen aber den körperlichen Verfallsprozess zumindest zu verlangsamen.

Manche Hunde werden, genau wie manche Menschen, mit dem Alter mürrischer. Mojo wurde milder. Er hatte Zuneigung immer gemocht, aber jetzt schien er die körperliche Nähe noch mehr zu schätzen. Er lebte für die Momente, in den C.C. nach der Arbeit durch die Haustür kam. Nach einer fröhlichen Begrüßung massierte C.C. Mojo von Kopf bis Schwanz und machte buchstäblich einen einzigen großen Puddingklecks aus ihm. Auch Mojo und ich hatten unsere eigenen besonderen Zeiten. An warmen Nachmittagen legte ich mich in Löffelchenstellung zu ihm auf den Fußboden, streichelte ihn mit langen, sanften Bewegungen, flüsterte in sein Ohr und küsste das warme, weiche Fell auf seinem Kopf. Manchmal lag er auch auf der Seite und ich legte meinen Kopf auf seinen voluminösen Brustkorb, nur um seinen Herzschlag zu hören und eine tiefe Dankbarkeit dafür zu empfinden, dass er noch bei uns war. Von all den wunderbaren Erinnerungen sind es diese ruhigen, intimen Momente, die mir am meisten bedeuten.

Im Jahr 2008 war Mojo vierzehn. Am Freitag vor dem Gedenktag -Wochenende arbeitete ich zuhause, als er unruhig umherzulaufen und zu winseln begann. Er erbrach eine kleine Menge weißen, schaumig aussehenden Zeugs. Ich rief sofort den notdiensthabenden Tierarzt an, weil mein Haustierarzt schon im Wochenende war. Die Sprechstundenhilfe sagte mir am Telefon, nachdem sie kurz mit dem Tierarzt gesprochen hatte, dass ich Mojo zwölf Stunden lang fasten lassen sollte. Als C.C. zehn Minuten später von der Arbeit kam, erzählte ich ihm, was passiert war. Während wir uns noch unterhielten, ging Mojo nach draußen und spuckte eine Riesenmenge weißen Schaums. Wir fuhren sofort in die Tierklinik.

Dort hatte nur eine einzige Tierärztin Dienst, die gerade versuchte, einen anderen Hund zu retten, der einen sehr schlechten Start ins Wochenende gehabt hatte. Wir warteten. Fünf Minuten. Zehn Minuten. Fünfzehn. Ich ging wieder raus zum Empfang und bestand darauf, dass sich sofort jemand Mojo ansehen müsse. Daraufhin kam ein Assistent, der ihn in ein Hinterzimmer brachte und versprach, der Tierärztin Bescheid zu sagen. Ein paar Minuten später kam die Tierärztin nach vorn und erklärte uns, dass Mojo eine Magendrehung hätte. Ich war am Boden zerstört. Magendrehung war mir überhaupt nicht in den Sinn gekommen. Schließlich hatte er nicht erfolglos gewürgt, wie das für Magendrehung typisch ist, sondern tatsächlich erbrochen. Aber der Magen hatte sich tatsächlich bereits gedreht. Ohne sofortige Notoperation würde er sterben, sagte man uns. Die

Empfangsdame kam dazu und nannte uns eine unglaublich hohe Summe für die .C.Operationskosten. Außerdem, so warnte sie, würde die Nachsorge sehr schwierig werden. Zudem war Mojo auch schon vierzehn. Seine Chancen, die Operation zu überstehen, standen 50:50. Ob wir sicher seien, dass wir es versuchen wollten? Ich schaute sie an und sagte: „Schauen Sie, dass jemand reinkommt und meinen Hund rettet."

Es wurde ein sehr langes, schwieriges Wochenende, aber zum Glück überstand Mojo es. Die ersten 72 Stunden nach einer Magendrehungs-Operation sind entscheidend, weil viele Hunde in dieser Zeit Herzrhythmusstörungen bekommen und sterben. Sagte ich schon, wie lang und schwierig dieses Wochenende war? In den Wochen darauf hatten wir viel mit der angekündigten Nachsorge zu tun, aber wie C.C. sagte: „Er ist der mächtige Mojo-Mann. Er ist ein Kämpfer."

Mojo erholte sich zwar ganz von der Magendrehung, hatte aber Probleme, auf die Beine zu kommen und einen wackligen Gang. Weil wir damals bei unserem Einzug den Teppichboden durch Fliesen ersetzt hatten, hatten wir nun das Problem eines zu rutschigen Bodens. Also gingen wir nach Teppichresten shoppen und legten große, nicht zueinander passende Stücke im ganzen Haus aus. Es sah aus, als wäre ein Teppichverkäufer bei uns zuhause explodiert! C.C. baute eine kleine, mit Teppichboden belegte Rampe als „Brücke" zwischen Flur und Wohnzimmer, damit Mojo nicht die beiden kleinen Stufen hinunterstolpern musste. Außerdem baute er eine große Rampe für draußen, die eine Art flaches Deck bildete, damit Mojo eine ebene Fläche anstatt eines Gefälles betreten konnte, wenn er aus der Hundetür kam. Sowohl drinnen als auch draußen benutzten wir eine Schlinge mit Handgriffen, um Mojo beim Aufstehen und Gehen zu helfen. Sein Gewicht war inzwischen von gesunden 54 auf 40 Kilo gesunken, aber es war immer noch eine Herausforderung, ihn zu halten, besonders, je schwieriger das Gehen für ihn wurde. Durch das von der Krankheit verursachte Umknicken musste er nun Boots tragen, damit seine Zehen vom ständigen Nachziehen über den Boden nicht blutig geschürft wurden. Man könnte meinen, dass es ihm hätte schlecht gehen müssen. Aber anstatt sich von der Lage der Dinge deprimieren zu lassen, behielt Mojo eine erstaunliche Lebenslust. Er fraß weiterhin mit großem Appetit sein Futter sowie alles, was er zwischen die Pfoten bekommen konnte und strahlte vor Begeisterung, wenn man ihn streichelte und ihm Aufmerksamkeit schenkte. Er wollte ganz klar noch dabeisein.

In diesem September hatte ich eine Seminarverabredung in England. Ich wollte Mojo absolut nicht alleine lassen, aber ich konnte nicht absagen, weil das Seminar schon vor einem Jahr vereinbart worden war und über achtzig Teilnehmer schon gezahlt hatten. Also machte ich den zehnstündigen Flug und sprach zwei Tage lang auf dem Seminar, um anschließend sofort wieder umzudrehen und nach Hause zu fliegen. So erschöpft ich auch war, konnte ich doch sehen, dass es Mojo nicht gutging. Zwei Tage später wachte er morgens auf und verweigerte sein Frühstück. Das Licht in seinen Augen war schwach und sein ganzes Benehmen zeigte, dass er genug hatte. Das erdrückende Gewicht der letzten Entscheidung lastete auf uns. Es war an der Zeit.

In der Praxis ließ uns die Tierärztin allein im Raum, damit wir ein paar letzte kostbare Momente mit unserem Baby verbringen konnten. C.C. ist bestimmt kein Mann, der schnell zu Tränen neigt, aber hier weinte er zum Steinerweichen. Genau wie ich. Die Tierärztin kam viel zu schnell zurück. Als sie Mojo die Flüssigkeit spritzte, die sein treues Herz zum Stehen bringen würde, schaute er mich an. Ich blickte tief und sanft in seine seelenvollen braunen Augen und sagte: „Ich liebe dich, Kumpel. Ich sehe dich drüben."

In die Wüste

Nachdem Mojo gegangen war, war ein neuer Hund für mich undenkbar. „Ich will mit der Trauer allein sein," dachte ich grimmig. „Ich werde das verarbeiten." Und ich hatte viel Zeit, genau das zu tun. Ich hatte mir mein Leben so zurechtgelegt, dass ich von zuhause aus arbeiten und so viel wie möglich von Mojos restlicher kostbarer Zeit mit ihm verbringen konnte. Jetzt sah ich mich täglich der Abfolge endloser, leerer Stunden gegenüber. Das Haus, das immer ruhig und friedlich gewesen war, war plötzlich zu ruhig.

Ich wachte jeden Morgen weinend auf. Ich ging in mein Büro und versuchte zu arbeiten, sank aber jedes Mal irgendwann auf dem dunklen Teppich zusammen, vollkommen lahmgelegt von dem drückenden Gewicht des Kummers. Wie konnte es nur sein, dass mein Kumpel, mein Mojo-Kartoffelhund, nicht neben mir lag und mit diesen großen, sanften, braunen Augen zu mir aufschaute? Alles, was ich mir wünschte, war, sein langes, weiches Fell noch einmal streicheln zu können. Am Ende jedes endlos erscheinenden Tages weinte ich mich in den Schlaf.

Trotz meines Entschlusses, mich meinen Gefühlen zu stellen, ertrank ich in Wellen von Trauer und kein Rettungsboot war in Sicht. Im Abfluss der Dusche und in meiner Haarbürste begannen sich besorgniserregende Haarmengen zu sammeln. Meine Kehle war vom Weinen so wund, dass ich gefährlich kurz davor war, meine Stimme zu verlieren. Meine Augen waren ständig rot und verquollen. Ich sah schrecklich aus – und zum ersten Mal in meinem Leben war es mir vollkommen egal. Endlich verstand ich, warum manche Menschen sich sofort für einen anderen Hund entscheiden, wenn ihr Hund stirbt: Anders ist es einfach nicht zum Aushalten.

Was einem dabei niemand sagt: Die Trauer macht einen dumm und dämlich. Ich verbrannte mir die Hände am Herd. Zwei Mal. Ich stieß mir blaue und schwarze Flecken an den Ecken von Möbeln, von denen ich ganz genau wusste, wo sie seit Jahren standen. Ich ging aus dem Haus, wenn es absolut sein musste, aber ich hatte überhaupt keine Lust, irgendwohin zu fahren. Es war, als ob eine Schicht aus Watte um mein Gehirn gewickelt wäre und die fusselige Isolierung mich davon abhalten würde, allzu sehr nachzudenken. Aber immer dann, wenn ich gerade in einen tröstlichen Dämmerzustand verfiel, brachte mich irgendeine jäh auftauchende Erinnerung zurück in die grausame Wirklichkeit. Zum Beispiel beim Frühstück, zu dem ich immer meine Banane mit Flocken mit Mojo geteilt hatte. Er saß mit glücklichem, erwartungsvollem Grinsen da, wedelte mit dem Schwanz und war sich sicher, dass unsere Familienroutine ihm auch diesmal wieder ein Stückchen von dem leckeren gelben Zeugs bescheren würde, nachdem ich selber meine Portion abgeteilt hatte. Immer gab es ein paar Scheiben für mich, dann eine für Mojo. Jetzt, wo er nicht mehr da war, schnitt ich ein paar Scheiben Banane ab und ertappte mich dann dabei, wie ich mit ausgestrecktem Arm und einem im Nichts schwebenden Stückchen Banane dasaß.

Mein ganzer Alltag war darauf ausgerichtet gewesen, mich darum zu kümmern, dass es Mojo gutging und dass ich so viel Zeit wie möglich mit ihm verbringen konnte. Wenn ich jetzt draußen etwas zu besorgen hatte, kam es mir immer noch so vor, als müsste ich schnell wieder nach Hause, um nach ihm zu sehen. Diese Nervenbahnen im Gehirn können wirklich geradewegs in die Hölle führen. Die Mikrosekunde, in der ich realisierte, dass es keinen Grund mehr gab, mich mit dem Heimkommen zu beeilen, brachte mich jedes Mal fast um.

Die Zeit wurde zu einem kriechenden, erbarmungslosen Feind, aber sie hält auch die Gabe der Heilung bereit. Als die Monate vergingen, begann ich, probehalber vorsichtig einen Zeh zurück in den Fluss des Lebens zu stecken. Natürlich ging es mir hin und wieder immer noch schlecht. Eine Million kleiner Dinge erinnerte mich an Mojo. Aber nach und nach schaffte ich es, ohne begleitende Traurigkeit auf die glücklichen Zeiten zurückschauen zu können.

Ein Jahr nach Mojos Tod hielt ich es nicht mehr aus. Ich musste wieder einen Hund haben. C.C. stimmte widerwillig zu.

Er wäre absolut glücklich damit gewesen, hundelos zu bleiben – und damit auch hundehaarlos, Sechs-Uhr-Morgens-Hundespaziergangslos und überhaupt damit, von all den anderen Dingen befreit zu sein, die ihn am Hundebesitz stressten. Aber er wusste, wie viel es mir bedeutete und es war liebenswert typisch für ihn, dass er mich einfach nur glücklich sehen wollte. Und ich brauchte sehr dringend eine Portion Glück.

„Wie wäre es mit einem Welpen?" schlug er hilfreich vor.

„Ein Welpe?" entgegnete ich stutzig. „Ich möchte einen Hund retten! Außerdem möchte ich nicht mehr mitten in der Nacht für einen Welpen aufstehen und mit der ganzen Sozialisation und der Stubenreinheit ganz von vorn anfangen ... Du weißt schon, der ganze Kram, der damit zu tun hat."

„Sicher," stimmte er zu. „Aber Du weißt, was passiert, wenn Du einen erwachsenen Hund übernimmst. Sie haben alle ihre Altlasten."

„Die haben wir auch," antwortete ich spitz, „aber das hält uns auch nicht davon ab, neue Beziehungen einzugehen."

Mit einem Seufzer drehte C.C. sich zum Gehen um. Über die Schulter sagte er noch: „Du wirst später daran denken und wünschen, Du hättest einen Welpen genommen."

Fest entschlossen, ein Hundeleben zu retten, durchsuchte ich Tierheime nah und fern, stöberte in Tiervermittlungsseiten im Internet, knüpfte Netzwerke, las die Aushänge in Zoofachgeschäften und hing über Zeitungsannoncen. Aber trotz all meiner Bemühungen schien ich einfach nicht den richtigen Hund finden zu können. Ein Teil des Problems war, dass viele der Hunde, die mich anzogen, Mojo zu ähnlich sahen. So groß die Versuchung auch war, ich wusste, dass es ein Fehler sein würde. Außerdem waren die Rassen, zu denen mich die Schwerkraft anscheinend hinzog, nicht gerade die problemlosesten und unkompliziertesten Typen. Rottweiler, Deutsche Schäferhunde, Malamutes – alle Rassen aus Mojos genetischer Zusammenstellung – fielen mir ins Auge. Aber jeder der Kandidaten schien bei näherem Hinsehen Aggressionsprobleme oder andere größere Verhaltensprobleme zu haben.

Eine Freundin, die im Staat New York lebte, war nicht nur eine talentierte Autorin und Hundeverhaltensspezialistin, sondern züchtete auch schon seit langem Deutsche Schäferhunde. Sie produzierte schöne, große Hunde, die, was wichtiger war, ein stabiles und liebenswertes Wesen hatten – eine Eigenschaft, die heutzutage in vielen Schäferhundlinien leider eher selten zu sein scheint. Sie suchte die neuen Besitzer für ihre Welpen sehr sorgfältig aus, und das war auch richtig so. Sie erwähnte, dass eine ihrer Hündinnen einen Wurf erwartete und bot mir die Gelegenheit an, einen der Welpen zu kaufen. Ich fühlte mich geehrt und dachte ernsthaft über die Idee nach. Aber letzten Endes blieb ich doch bei meinem festen Vorhaben, einen erwachsenen Hund adoptieren zu wollen.

Zahllose hilfsbereite Freunde und Kollegen fragten, nach welchem Typ Hund ich denn suchte. Das Problem war, dass ich das wirklich nicht sagen konnte. Ich wusste nur, was ich nicht wollte. Die Leute meinen ja immer, dass Hundetrainer perfekte Kandidaten zur Übernahme von Hunden mit schweren Verhaltensproblemen sind, und irgendwie haben sie damit ja auch teilweise Recht. Aber auch Trainer brauchen mal Erholung! Als Profi wusste ich besser als jeder andere, wie viel Zeit und Mühe es kosten kann, an größeren Verhaltensproblemen zu arbeiten. Was mich nur noch eher dazu brachte, ihnen aus dem Weg zu gehen. Ich hatte dreizehn Jahre lang mit Sokos Angstproblemen und Mojos Reaktivität gegenüber anderen Hunden gelebt. Außerdem wollte ich definitiv keinen wilden und verrückten Halbwüchsigen. Der ungezügelte Enthusiasmus für möglichst viel Leben und Aktivität mag ja in meinen jüngeren Jahren schön gewesen sein, aber jetzt stellte sich bei mir irgendwie kein warmes und angenehmes Gefühl bei dem Gedanken ein, einen Teenager in unser friedliches Heim zu bringen.

Ich vertraute darauf, dass ich es wie bei jeder anderen Beziehung schon merken würde, wenn mir der Richtige begegnete.

Die Monate vergingen, und ich hoffte und suchte immer noch. Tierschutzgruppen hatten meine E-Mail Adresse weitergereicht und ich wurde täglich mit Hundefotos bombardiert. Aber trotz der Tatsache, dass ich hinsichtlich Alter, Rasse und Geschlecht nicht besonders festgelegt war – nichts. Dann saß ich am 18. Dezember, Mojos Geburtstag, am Computer und überprüfte meine täglichen Meldungen auf den Haustierseiten. Und da war sie plötzlich! Eine wunderschöne, zweijährige Nordrassen-Mischlingshündin, die als Streunerin ins Tierheim gebracht geworden war. Sie war es. Ich wusste es. Das Tierheim war nur eine Stunde entfernt. Ich ließ alles stehen und liegen und fuhr in die Wüste.

Der Mini-Weihnachtswolf

Staatlich bzw. kommunal geführte Tierheime sind oft überfüllt und leiden unter Personalmangel, und dieses hier bildete keine Ausnahme. In jedem der drei Backsteingebäude standen Reihe um Reihe Zwinger, in denen so viele Hunde so eng untergebracht waren, dass sie zum Teil übereinander steigen mussten, um an die Futter- und Wassernäpfe zu kommen. Der Betonboden war mit Kot und Urin bedeckt und der Geruch von Hoffnungslosigkeit hing in der Luft.

Traurig ging ich durch die Gänge des feuchten, grauen Gebäudes, in dem die Hündinnen untergebracht waren und dachte daran, dass viele dieser wunderbaren Hunde, die Besseres verdient hatten, dieses Tierheim nie lebend verlassen würden. Im Halbdunkel suchte ich nach dem strahlenden kleinen Gesicht, das ich im Internet gesehen hatte. Auf dem Foto war ihr ganzer

Körper nicht zu sehen gewesen, aber ich war mir immer noch sicher, dass ich sie entdecken würde. Fünf Minuten später war ich zwei Mal durch das ganze Gebäude gegangen. Keiner der Hunde sah ihr ähnlich. In meiner Magengrube formte sich ein beängstigendes Gefühl zu einem Klumpen: War sie bereits vermittelt worden? Hatte es einen Fehler auf der Internetseite gegeben? Oder war etwas viel Schlimmeres, Unaussprechliches passiert? Letzen Endes informierte mich eine Mitarbeiterin, dass im dritten Gebäude sowohl Rüden als auch Hündinnen säßen und schickte mich mit einem Fingerzeig hin.

Ich fand sie sofort. Sie sah genauso weich und sanft aus wie auf dem Foto. Ihre bernsteinfarbenen Augen strahlten eine Wärme und ein Licht aus, das der rauen Umgebung trotzte. Der schwarze, wie mit Kajalstift gemalte Rand um die Augen verlieh ihnen einen wunderschönen, geradezu ätherisch wirkenden Glanz. Sie sah mich mit einem Ausdruck an, den man nur als Freude beschreiben kann und drückte sofort ihren dünnen Körper in ganzer Länge an das Metallgitter. Ich kniete mich hin und streichelte das lange, seidige Fell, das in cremefarbenen und grauen Streifen von ihrem Rücken fiel. Wie sie sich an die Gitterstäbe lehnte, sah es aus, als würde sie geradewegs hindurchzuschmelzen versuchen. Das war's. Ich war verliebt. Gerade in diesem Moment kam eine freundliche Helferin vorbei und ich fragte, ob wir den Hund herausholen und in einen Kennenlernbereich bringen könnten. Das Tierheim besaß drei solcher Bereiche, die für Treffen und Begrüßungen gedacht waren. Zwei davon waren kleine Hundeausläufe mit einer hineingestellten kleinen Sitzbank für die Bequemlichkeit der Menschen und der letzte war ein größeres Maschendrahtgehege, in dem sich die Hunde die Beine vertreten und ein wenig mehr herumrennen konnten. Zum Glück war es gerade frei.

Ich setzte mich auf die Bank, um nicht zu stören, während der Hund am Gehegezaun entlang schnüffelte und sichtlich froh war, dem engen Zwinger entkommen zu sein. Sie war von der kleineren Sorte und wog nur etwa knapp zwanzig Kilo. Die Hunde und Wolfshunde, die wir über die Jahre besessen hatten, waren alle groß und kräftig gebaut gewesen. Und die meisten von ihnen waren aufdringliche Rüpel gewesen, zumindest, als ich sie bekommen hatte. Im Vergleich dazu war dieses kleine Mädchen geradezu zierlich. Sie bewegte sich mit einer gleitenden Mischung aus Gehen und Laufen, die aussah, als würde ihr Körper an Fäden gezogen. Es wirkte, als ob ihre Beine ohne jede Gewichtsbelastung durch den Raum schweben würden. Der Eindruck eines exotischen Wildtieres wäre vollständig gewesen, wäre da nicht ihre Rute gewesen. Dieser spektakulär cremefarbene, gebogene Federbusch war wie eine königliche Proklamation über ihren Rücken geschwungen und sah fast so aus, als würde er zu einem anderen Hund gehören. Aber anstatt unpassend oder plump zu wirken, unterstrich er nur noch ihre Schönheit.

Das andere interessante Merkmal an ihrem Körper war die Zunge: Sie war gefleckt. Damit meine ich nicht, dass sie einen dunklen Fleck hatte, sondern dass sie über und über von kleinen, dunkelvioletten Pünktchen bedeckt war, was ihr ein fast komisches Aussehen verlieh, sobald sie das Maul öffnete. Die meisten Menschen sind der Meinung, Flecken auf der Zunge würden auf einen Chow Chow in der Abstammung hindeuten. Dabei gibt es über dreißig Rassen, die gefleckte Zungen haben können, darunter reine Deutsche Schäferhunde, Golden Retriever und Siberian Huskies. Die ungewöhnliche Zunge und Rute führten allerdings nicht dazu, dass die Hündin ihr exotisches Wildtieraussehen ganz verlor, denn, wie ein vorbeigehender Tierheim-Kontrolleur lächelnd bemerkte: „Sie sieht aus wie ein Mini-Wolf." Ich lachte, klopfte mit der Handfläche auf die Bank und rief meine liebenswerte Mini-Wölfin. Sie glitt zu mir herüber und sprang mit unnachahmlich müheloser Grazie neben mir auf die Bank. Glücklich und zufrieden kuschelten wir uns aneinander. Sie leckte mein Gesicht. Ich fragte mich, wie schnell ich es schaffen würde, C.C. ins Tierheim zu schleppen, damit er sie sehen konnte.

Eine halbe Stunde später hatte eine Helferin meinen Hund zurück in den Zwinger gebracht. Ja, für mich war sie schon *mein* Hund. Ich fragte, wann sie zur Vermittlung freigegeben sein würde. Eine Büroangestellte überprüfte die Zwingerkarte und den Computereintrag und teilte mir dann mit, die Hündin sei vor zwei Tagen als Streunerin aufgenommen worden. Weil sie einen Mikrochip besaß, hatte man versucht, die Besitzer zu erreichen. Mir rutschte das Herz in die Hose. *Besitzer?* Natürlich wusste ich, dass jeder Hund möglicherweise einen Besitzer haben konnte, aber irgendwie – vielleicht, weil die Helferin sie zum Anschauen herausgeholt hatte – war ich davon ausgegangen, dass sie zur Vermittlung stand. (Später erfuhr ich, dass die Helferin gar nicht befugt gewesen wäre, den Hund für mich herauszuholen, aber ich bin ihr auf ewig dankbar, dass sie es getan hat.) Man hatte die Besitzer aufgrund der Mikrochipdaten angerufen, aber die Telefonnummer war außer Betrieb, woraufhin man einen Brief geschrieben hatte. Wenn innerhalb von zehn Werktagen niemand erscheinen würde, der Anspruch auf den Hund erhob, konnte ich sie übernehmen. Wenn ich wollte, könnte ich einen Vermittlungsvertrag unterschreiben, der mir das Vorrecht an ihr sichern würde, falls die Besitzer sich nicht meldeten. Wer hätte gedacht, dass meine Beine sich so fix bewegen könnten? Ich flog geradezu ins Büro und warf dabei Seitenblicke auf andere potenzielle Neuhundebesitzer, in der Absicht, sie unterwegs zu überholen.

Am nächsten Tag kam ich mit C.C. im Schlepp ins Tierheim zurück. Er und die Hündin verstanden sich sofort. Mein Mädchen war kein Dummkopf: Sie flirtete und spielte mit ihm, drückte feuchte Küsse auf sein ganzes Gesicht und bewirkte, dass er nur noch Adjektive ausspuckte: „Sie ist wunderschön", „so lieb", und „wirklich süß". Trotz all seines Zögerns zur Frage der Anschaffung eines neuen Hundes musste er zugeben, dass dieser Hund hier etwas Besonderes war.

Und so fuhr ich alle paar Tage ins Tierheim. Mein Fellkind in spe vollführte jedes Mal einen Freudentanz von Kopf bis Fuß, wenn sie mich mit der Helferin kommen sah. Ich blieb mit ihr so lange im Gehege sitzen, wie man uns nur ließ. Ich versuchte, sie zum Ballspielen zu animieren. Sie hatte kein Interesse, jagte aber gerne mich herum, wenn ich sie dazu aufforderte. Einmal kam eine andere Helferin vorbei und machte eine Bemerkung, die sehr der der ersten Kontrolleurin glich: „Oh!", rief sie, „die sieht ja aus wie ein Miniaturwolf!" Vermutlich tat sie das irgendwie auch. Der Miniwolf und ich verbrachten viel Zeit mit gemeinsamem Kuscheln auf der Holzbank. Ich brachte meine Lippen ganz nah an ihre kleinen, pelzigen Ohren und flüsterte ihr etwas von den salbeibewachsenen Hügeln und weichen Hundebetten, dem Bauchkraulen und der Liebe hinein, die sie erwarteten.

Als ich eines Tages im Tierheim ankam, stellte ich fest, dass der gewohnte Zwingerkamerad meines Mädchens durch einen Deutschen Schäferhund ersetzt worden war. Als meine Hündin zu mir kam, um mich zu begrüßen, sprang der Schäferhund auf sie los und eine Rauferei brach aus. Mein Miniwolf lag auf dem Rücken, schnappte mutig und verteidigte sich gegen den biestigen Angreifer. Ich sah mich verzweifelt nach Tierpflegern oder Helfern um, aber es war niemand zu sehen. Ich schrie und hoffte, die Hunde damit erschrecken und ablenken zu können. Keine Chance. Ich suchte nach einem Wasserschlauch, fand aber keinen. Ich trat fest gegen die Gitterstäbe und schrie wieder. Immer noch nichts. Schließlich rannte ich aus dem Gebäude und fand einen Arbeiter, der mir unerträglich langsam zurück hinein folgte, wo die Hunde immer noch miteinander kämpften. Er öffnete die Schlupfklappe, die den Zwinger vom Außenauslauf trennte, und schaffte es, den Schäferhund draußen auszusperren. Ich bedankte mich bei ihm und drückte meine Besorgnis aus, dass die Hunde wieder aneinandergeraten könnten, wenn man sie wieder zusammenließ. Er sagte, er könne nichts versprechen, würde aber versuchen, einen der Hunde in einen anderen Zwinger zu verlegen.

Wieder zuhause angekommen konnte ich nicht aufhören, mir Sorgen zu machen. Würden die beiden wieder miteinander kämpfen? Würden die Besitzer auftauchen? Wenigstens deutete ein abgemeldeter Telefonanschluss ja darauf hin, dass sie umgezogen waren, ohne sich darum zu kümmern, die Daten auf dem Mikrochip des Hundes zu aktualisieren. Was mochten das für Besitzer sein? Ich meine, wer um alles in der Welt wäre inzwischen nicht schon längst im Tierheim aufgetaucht, verzweifelt auf der Suche nach diesem unglaublichen Herzchen von einem Hund? Ich versuchte mir krampfhaft einzureden, dass es für den

Fall, wenn es sozusagen mildernde Umstände für die Besitzer geben würde und der Hund es bei ihnen wirklich besser hätte, wohl das Beste für alle sei, wenn die Besitzer sich melden würden. Aber tief in meinem Inneren hoffte ich natürlich, dass niemand kommen würde.

Über Weihnachten war das Tierheim fast eine Woche lang geschlossen. Ich hasste es, mein Mädchen nicht sehen zu können und befürchtete, die Besitzer könnten auftauchen, sobald das Tierheim wieder öffnen würde. Ich versuchte, mir keine Sorgen über mögliche weitere Raufereien mit dem Schäferhund zu machen, aber die Bilder des letzten Kampfes gingen mir nicht aus dem Kopf. Am meisten von allen machte mir der furchtbare Gedanke zu schaffen, dass man sie vielleicht verwechseln und einschläfern könnte, was ja traurigerweise tatsächlich schon in Tierheimen vorgekommen ist. Die Woche zog sich endlos. Endlich fuhr ich am 30. Dezember wieder ins Tierheim, gab der Büroangestellten die Vormerknummer und teilte ihr mit, dass ich den Hund nun gerne übernehmen würde. Die Dame suchte die Unterlagen heraus. Während sie den Papierkram erledigte, bemerkte sie, dass dieser Hund vorher schon vier Mal hier im Tierheim gewesen sei. *Vier Mal?* War sie jedes Mal als Streunerin aufgesammelt worden? Gab es da draußen irgendwo einen frustrierten Besitzer, der es satt hatte, sie jedes Mal wieder suchen und auslösen zu gehen, nachdem sie wieder einmal ausgebrochen war? Oder hatte es vier verschiedene Besitzer gegeben? Aber außer dem Vermerk, dass sie vor ein paar Monaten schon einmal aufgenommen und vermittelt worden war, war keine weitere Information erhältlich. Es war mir egal. „Verabschieden Sie sich," sagte ich zu der Bürodame. „Diesen Hund hier werden Sie nie wiedersehen."

Der hüpfende Fellball fuhr glückstrahlend hinter der Gitterabtrennung in meinem Jeep mit, schaute begeistert aus dem Fenster und sog die frische Luft ein. Mir war immer noch kein passender Name für sie eingefallen. Das einzige Informationshäppchen, das die Tierheimangestellte gehabt hatte, war, dass sie irgendwann einmal „Regina" geheißen hatte. Ich versuchte sie mit diesem Namen zu rufen, aber sie reagierte nicht darauf.

Ich konnte es ihr nicht verdenken. Als wir den Highway entlangfuhren dachte ich. „Ich brauche einen Namen, der ein bisschen wild ist, etwas mit Bergen und Natur darin ..." Genau in diesem Moment fuhr ich an einem Ausfahrtschild vorbei, auf dem „Sierra Highway" zu lesen war. Das war es! Sierra! Ich lächelte. Der Name war perfekt.

Das einzig besorgniserregende Verhalten, dass ich während unserer Kennenlern-Treffen im Tierheim bemerkt hatte, war ein beherzter Versuch gewesen, durch ein winziges Loch unten am Maschendrahtzaun des Geheges zu entkommen. Beim ersten Mal, als sie sich hindurchzuquetschen versuchte, hielt ich sie auf, sorgte dafür, dass sie nicht mehr in die Nähe des Lochs kommen konnte und sagte den Tierpflegern Bescheid. Es war ja verständlich, dass ein Hund aus dem Tierheim zu entkommen versuchte, aber in Kombination mit ihrer berichteten Vergangenheit brachte es mich schon zu der Frage, ob ich es hier vielleicht mit einer Ausbruchskünstlerin zu tun hätte.

Zuhause angekommen, führte ich Sierra gleich in den umzäunten Bereich hinter unserem Haus und leinte sie ab. Wir hatten hier keinen richtigen Hof, sondern eher eine Art gepflasterten Auslauf, den wir gleich nach dem Kauf des Hauses mit Maschendraht umzäunt hatten. Sofort begann sie mit der Inspektion der Grenzen. Sie lief mit überlegtem, konzentriertem Vorsatz am Zaun entlang, schnüffelte am Boden und schaute abschätzend zur Zaunkante hinauf. „Jepp," dachte ich, „deshalb warst Du vier Mal im Tierheim. Du bist Houdini im Hundepelz." Schon bald sollte ich herausfinden, dass dies nicht der einzige Grund war.

Doppelter Pfotenstretch

Als ich der selbsternannten Zauninspektorin bei der Arbeit zusah, wurde sehr schnell deutlich, dass es unsere dringlichste Aufgabe sein müsste, den Zaun zu erhöhen. Gus, ein gemütlicher Mittfünfziger aus der Gegend, hatte den ein Meter achtzig hohen Maschendrahtzaun ursprünglich gebaut. Er besaß selbst nordische Hunde und war deshalb überhaupt nicht überrascht, als ich ihn bat, den Zaun auf zwei Meter fünfzig zu erhöhen und oben eine nach innen zeigende Abschrägung nach innen anzubringen, wie sie auch in Zootiergehegen verwendet wird. Aus dem Blickwinkel des Tieres sieht so etwas unüberwindlich aus. Unüberwindlich hörte sich gut an.

Leider war Gus ausgebucht und konnte in den nächsten zwei Wochen nicht kommen. Und so musste angesichts der möglicherweise ungenügenden Umzäunung jedes Mal einer von uns mit hinausgehen, wenn Sierra hinten herausgelassen wurde. Trotz all unserer Zweisamkeit im Tierheim hatte sie sich noch richtig an mich gebunden und ich konnte es nicht darauf ankommen lassen, dass sie weglief. Wir begleiteten sie mehrmals am Tag an einer Zehn-Meter-Leine hinaus, sodass sie ihr Geschäft erledigen, aber nicht über den Zaun springen konnte. Ich kann nicht sagen, dass es besonders viel Spaß machte. Auch wenn wir uns ins Südkalifornien befanden, konnte der Januar in der Wüste trotzdem verdammt kalt sein. Und damit meine ich nicht lächerliche zehn Grad über Null kalt, sondern so kalt, dass das Wasser in den Leitungen friert.

Schnell wurde klar, dass Sierra früher im Haus gelebt haben musste. Sie war stubenrein und behandelte die weichen Hundebetten wie lange nicht gesehene Freunde. Mit Schaudern dachte ich daran, wie sie diese kalten, feuchten Betonböden im Tierheim gehasst haben musste. Haushaltsgeräusche wie das Piepen der Mikrowelle oder das Brummen des Staubsaugers machten ihr zum Glück keine Angst. Ich war erleichtert. Weil wir nicht wussten, ob sie vielleicht Dinge im Haus zerstören würde, wenn wir sie allein ließen, hatte ich vor, sie in einer Box übernachten zu lassen. Ich instruierte C.C., sie zu ignorieren, falls die dabei winseln oder ein bisschen bellen sollte. Hundetrainer und Eltern arbeiten seit Urzeiten nach dieser Logik, und sie funktioniert. Jedenfalls normalerweise. Sierra begann auf eine Art und Weise zu winseln und weinen, die nicht auf Frustration über das Eingesperrtsein, sondern auf pure Panik schließen ließ. Es war markerschütternd und löste in *mir* fast so etwas wie Panik aus. Ich konnte sie da unmöglich drinlassen. Ich dachte daran, sie irgendwo anzubinden, fühlte aber instinktiv, dass sie in dieser Situation ebenfalls Panik bekommen würde. Letzen Endes ließen wir sie frei im Haus allein und machten nur die Hundeklappe und alle Zimmertüren zu. C.C. hatte ohnehin schon vor langer Zeit unser Schlafzimmer und sein Musikzimmer, sprich das dritte Schlafzimmer, zur hundefreien Zone erklärt. Ich räumte alles leicht Erreichbare weg und hoffte das Beste. Am nächsten Morgen waren wir angenehm überrascht, dass nicht das Geringste kaputt gemacht oder auch nur bewegt worden war. Sierra lag zufrieden auf dem Hundebett und sah aus, als ob sie sich voll und ganz zuhause fühlen würde. Sie sah mit ihren funkelnden Bernsteinaugen zu uns hoch und öffnete das Maul zu einem entspannten Lächeln. Sie strahlte Anmut und Nettigkeit aus wie eine Lampe das Licht. Ich danke allen Mächten zwischen Himmel und Erde, dass wir so einen tollen Hund gefunden hatten.

An Tag zwei fingen wir mit dem Erziehungstraining an. Sierra kannte schon das „Sitz“ und lernte schnell „Platz“. Etwas Verwirrendes passierte aber, als wir „Bleib“ zu üben begannen. Als ich eine kleine Handbewegung im typischen „Bleib“-Signal machte als Hinweis für Sierra, dass sie an Ort und Stelle bleiben sollte, reagierte sie, als ob ich sie schlagen wollte. Sie legte die Ohren flach. Ihre Augen wurden zu schmalen Schlitzen. Sie zuckte zusammen. Dann machte sie komplett zu, bewegte sich nicht mehr und wollte mich nicht einmal mehr anschauen. Diese „erlernte Hilflosigkeit“ ist nicht selten bei Hunden, die mit übermäßig strenger Hand erzogen oder grob behandelt wurden. Es ist so, als ob sie Angst hätten, überhaupt irgendetwas zu tun – aus Angst, etwas Falsches zu tun und damit den Zorn des Menschen zu erregen. Sie tat mir leid. Wie um alles in der Welt hatte jemand die Hand gegen dieses wunderschöne, sanfte

Wesen erheben können? Ich versuchte, eine möglichst kleine und schwache Version des Handsignals zu geben, aber da es ihr immer noch Angst machte, stieg ich stattdessen auf ein leises Hörzeichen um. Sie machte einen viel entspannteren Eindruck und machte willig bei der Übung mit.

Schon bald fanden wir in unseren Trott. Wenn ich unter der Woche morgens in der Schlafzimmertür auftauchte, rannte Sierra zum Sofa herüber, sprang darauf und wartete mit schwanzwedelnder Vorfreude auf mich. Sie hatte schnell gelernt, dass sie immer dann auf das Sofa durfte, wenn die große indianische Decke, die wir als Überwurf benutzten, darauf lag. Lächelnd und verschlafen begab ich mich dann zu unserer morgendlichen Streicheleinheit zum Sofa. Sie genoss Bauchkraulen und Ohrkratzen und lag dabei auf dem Rücken, wobei sie eins oder beide Vorderbeine gerade in die Luft streckte, den Kopf zurückbeugte und ganz klar das Leben genoss. C.C. und ich nannten diese komischen Posen irgendwann „Pfotenstretch" und „doppelter Pfotenstretch". „Aha, Du machst wieder doppelten Pfotenstretch," sagte C.C. dann grinsend, wenn er zur Arbeit aus dem Haus ging. Nach der Kuschelsitzung sprangen Sierra und ich in den Jeep und fuhren zum örtlichen Park. Mit Freunde stellte ich fest, dass sie sich freundlich gegenüber anderen Hunden benahm, denen wir begegneten und Menschen absolut liebte.

Natürlich war Sierra in der Öffentlichkeit immer angeleint. Bei ihrer Vergangenheit verstand es sich von selbst, dass ich sie nicht frei laufen lassen konnte, zumindest nicht so lange, wie sie nicht extrem gut trainiert war. Zuhause ließen wir sie inzwischen ohne die Zehn-Meter-Leine in den Hinterhof, gingen aber immer noch mit ihr mit. Was lästig war, weil sie oft nach draußen wollte und ich nie wusste, ob sie wirklich musste oder ob sie einfach nur die interessanten Gerüche all der Kleintiere schnuppern wollte, die im hügeligen Umland oder in den Ritzen unter unseren Vorratsschuppen lebten. Aber wir gingen jedes Mal raus.

Eine Sache, die Sierra von Anfang an ganz problemlos lernte, war der Rückruf, und wir übten ihn öfter am Tag. Schließlich wusste ich, dass sie ein kleiner Ausreißer war, und wenn der schlimmste Fall eintrat, wollte ich zumindest eine Chance haben, sie zurückzubekommen. Als ich zu den Tierheimleuten gesagt hatte, dass sie den Hund nie wiedersehen würden, hatte ich das auch genau so gemeint. Wir begannen die Übungslektion mit nur sehr wenig Abstand zwischen uns, aber schon bald kam Sierra freudig aus dem Haus gerannt, wenn ich sie von draußen aus rief und umgekehrt. Sie lernte schnell, reagierte schnell und schien an dem auf Belohnungen aufgebauten Training Spaß zu haben. Abgesehen von der Unsicherheit, die sie ab und zu zeigte, wenn sie etwas Neues zu lernen versuchte, schien sie ein wunderbarer und sich gut anpassender Hund zu sein, dessen Selbstvertrauen langsam wuchs. Konnte es wohl sein, dass ich endlich mal einen Hund ohne größere Verhaltensprobleme ergattert hatte?

Gus, der Zaunguru, war vor einem Auftrag aufgehalten worden, der mehr Zeit in Anspruch genommen hatte als gedacht und tauchte deshalb erst nach drei Wochen bei uns auf, um uns ein Angebot zu machen. Wir hatten inzwischen schon damit aufgehört, Sierra nach draußen zu begleiten. Wir beobachteten sie heimlich aus dem Schlafzimmerfenster, wenn sie das Gehege erkundete und sie hatte noch nie auch nur einen Funken von Interesse daran gezeigt, über den Zaun zu springen oder ein Weg darunter heraus zu finden. Allerdings war sie ständig sehr wachsam gegenüber den Gerüchen der draußen lebenden Tiere. Sie patrouillierte den Bereich ab, beschnüffelte den Boden und hielt die Nase in den Wind. Dann versteifte sie sich und ein harter, konzentrierter Glanz stieg in ihre Augen. Geduckt und lauernd schlich sie dann heran, legte sich hin und wartete darauf, dass die ahnungslose Eidechse oder Maus sich aus ihrem Versteck wagte. Das Mädchen hatte unendlich viel Geduld und blitzschnelle Reflexe. Wir begannen eine beunruhigend große Anzahl toter Kleintiere hinter unserem Haus vorzufinden. Zumindest machten wir uns nun keine Sorgen mehr, sie im Auslauf allein zu lassen, wenn wir zuhause waren oder nur kurz aus dem Haus gingen. Trotzdem wäre es sicher gut, einen höheren Zaun zu haben.

Endlich kam Gus irgendwann an. Sierra begrüßte ihn wie einen alten Freund, leckte sein Gesicht und wackelte fröhlich mit dem ganzen Körper, als er sie streichelte. Wie so viele andere, die sie trafen, fiel auch Gus sofort ihrem Charme zum Opfer. C.C. und ich gingen zurück ins Haus und ließen sie den Zaunbauprofi beaufsichtigen, während er Maße nahm und Berechnungen anstellte. Kurze Zeit später kam er zurück, Sierra fröhlich neben ihm hertanzend. Der Job sei machbar, berichtete er, mitsamt der geplanten Abschrägung und allem anderen. Er wurde uns in Kürze wegen des Angebots anrufen oder eine Mail schicken. Wir winkten, als er in seinen alten Ford Pickup stieg und wegfuhr.

Am nächsten Morgen fuhr C.C. zur Arbeit und ich fing mit den üblichen morgendlichen Haushaltsarbeiten an. Während Sierra faul auf dem Hundebett im Wohnzimmer lag, brachte ich zu Ende, was im Haus getan werden musste und fuhr dann kurz zur Post los. Bis ich endlich an der Reihe und wieder zu Hause war, war eine knappe Stunde vergangen. Länger, als ich Sierra bisher je allein gelassen hatte, aber ich machte mir keine Sorgen. Ich ging ins Haus und erwartete, dass sie mich an der Tür begrüßte. Stattdessen wurde ich von Stille empfangen. Das war merkwürdig. „Sierra!", rief ich. Nichts. „Hm," dachte ich, „sie muss hinten draußen sein und irgendein Tier belauern." Ich ging zur Hintertür raus und die Hunderampe hinunter und sah mich um. Ich konnte sie nirgends sehen. Mein Herz begann schneller zu schlagen. „Sierra! Sierra?" rief ich. Keine Antwort. Ich ging zurück ins Haus, um zu sehen, ob ich sie vielleicht versehentlich in einem der Zimmer eingesperrt hatte, als ich beim Weggehen alle Türen zugemacht hatte. Nichts. Inzwischen verrückt vor Angst rannte ich wieder nach draußen und schaute hinter die Schuppen. Wir hatten Begrenzungen gebaut, damit sie nicht dahinter kam, aber ich dachte, dass sie mit ihrer Beweglichkeit und Geschicklichkeit es vielleicht trotzdem geschafft haben könnte, daran vorbeizukommen. Ich suchte überall, aber sie war nirgends zu finden. Ich rannte wieder nach drinnen und rief C.C. auf der Arbeit an, während mir die Tränen über die Wangen liefen: „Sie ist weg!", weinte ich.

Als ich es geschafft hatte, wiederzugeben, was passiert war, versprach C.C., sich sofort auf den zwanzigminütigen Heimweg zu machen und suchen zu helfen. Ich legte auf und lief zur Haustür, mit der Absicht, in den Jeep zu springen und die Straße rauf und runter zu fahren, um nach Sierra zu rufen. Aber irgendetwas hielt mich zurück. Stattdessen blieb ich an der Haustürtreppe stehen, nichts als die Berge vor den Augen, und rief mit der hohen, fröhlichen Stimme, die ich in unseren vielen Trainingsstunden immer benutzt hatte: „Sierra, hiiier!" Ich wiederholte es und fügte sicherheitshalber noch ein „Guutes Mädchen, so fein hier!" hinzu. Ich fuhr mit meinen „Keep Going"-Ermunterungen fort, als ob ich sicher wäre, dass sie auf dem Weg zu mir war. Und kaum zu glauben – Sekunden später war sie da! Da kam dieses hübsche Fellknäuel über die Hügel geflogen und war erschöpft und schwanzwedelnd froh, mich zu sehen. Geschockt, froh und mehr als nur ein bisschen erleichtert rief ich sie weiter, bis sie bei mir war und ich sie ins Haus bringen konnte. Wo Lob und Hot Dogs üppig auf sie herabregneten.

Als ich Sierra sicher hinter geschlossenen Türen drinnen hatte und C.C. angerufen hatte, um ihm die guten Nachrichten mitzuteilen, ging ich wieder nach draußen, um herauszufinden, wo sie entwischt sein konnte. Möglicherweise hatte sie es geschafft, über den Zaun zu klettern, weil der ja noch nicht erhöht worden war. Aber ich erinnerte mich, wie sie beim ersten Erkunden ihrer neuen Umgebung der Unterkante des Zauns ganz besonders viel Aufmerksamkeit geschenkt hatte. Das in Kombination mit der Art, wie sie im Tierheim versucht hatte, sich unter dem Zaun durchzuquetschen, ließ mich vermuten, dass Springen nicht ihre bevorzugte Ausbruchsmethode war. Und wie sich herausstellte, hatte ich Recht. Bei genauer Inspektion des Zauns stellte ich fest, dass Gus von uns unbemerkt ein Stück Holz entfernt hatte, das wir unten am Zaun mit Draht über einem Loch befestigt hatten, das schon bei unserem Einzug dagewesen war. Bestimmt hatte er gedacht, dass das Loch nicht groß genug sein könnte, damit Sierra hindurchpasste – aber da hatte er sich getäuscht. Um meine Theorie zu testen, öffnete ich die Hundeklappe und ließ Sierra mit Zugang zum Auslauf im Haus. Ich griff mir eine Leine, ging aus der Haustür und rannte schnell ums Haus herum nach hinten. Und da war Sierra auch schon und hatte sich bereits mit ihren halben Körper durch die Öffnung gezwängt. Sobald sie frei war, grinste sie mich an und wedelte wild, als ob sie sagen wollte: „War das nicht toll?“ Ich schaffte es nicht, ein Lächeln zu unterdrücken, leinte sie an und brachte sie zurück nach drinnen, wo sie blieb, bis ich das Loch im Zaun wieder verschlossen hatte. Gut, mit *diesem* Hund würde das Leben auf jeden Fall bestimmt nicht langweilig werden!

Lass mich nicht allein

Sobald der neue und verbesserte Zaun installiert war, konnte ich Sierra mit Zugang zum Außenauslauf alleine zuhause lassen. Es gab keine weiteren Fluchtversuche mehr und auch keine Zerstörungen oder Häufchenunglücke im Haus. Endlich konnte ich mich entspannen. Allerdings hatte ich ein beunruhigendes Verhalten zu bemerken begonnen: Immer, wenn ich nach Hause kam, hechelte Sierra sehr stark. Und weil es Winter war, wusste ich, dass es nichts mit Wärme zu tun haben konnte. Auch die Art und Weise, wie sie fast mein Bein hinaufkletterte, um mich zu begrüßen, wirkte, als sei sie völlig außer sich. Bevor ich am nächsten Tag aus dem Haus ging, installierte ich eine Videokamera und schaute mir eine Dreiviertelstunde später die Aufzeichnung an. Das, was ich sah, als beunruhigend zu bezeichnen, wäre eine absolute Untertreibung.

Das Video begann damit, dass Sierra unaufhörlich zwischen Wohnzimmerfenster und Fenstertür hin- und herlief, von wo aus man gut auf die lange, abschüssige Auffahrt sehen konnte. Sie lief vor und zurück, vor und zurück und winselte dabei leise. Schließlich steigerte sich ihre Lautäußerung zu einem intensiven Weinen, gelegentlich unterbrochen durch kurze, hohe Belllaute. Das Ganze hielt etwa zehn Minuten lang an. Für mich sah es so aus, als würde ihr Stress niemals enden. Dann begann sie zu heulen. Es war ein trauriges, mitleiderregendes Klagen, das mir das Herz schwer machte. Ich war nicht in der Lage, mir das Ganze anzusehen, weshalb ich vorspulte und nur ab und zu stoppte. Sie hatte dieses Verhalten die ganze Zeit lang gezeigt, während ich weg war. Kein Wunder, dass sie immer hechelte, wenn ich zurückkam! Der arme Hund hatte ganz klar ein Problem mit Trennungsangst. Was angesichts ihrer Vorgeschichte eigentlich auch nicht überraschend war.

Ich schaltete sofort in den Hundetrainer-Modus. Erst einmal führte ich mir alle Produkte vor Augen, die den Hunden meiner Kunden geholfen hatten. Da war zum Beispiel das DAP (Dog Appeasing Pheromone), das aussieht wie ein Raumbedufter für die Steckdose und eine künstlich hergestellte Kopie der Pheromone von laktierenden Hündinnen abgibt. Diese Pheromone wirken naturgemäß beruhigend auf Welpen, aber wie sich herausgestellt hat, können sie auch erwachsene Hunde beruhigen. Das Produkt hatte schon vielen meiner Kundenhunden mit leichter Trennungsangst geholfen. Nachdem ich es ein paar Tage lang ausprobiert hatte, musste ich mir aber leider eingestehen, dass es nichts dazu beitrug, Sierras Angst zu lindern. Ich ließ Musik laufen – und zwar nicht irgendeine, sondern eine speziell nach psychoakustischen Gesichtspunkten zur Entspannung für Hunde zusammengestellte CD. Diese Serie namens *Through a Dog's Ear* hatte sich bei vielen Kunden als hilfreich erwiesen, deren Hunde dringend Beruhigung brauchten. Aber was die anderen Hunde getröstet hatte, trug leider gar nichts dazu bei, diesen speziellen Caniden hier zu entspannen. Das Gleiche galt für alles Mögliche, das ich ausprobierte – und glauben Sie mir, ich probierte alles aus, was im Buch stand. Es sah leider nur danach aus, dass Sierra das Buch einfach nicht gelesen hatte.

Ein Baustein jeder Trennungsangst-Therapie besteht darin, dem Hund etwas sehr Leckeres zu Kauen zu geben, wenn der Besitzer weg ist. Je mehr ein Hund damit beschäftigt ist, auf etwas herumzukauen oder Leckerchen aus einem Gegenstand herauszuwursteln, desto unwahrscheinlicher wird es, dass seine Emotionen sich unkontrolliert aufschaukeln. Mein Lieblingsutensil ist der Kong, ein schneemannförmiges Spielzeug aus Hartgummi mit einem größeren Loch unten und einem kleineren oben. Ich habe schon viele Kongs in meinem Leben mit Futter gestopft und war zuversichtlich, mir ein Rezept ausdenken zu können, das auch Sierra während meiner Abwesenheit beschäftigt halten würde.

Leider musste ich schnell feststellen, dass Sierra noch nicht einmal versuchte, an die im Kong versteckten Leckereien zu kommen, egal, wie einfach ich es ihr machte. Die erlernte Hilflosigkeit, die mir beim Training von „Bleib" schon begegnet war, schien immer dann wieder an die Oberfläche zu kommen, wenn es darum ging, etwas Neues im Bereich „Ausgraben und Fressen" zu probieren. Also machte ich es einfacher. Ich gab ihr Ochsenziemer, mit denen sie nichts weiter tun musste als darauf herumzukauen. Sie war immer noch nicht dafür zu haben. Wenn das Ganze nur eine Frage dessen gewesen wäre, dass sie nichts fressen wollte, wenn ich nicht da war, wäre das verständlich gewesen, weil Appetitlosigkeit bei Hunden mit Trennungsangst ein sehr häufiges Problem ist. Aber sie kaute selbst dann auf nichts, wenn ich zuhause war. Was war nur mit diesem Hund passiert? Hatte sie noch nie im Leben Kauknochen bekommen? Oder war sie dafür bestraft worden, dass sie irgendwelche Sachen zerbissen hatte und traute sich nun nicht mehr, es zu versuchen? Unverzagt testete ich einen Gegenstand nach dem nächsten. Letzen Endes legte ich ihr eines Tages einen Becher Frosty Paws, einer speziellen Hunde-Eiscreme, vor die Pfoten. Zu meiner großen Erleichterung leckte sie erst zögerlich, dann mit größerem Interesse daran.

Natürlich musste auch ein neues Verhaltensmuster geschaffen werden. Die Idee dabei war, Sierra in sehr kleinen Schritten nahezulegen, dass Alleinsein in Ordnung war. Viele Hunde mit Trennungsangst sind die reinsten „Klettenhunde", die ständig so an ihrem Besitzer kleben, dass sie ihn unbedingt überall hin begleiten möchten, selbst ins Badezimmer. Das übliche Verhaltenstherapieverfahren beginnt dann immer damit, dass der Hund sich daran gewöhnt, vom Besitzer getrennt zu sein, dieser aber noch im Haus ist. Seltsamerweise blieb Sierra aber lieber draußen im Auslauf, solange sie wusste, dass ich zuhause war. Schließlich waren da die Mäuse und Eichhörnchen! Da also die typischen Merkmale eines überanhänglichen Hundes fehlten, konnten wir auch nicht mit dem üblichen Trainingsprogramm fortfahren.

Gut vorgeplante und sehr kurze Trennungen waren das, was wir brauchten. Mir war klar, dass ich dabei sorgfältig vorgehen musste und die Dauer meiner Abwesenheit nur sehr langsam steigern durfte. Und ich musste überlegen, was ich mit Sierra machen würde, wenn wir *nicht* übten. Wie wollte ich zum Beispiel einen halbstündigen Einkauf erledigen? Was, wenn ich einen Termin beim Arzt oder sonst irgendwo hatte, wo ich hingehen *musste*? Den meisten Menschen ist gar nicht klar, was für eine Herausforderung ein Hund mit Trennungsangst an einen stellt. Trotz der Tatsache, dass ich vielen Hunden meiner Kunden geholfen hatte, war mir nie zuvor bewusst geworden, in welchem Ausmaß dieses Verhalten das Leben des Hundebesitzers beeinflusst.

Letztlich blieb mir nichts anderes übrig, als kreative Wege zum Umgang mit der jeweiligen Situation und ungewöhnliche Lösungen zu finden. Eines Tages, kurz nachdem wir Sierras Trennungsangstprobleme erstmals entdeckt hatten, hörte C.C. zu, wie ich darüber klagte, dass ich doch endlich, nur ein einziges Mal, einen Hund ohne größere Verhaltensprobleme hatte haben wollen. „Du weißt, was das heißt, oder?", sagte er. Ich sah ihn fragend an. „Na dein nächstes Buch!" Ach du meine Güte. Aber wie sich herausstellte, hatte er Recht. Mit meiner neu gewonnenen Kreativität und Empathie schrieb ich letzten Endes *Lass mich nicht allein! Strategien gegen Trennungsangst bei Hunden* – und freue mich, berichten zu können, dass es vielen anderen Hunden mit dem gleichen Problem geholfen hat.

Ich würde lügen, wenn ich behaupten würde, dass die Frage des Umgangs mit unausweichlichen Trennungssituationen keine Herausforderung gewesen wäre. Ich nahm Sierra auf Einkaufsfahrten mit, was unweigerlich dazu führte, dass ich mich ständig gehetzt fühlte, damit sie nicht so lange allein im Auto bleiben musste. (Interessanterweise geht es vielen Hunden mit Trennungsangst im Auto besser, weil sie wissen, dass der Besitzer normalerweise schnell wieder zurückkommt). Wenn ich einen wichtigen Termin hatte und es nicht machbar war, dass sie im Auto blieb, legte C.C. seine Arbeitsstunden so, dass er ein paar Stunden lang bei ihr zuhause sein konnte. Ich wusste sehr zu schätzen, dass er das einrichten konnte und wollte. Meine Geschäftspartnerin in der Hundeschule sah durch unsere Organisation und meine Schreib- und Vortragstätigkeit ohnehin auch alle meine Kunden, sodass ich mir um diese Sache wenigstens keine Sorgen machen musste. Aber ich musste immer noch Einladungen zu Abendessen, Treffen mit Freunden und anderen geselligen Gelegenheiten ablehnen. Was das gemeinsame Ausgehen von C.C. und mir betraf, waren wir noch nie ausgesprochene Partygänger gewesen, gingen aber an den Wochenenden gerne ins Kino und schön essen. Das war jetzt schon seit drei Monaten nicht mehr vorgekommen. Und so sehr ich Sierra auch liebte, fing ich langsam an, mich wie eine Gefangene in meinem eigenen Haus zu fühlen.

In diesen ersten Monaten stand es neben den geplanten Trennungen zu Trainingszwecken außer Frage, Sierra allein zu lassen. Einmal passierte es allerdings doch. Ich war mitten in der Nacht aufgewacht, weil ich aufs Klo musste. Auf halbem Weg dahin fühlte es sich plötzlich an, als würde mir jemand mit einem Vorschlaghammer auf die Brust schlagen. Weil ich schon einige Zeit mit einer Herzerkrankung lebe und ähnliche Schmerzen schon vorher erlebt habe, hielt ich mich am Türrahmen fest, versuchte tief und ruhig zu atmen und zu warten, bis es von alleine vorbeiging wie sonst auch. Aber dieses Mal ging es nicht nur nicht vorbei, sondern meine Hände wurden taub. *Das* war neu. Dann wurde mir langsam schummerig. Da ich in Krisensituationen (solange sie nicht meine Hunde betreffen) immer erstaunlich ruhig bin und immer erst hinterher Panik bekomme, setzte ich mich an den Computer und googelte „Herzinfarkt bei Frauen". Ich ging die Liste durch und hakte dabei die Symptome vor meinem geistigen Auge ab. Unten angekommen, riet mir die Internetseite, falls ich eins oder mehrere der aufgezählten Symptome hätte, sollte ich schleunigst von dem verdammten Computer aufstehen und 110 wählen. Was ich dann auch tat, ohne C.C. aufzuwecken.

Nach einer kurzen Erklärung, warum ich anrief und vielem Geschwätz meinerseits, dass ich den Notdienst vielleicht wirklich nicht hätte belästigen sollen, machte mir der diensthabende Notdienst am anderen Ende der Leitung unmissverständlich klar, dass ich medizinische Hilfe bräuchte, mich hinsetzen und auf den Rettungsdienst warten sollte. Ich legte auf und weckte C.C.. Ruhig berichtete ich ihm, dass ich möglicherweise gerade eben einen Herzinfarkt gehabt hätte und dass der Notdienst schon unterwegs sei. Der arme C.C., der selbst an seinen besten Morgen nicht gerade mit klarem Blick und sofort startbereit aufwacht, war mehr als nur ein bisschen verwirrt.

Es muss eine ruhige Nacht für den Rettungsdienst gewesen sein, denn nur eine Viertelstunde später standen acht Sanitäter um mich am Küchentisch herum. Sie schlossen mich an Monitore an, stellten mir Fragen und kamen zu dem Schluss, dass meine Vitalzeichen stabil seien. Sie versuchten mich dazu zu überreden, mit dem Krankenwagen zurück ins Krankenhaus zu fahren, aber ich lehnte ab und entschied mich statt des unglaublich teuren Krankentransports lieber dafür, dass C.C. mich fahren sollte. Als wir eine halbe Stunde später, um halb fünf morgens, im Krankenhaus ankamen, stellten wir fest, dass die Notaufnahme geschlossen war. Dauerhaft. Hmmm. Das fiel wohl unter die Kategorie „Dinge, die einem auch jemand hätte sagen können." Anstatt in der Notaufnahme untersucht zu werden, wartete ich also mehrere Stunden, bis ich mich einer Ärztin vorstellen konnte. Diese brillante Frau – mit dem Doktortitel und dem hohen Gehalt – hörte sich meine Geschichte an und fragte dann, ob ich mir vielleicht einen Muskel gezerrt haben könnte. *Einen Muskel gezerrt?* Wie bitte? Auf dem Weg vom Schlafzimmer zum Badezimmer? Sie ordnete auch keine Blutuntersuchung an, die, wenn sie rechtzeitig innerhalb des korrekten Zeitfensters gemacht worden wäre, über den Zustand meines Herzens hätte Auskunft geben können. So weiß ich wegen dieser Nachlässigkeit bis heute nicht genau, was eigentlich wirklich passiert war. Was ich allerdings sehr wohl wusste, war, dass wir Sierra ausgesperrt mitten in der Nacht allein gelassen hatten. Ich war sicher, dass sie furchtbar gestresst sein musste. Warum ich diese Geschichte erzähle, ist, dass damals das einzige, was mich vom

Befolgen meines Trainingsplans abbringen konnte, ein Besuch in der Notaufnahme war.

Nicht allzu lang nach der Herzgeschichte hielt ein bekannter Hundetrainer bei uns in der Stadt einen Vortrag und sprach dabei unter anderem über Trennungsangst. Der größte Teil seiner Philosophie war mir bereits bekannt und ich stimmte in weiten Teilen mit ihm darin überein, wie man dieses Problem am besten angehen sollte. Nach dem Vortrag war ich noch zu einem gemeinsamen Abendessen zu seinen Ehren eingeladen. Zufällig landete ich am Tisch direkt neben ihm. Er war ein netter Mann, ein interessanter Gesprächspartner und besaß, wie sich herausstellte, selbst einen Hund mit Trennungsangst. Als ich ihm von Sierras Problemen erzählte, konnte er gar nicht verstehen, warum ich mir solche Sorgen machte. Schließlich zerstörte sie nichts, machte nicht in Haus und belästigte die Nachbarn nicht. Was war denn schon das bisschen Hecheln bei meiner Rückkehr? So sehr ich ihn auf professioneller Ebene auch schätzte und mochte, in diesem Punkt stimmte ich nicht mit ihm überein. Ganz egal, wie Sierra ihrem Gefühlszustand Ausdruck verlieh – sie war eindeutig stark gestresst. Und das war für mich nicht in Ordnung.

Schafehüten – Bääääh!

Während wir weiter an der Trennungsangst arbeiteten, versuchte ich, Sierras Leben so abwechslungsreich wie möglich zu gestalten. Nach und nach bekam sie Spaß an der Leckerchensuche und rollte – noch zögerlich – einen mit Löchern versehenen Ball herum, um die darin versteckten Futterstückchen hervorzulocken. Sie wurde auch zur willigen Kong-Aushöhlerin, solange ich die Kongs nicht so stopfte, dass die Aufgabe zu schwierig wurde. Wir entdeckten sogar interaktive Hundespielzeuge für uns, bei denen sie Holzteile mit Nase oder Pfoten hin- und herschieben musste, um an versteckte Leckerchen zu kommen. Sie liebte sie und begann echte Begeisterung für das Futter zu entwickeln. Auch unsere Trainingsstunden verbesserten sich, je weniger ängstlich und je williger sie wurde, neue Dinge auszuprobieren. Es war Balsam für meine Seele, sie so aufblühen zu sehen.

Die Hundewiese im Park besuchten wir oft in den frühen Morgenstunden, bevor es zu heiß und zu voll dort wurde. Als wir das erste Mal den umzäunten Bereich betraten, öffnete ich das Tor und hakte Sierras Leine aus. Dabei schaute ich für den Bruchteil einer Sekunde nach unten. Als ich wieder hochsah, war sie schon am anderen Ende der Wiese. Wie hatte sie in diesem kurzen Augenblick so weit kommen können? Ich war mir immer noch nicht sicher, welche Rassen in ihr steckten, aber ganz offensichtlich war auf jeden Fall Rakete dabei. Sie ging darin auf, über die eben, weite Fläche zu rasen, Staubwolken hinter sich herzuziehen und die nichtsahnenden Kaninchen auf der anderen Seite des Maschendrahtzauns vor Schreck zum Kötteln zu bringen.

Ab und zu trafen wir andere Hunde und ihre Besitzer. Sierra war immer begeistert, sie zu sehen, aber weil ich wusste, dass viele Leute auch mit aggressiven oder reaktiven Hunden in den Park kommen, war ich sehr vorsichtig in der Auswahl ihrer Spielkameraden. Die meiste Zeit spielte sie gut mit anderen. Ich sage „die meiste Zeit“, weil sie eine leicht verstörende Art hatte, andere zu treffen und zu begrüßen. Falls schon ein anderer Hund im Park war, wenn wir ankamen, schoss sie wie eine Gewehrkugel mit dem unglücklichen Hund als Ziel durch das Eingangstor. Die meisten Hunde waren von dieser überschwänglichen Begeisterung zuerst erschreckt, erholten sich aber schnell und es schloss sich eine gemeinsame Spielrunde oder zumindest ein gegenseitiges Beschnüffeln an. Bei anderen Gelegenheiten, wenn Sierra im Park war und einen Hund mit seinem Besitzer in der Ferne erspähte (bei ihren scharfen Sinnen konnten sie noch weit entfernt auf der anderen Seite der riesigen Grasfläche auf dem Parkplatz sein) machte sie ein paar schleichende Schritte nach vorn und kauerte sich dann in den Staub, um zu warten. Wenn der arglose Hund dann endlich durchs Tor kam, sprang Sierra auf und rannte zu ihm hin, um verspielt vor ihm herumzuhüpfen. Manche Hunde fanden diese stürmische Begrüßung gut, aber andere wussten sie zweifellos nicht so sehr zu schätzen. In seltenen Fällen kam es auch vor, dass Sierra auf einen Hund losrannte, um dann unterwegs aber alle Viere zu einem plötzlichen Stopp in den Boden zu rammen. Man sah dann förmlich die Gedankenblase „Achtung Gefahrenwarnung!" über ihrem Kopf schweben. Auch wenn diese Begrüßungen nie in Raufereien endeten, war das Verhalten ganz klar nicht in Ordnung und ich konnte sie nicht einfach so weitermachen lassen.

Das andere Problem war, dass Sierra höchst intolerant gegenüber Hunden war, die sie auf irgendeine Art zu dominieren versuchten: Der Versuch eines anderen, einen Buckel zu machen oder gar eine Pfote eine Sekunde zu lang über ihren Rücken zu legen, konnte leicht in einem Kampf enden. Und auch wenn sie vielleicht selbst keinen Kampf anfing, so tat sie doch ihr Bestes, keinen zu verlieren. Da Hundewiesen in solchen Fällen nicht der beste Ort für eine Verhaltensänderung sind, begann ich stattdessen (außer, wenn ich ihre Spielpartner genau kannte) in den Hügeln um den Park herum spazieren zu gehen.

Und ich machte mir außerdem Gedanken, wie ich Sierra sonst noch interessante Freizeitbeschäftigungen bieten konnte. Sie hätte einen prima Agility-Hund abgegeben, aber wegen meiner verflixten Herzkrankheit war für mich alles ausgeschlossen, in dem es ums Sprinten ging. An Obedience-Wettkämpfen hatte ich dagegen kein Interesse. Dog Diving? Nicht unbedingt eine Option für die Wüste. Dann fiel mir wieder ein, dass eine Freundin kürzlich von einer Frau erzählt hatte, die Hunden das Schafehüten beibrachte. *Das* könnte doch etwas sein! Ich hatte keine Ahnung von Hütearbeit und schon gar keine Erfahrung darin, wenn man einmal davon absieht, wie meisterlich ich in meiner Brooklyner Wohnung oft mitten in der Nacht die Kakerlaken in meiner Küchenspüle zusammengetrieben hatte. Ich fragte mich, ob Hüten etwas wäre, woran Sierra Spaß haben könnte und hoffte, dass es ihr bei der Stärkung ihres Selbstbewusstseins helfen könnte. Wie der Zufall es wollte, hatte meine Freundin Laura für ihren eigenen Hund bei besagter Frau gerade in der nächsten Woche einen Trainingstermin vereinbart und lud mich ein, doch mitzukommen. Nach kurzer telefonischer Rücksprache informierte sie mich, dass Judy, die Trainerin, eingewilligt hatte, Sierra einem „Triebtest" zu unterziehen, wenn ich mitkam. Damit ließ sich ihr angeborenes Hütetalent einschätzen und feststellen, ob sie ein guter Kandidat für die weitere Ausbildung sein würde.

Während ich Lauras Wagen die enge, kurvige Bergstraße hinauf folgte, fragte ich mich, was Judy wohl aus Sierra hervorholen würde. Das Anschleichverhalten auf der Hundewiese stimmte mich optimistisch, weil es der Art und Weise ähnelte, wie sich Border Collies beim Schafehüten bewegen. Ich sah schon vor meinem inneren Auge, wie Judy rief „Sie hat den Trieb! Wenn das kein Naturtalent ist, weiß ich es auch nicht!" Mit diesen Visionen von Eimern voll Lob, die über meiner pelzigen Superschülerin ausgeschüttet werden würden, verging die Fahrtzeit schnell.

Das ausgedehnte Ranchgelände war übersät von Zäunen und Gattern, in denen sich Schafe, Border Collies und andere gesammelte Tiere tummelten. Judy war eine rüstige Mittfünfzigerin mit kurzem, silbergrauem Haar, das zum Teil unter einem wettergegerbten Cowboyhut versteckt war. Beim Anblick von Sierra fragte sie sofort nach ihrer Rasse. Anstatt die Frage zu beantworten, fragte ich zurück, was *sie* denn vermuten würde. „Sie sieht aus wie ein Wolf," sagte Judy einfach und ohne jedes Zögern. Ich erklärte, dass wir gerade erst die Ergebnisse von Sierras DNA-Test zurückbekommen hatten (ich hatte aus Neugier einen machen lassen) und demnach war sie angeblich aller Wahrscheinlichkeit nach ein Mix aus Malamute, Husky und Keeshond. Ich fragte mich, ob die Schafe dem wohl zustimmen würden.

Wie jeder gute Lehrer nahm Judy sich die Zeit, sich mit Sierra anzufreunden, bevor sie anfing. Beide standen zusammen in einem Gatter mit drei Schafen, während Judy Sierra streichelte und sie freundlich ansprach. Dann führte Judy sie an der Leine nach vorn und hinter den Schafen einmal rund am Gatterzaun entlang. Die Schafe bewegten sich sofort von den beiden fort. Die beiden hielten dabei einen Abstand zu den Schafen ein, der auf letztere hätte beruhigend wirken müssen. Nun bin ich zwar wirklich keine Expertin für Schafsverhalten, aber diese Schafe hier wirkten ängstlich, und zwar wirklich ängstlich. Judy sah zu mir herüber.

„Schafe erzählen einem jede Menge über den Hund," sagte sie ruhig. „Diese Schafe hier haben Todesangst vor ihr."

„Ist das normal bei einem neuen Hund?", fragte ich hoffnungsvoll.

„Nein. Das ist bei jedem Hund anders. Aber schauen Sie sie doch nur an. Sie könnte ein Kojote sein, sie könnte alles Mögliche sein. Hier oben gibt es Kojoten, die ans Gehege kommen und durch die Zäune schnüffeln. Sie müssen versuchen, wie ein Schaf zu denken."

Wie ein Schaf zu denken würde schwierig werden – ich brachte es ja kaum fertig, sie zum Einschlafen zu zählen. Aber ich musste zugeben, dass Sierra für sie vermutlich wirklich aussah wie ein Kind der Wildnis. Und wer würde es schon wagen, etwas gegen die Expertenmeinung der Schafe zu sagen? Sierra in ihrer Verteidigungsposition sah aber ebenfalls leicht besorgt aus. Die ganze Zeit, während sie im Gatter war und nicht gerade nervös zu den Schafen schaute, hatte sie die Nase auf dem Boden und beschnüffelte jeden Schafsköttel, den sie finden konnte. Und fraß ihn. Vielleicht war das ihre Art und Weise, den

Schafen mitzuteilen, dass sie keine Bedrohung für sie darstellte. Ich fresse Eure Köttel, seht Ihr? Ich könnte Euch nie etwas antun! Die Schafe wirkten nicht überzeugt.

Judy ging weiter mit Sierra im Gatter herum und ließ sie sich an die Situation gewöhnen. Sobald sie sich sicher war, dass Sierra die Schafe nicht hetzen würde, leinte sie sie ab. Sie hätte sich keine Sorgen machen müssen. Sierra suchte auch weiterhin nach Kötteln. Das war mein Mädchen, die Schafe mit Psychotricks in den Griff zu bekommen. Vielleicht wollte sie sie nur näher heranlocken...oder auch nicht. Nach einer Weile rief ich Judy resigniert von der Seitenlinie aus zu: „Ich vermute sie hat nicht besonders viel Hütetrieb, oder?"

Jude antwortete freundlich: „Ach, abschreiben würde ich sie noch nicht. Sie können gerne später nochmal mit ihr wiederkommen und es nochmal versuchen. Viele Hunde haben anfangs ein bisschen Angst, und dieses ganze Verhalten, das Köttelfressen und so, zeigt sie, weil sie Angst hat."

Ich weiß zwar, das Schnüffeln unbedingt ein stressbezogenes Verhalten beim Hund sein kann und Sierra etwas ängstlich war, aber ich bin auch sicher, dass sie die Köttel einfach deshalb fraß, weil sie eine Delikatesse für sie darstellten. Außerdem ist ihre Nase bei Spaziergängen und Wanderungen auch ständig auf dem Boden und alles, was wie Kot riecht, bewirkt einen geradezu ekstatischen Trancezustand bei ihr. Über dem Schafsgatter hätte genauso gut ein Schild mit der Aufschrift „Disneyland für Hunde" hängen können.

Unbeeindruckt brachte Judy mehr Schafe ins Gatter. Vielleicht dachte sie, dass ihre Angst sich halbieren würde, wenn ihre Zahl sich verdoppelte. Dann bat sie mich, ebenfalls ins Gatter zu kommen. Jetzt war ich nervös. Ich erinnerte mich, wie Laura mir einmal von einer Herde Schafen erzählt hatte, die sie einmal an die Wand gedrückt hatten. Sie hatte immer wieder nach ihrem Hund gerufen, damit dieser endlich kam und die Schafe wegtrieb. Offensichtlich ist es gar nicht so einfach, Schafe zu bewegen, wenn man keine vier Pfoten hat, und sie war länger an Ort und Stelle festgenagelt, als es schön für sie war. Aber natürlich ging ich hinein, weil Judy sicher dachte, dass ich Sierra so mehr Vertrauen geben könnte. Die Schafe wirkten jetzt zwar ruhiger als zuvor, aber es wurde deutlich, dass Sierra immer noch stärker an den Ausscheidungsprodukten als an den Schafen selbst interessiert war. Wir machten keine großen Fortschritte, aber auf der Seite der guten Nachrichten war zu verbuchen, dass ich nicht zu Tode getrampelt wurde.

Eine Viertelstunde später hissten wir die endlich die wollweiße Flagge der Unterwerfung und verließen die Arena. Ein Schaf im Gatter gegenüber, das zweifellos von dem ganzen Debakel sehr amüsiert schien, artikulierte sehr deutlich: „Bäääääh!" Dem hatte ich nichts hinzuzufügen.

Bazooka

Nachdem Sierra vier Monate lang bei uns war, hatte ihre Trennungsangst sich so weit verbessert, dass ich bis zu zwei Stunden lang mit Zugang zum Auslauf im Haus alleinlassen konnte. Nach sechs Monaten konnte sie zufrieden drei bis vier Stunden lang alleine sein. Ich hätte sie zwar nicht unbedingt als „geheilt" bezeichnet, aber sie machte gute Fortschritte und ich war zutiefst dankbar, zu so etwas Ähnlichem wie einem normalen Leben zurückkehren zu können. Aber trotz der Verbesserungen hatte ich das Gefühl, dass sie vielleicht mit einem Hundekumpel glücklicher sein könnte. Und so begann die Suche.

Im Lauf der nächsten Monate knüpfte ich ein paar vielversprechende Kontakte mit verschieden Hundevermittlungsstellen und besuchte verschiedene Vermittlungsveranstaltungen. Ich traf jede Menge toller Hunde, die ein gutes Zuhause verdienten. Da gab es zum Beispiel Fritz, den überenthusiastischen Rottweiler-Mix, Simba, den Husky-Golden Retriever, der einem riesigen, hüpfenden Fellball ähnelte, Tonka, den dreibeinigen Malamute und viele andere mehr. Zwar hatten alle wunderbare Eigenschaften, aber keiner passte so richtig zu uns. Und so begann ich wieder, eine unangemessen große Menge Zeit auf Tiervermittlungsseiten im Internet zu verbringen. Ich habe mich noch nie mit Partnersuche im Internet beschäftigt, aber ich vermute, dass es einige Parallelen gibt. Ich gab meine Postleitzahl ein und schränkte meine Suche nach speziellen Merkmalen ein, um anschließend auf der Suche nach Kandidaten, die mein Typ sein könnten, gespannt durch unzählige Fotos zu scrollen. Wenn ich einen fand, der interessant aussah, las ich die Beschreibung durch und drückte mir dabei selbst die Daumen, dass die Persönlichkeit genauso vielversprechend sein würde wie das Äußere oder zumindest gutes Rohmaterial versprach. Ich erwartete keine Perfektion und war auf jeden Fall gewillt, ein bisschen Verhaltenstraining zu investieren, wenn es sein musste. Hmmm. Vielleicht war es ja tatsächlich Partnersuche im Internet.

Manche der Seiten waren erfrischend direkt in der Offenbarung von Verhaltensproblemen des jeweiligen Hundes, während andere nicht ganz so mitteilsam waren. So wie die Angabe „liebt ruhige Abendessen zuhause" genauso gut eine romantische Person beschreiben kann, wie jemanden, der sich kein Essen im Restaurant leisten kann, waren einige der Bildbeschreibungen ein wenig nebulös. Die meisten seriösen Tiervermittler versuchen zwar nicht, jemanden absichtlich hinters Licht zu führen, aber manchmal werden Verhaltensprobleme in dem Bemühen, potenzielle neue Besitzer zum Anrufen zu bewegen, eher heruntergespielt. „Wäre gerne der einzige für sein Herrchen" bedeutet zum Beispiel nicht etwa, dass dieser Hund nur darauf wartet, dem neuen Besitzer unsterblich ergeben zu sein, sondern eher, dass Sie ihn ganz schnell abhaken sollten, falls Sie schon einen weiteren Hund besitzen, weil die beiden sich nicht vertragen würden. „Gut geeignet für Agility" bedeutet, dass Sie sich auf einen Hund mit ausgiebigem täglichem Bewegungsbedarf gefasst machen sollten, wenn Sie Ihren hübschen Garten nicht schneller, als Sie gucken können, in eine Mondlandschaft verwandelt sehen möchten. „Houston, wir haben ein Problem." Dann war da immer wieder meine Lieblingsformulierung „Braucht einen erfahrenen Besitzer" – schnallen Sie sich an und halten Sie sich gut fest, es wird auf jeden Fall holperig.

Wie jeder gute Online-Dater grenzte ich meine Auswahl auf die vielversprechendsten Kandidaten ein und begann dann, Treffen zu vereinbaren. Und wie schon so viele vor mir stellte ich fest, dass dieser Moment der Knackpunkt ist. Bruno, ein großer, dunkler und hübscher Schäferhundmix, war viel jünger als angegeben. Er war so wild und durchgedreht, dass ich vollkommen erledigt war, nachdem ich nur eine halbe Stunde mit ihm verbracht hatte. Der Dobermannmix Dylan machte einen wirklich netten Eindruck, aber als ich mit ihm spazieren gehen wollte, stellte ich fest, dass ich sehr lange an seiner schweren Hund-zu-Hund-Aggression zu arbeiten haben würde. Und Karma, die schöne, langhaarige Mischlingshündin, war, wie sich herausstellte, noch nicht einmal der gleiche Hund, wie ich ihn auf dem Foto gesehen hatte! Aber ich machte unverzagt weiter. „Weitermachen" ist dabei eine reine Untertreibung. Richtiger wäre, zu sagen, dass ich regelrecht besessen wurde. So kam es vor, dass ich mitten in einer Schreibarbeit, die ich zu erledigen hatte, plötzlich den unwiderstehlichen Drang fühlte, die Tiervermittlungsseiten zu überprüfen. Man weiß ja nie, wann vielleicht der perfekte Hund eingestellt würde und ich wollte natürlich die Erste sein, die ihn entdeckte. Das Erste, was ich am Morgen und das Letzte, was ich am Abend tat, war, die entsprechenden Internetseiten zu überprüfen – und zwischendrin öfter, als ich mich zuzugeben traue. Der perfekte Partner ließ immer noch auf sich warten.

Am zweiten September hatte ich Geburtstag. Anstatt zum Abendessen auszugehen, fragte ich C.C., ob er eine Pizza von unserem Lieblingsrestaurant in der Stadt abholen könnte. In der Zwischenzeit scrollte ich durch die Fotos auf der Vermittlungsseite. Weil meine Gedanken schon beim köstlichen Schmelzkäse waren, vergaß ich, in den Suchoptionen den Radius auf 120 Stundenkilometer einzuschränken, wie ich es sonst immer machte. Und klickte auf das kleine Voransicht-Foto eines schwarz-cremefarbenen Hundes. Als es sich zu voller Größe öffnete, waren alle Gedanken ans Essen schlagartig verschwunden. „Du bist es!" flüsterte ich. Ich war mir vollkommen sicher, dass dies hier der Hund war. Er war als zwei Jahre alter Mischling aus Siberian Husky und Deutschem Schäferhund aufgeführt, sah für mich aber eher wie ein Malamute-Schäferhundmix aus. Dass er eine leichte Ähnlichkeit zu Mojo aufwies, mag vielleicht zum Teil meine sofortige Reaktion erklären, aber andererseits hatte ich vorher schon viele andere Hunde gesehen, die Mojo irgendwie ähnelten. Eigentlich hatte ich diese Fotos sogar immer sofort weggeklickt, um nicht an meinen Kummer erinnert zu werden. Außerdem würde ich einem solchen Hund keine faire Chance geben, nur um seiner selbst willen geliebt zu werden. Ich konnte nicht richtig erklären, warum meine Reaktion auf diesen Hund so ausfiel, aber sie war stark und gewiss.

Auf dem Hauptfoto war der Hund im Sitzen abgebildet. Er hatte langes, weich aussehendes schwarz und lohfarbenes Fell und große Schäferhundohren. Sein Maul war geschlossen, der Kopf leicht zur Seite geneigt und er hatte einen seelenvollen, etwas entrückten Ausdruck in den Augen. Auf einer anderen Aufnahme saß er ebenfalls, neigte sich aber etwas von der die Leine haltenden Person, die auf dem Foto nicht zu sehen war, weg. Auf dem dritten Bild versuchte der mysteriöse, unsichtbare Hundeführer, den Hund auf dem Rücken zu streicheln. Dieser hielt die Ohren besorgt niedrig und sah gerade vor sich mit einem Ausdruck, den ich nur als „Hol mich hier raus" beschreiben kann. Es war zwar einerseits gut zu wissen, dass mein Herz noch so gut auf Ansprache funktionierte, aber als Trainerin wusste ich auch, dass die Körpersprache dieses Hundes bedeutete, dass er sich in der Nähe von Menschen oder zumindest in der Nähe dieser bestimmten Person nicht ganz wohl fühlte. Hatte er Angst vor Männern? War die Person am anderen Ende der Leine eine Frau oder ein Mann? Konnte man das an der Hand auf dem Foto erkennen? Vielleicht, wenn ich es ein bisschen größer zoomte... Oh ja, ich war ganz und gar im Hunde-Detektiv-Modus.

Der Hund hieß Bazooka. Ich hoffte, dass man ihn nach den alten Bazooka Joe Kaugummi-Comics benannt hatte und nicht nach der tödlichen Panzerfaust. Die Chancen dafür waren aber gering, solange der vorherige Besitzer nicht auch in meinem Alter war. Der Hund war „von seinem Besitzer abgegeben worden, weil dieser sich seinen Unterhalt nicht mehr leisten konnte." Gut, das war nichts Ungewöhnliches, besonders nicht zu wirtschaftlich schwierigen Zeiten. „Kennt die Grundkommandos, braucht aber noch etwas Hilfe bei der Sozialisation." Grundkommandos abgehakt. Aber braucht noch etwas Hilfe bei der Sozialisation – oha. Ich wusste nur zu gut, dass diese Worte oft die Umschreibung für Hund-zu-Hund Aggression oder Angst bzw. Aggression gegenüber Menschen waren. Trotzdem sprach dieser Hund mich so stark an, dass ich zum Weiterlesen bereit war. Dann bemerkte ich die Ortsangabe: Fresno. Fresno? Das war über 320 Kilometer entfernt! Aber gut, was sind schon ein paar hundert Kilometer zwischen Familienmitgliedern? Ich ließ mich nicht abschrecken. Ich frage mich allerdings, wie C.C. es finden würde, nach seiner anstrengenden Arbeitswoche noch dreieinhalb Stunden lang Auto zu fahren. Ich ging davon aus, dass er nicht gerade begeistert sein würde, wusste aber auch, dass er erleichtert sein würde, wenn meine unaufhörlichen Fragen nach seiner Meinung zu diesem oder jenem Hund, den ich mal wieder im Internet gesehen hatte, endlich ein Ende hätten.

Der nächste Tag war ein Freitag. Ich rief an, sobald das Tierheim öffnete, gab der Bürodame die Kennnummer des Hundes durch und frage, ob sie noch weitere Informationen hätte außer denen, die im Internet zu lesen waren. Nach einem kurzen Check der Unterlagen teilte sie mir mit, dass der Besitzer, der den Hund abgegeben hatte, ein College-Student war, der, wie schon online erwähnt, „sich seinen Unterhalt nicht mehr leisten konnte." Gut, das war bei jungen Leuten in dem Alter nicht so ungewöhnlich. Leider war das aber auch schon alles an Information, was man hatte. Ich erklärte, dass wir dreieinhalb Stunden entfernt lebten und mein Mann unter der Woche arbeitete. Ich fragte, ob sie Bazooka reservieren könne, bis wir am nächsten Tag kommen konnten. Weil es sich um ein staatliches Tierheim handelte, wusste ich, dass ohne eine solche verbindliche Reservierung eine realistische Chance bestand, dass der Hund vermittelt oder eingeschläfert werden würde, bevor wir es dorthin schafften. Sie willigte ein und erklärte mir, wie ich in der Zwischenzeit online einen Übernahme-Antrag ausfüllen konnte.

Am Samstagmorgen um sieben luden wir Sierra in den Jeep. Die nächsten drei Stunden beinhalteten eine Pipipause für Sierra, zwei für uns und jede Mengen Spekulationen über den Hund. Würden er und Sierra sich verstehen? Würde er Angst vor C.C. haben? Würde er die Autofahrt vertragen? C.C. tat sein Bestes, wach zu bleiben und zuzuhören, wie seine Frau von eventuellen Möglichkeiten und möglichen Problemen quasselte. Als wir uns unserem Ziel näherten, nahm die Umgebung allmählich ein entschieden abgewirtschaftetes Aussehen an. Schäbige Reihenhäuser wechselten sich mit verlassenen Industriegebieten ab. Nach ein paar letzten Abzweigungen und Kurven kamen wir endlich am Tierheim an. Ich bat C.C., mit Sierra ein wenig auf dem Parkplatz spazieren zu gehen, während ich hineinging.

Die Frau am Empfangstresen versicherte mir, dass Bazooka immer noch da und fidel war. Ich sagte ihr, dass ich ihn gerne zuerst alleine treffen würde, bevor wir ihn auch Sierra vorstellten. Ich wollte zuerst eine Vorstellung von seiner Persönlichkeit bekommen, ohne dass ein anderer Hund ihn ablenkte. Eine junge, eifrige Freiwillige ging los, um ihn zu holen. Minuten später stürmte ein untergewichtiger, schwarz-lohfarbener Hund an uns vorbei, das Mädchen an der Leine hinter sich herzerrend. „Bazooka! Bazooka! Warte!!" rief sie verzweifelt, während sie versuchte, ihre Absätze in den Boden zu stemmen. Der Hund stürmte an mir vorbei in Richtung der Glaseingangstür. Ich klatschte ein paar Mal in die Hände und versuchte, ihn mit hoher Stimme zu rufen. Er stellte sofort die Ohren auf und drehte sich um – mit seinem Gehör war also auf alle Fälle schon einmal alles in Ordnung. Er kam auf mich zugeflitzt und sprang mich ohne abzubremsen an, wobei er seine Vorderpfoten direkt in meinen Magen rammte. Wenigstens freut er sich, mich zu sehen, dachte ich optimistisch. Er hatte keine Manieren, zeigte aber auch keine Aggression gegen Menschen, zumindest nach dem zu urteilen, was ich sah. Das war ein großes Plus. Als die Helferin wieder zu Atem gekommen war, reichte sie mir ein Leckerchen, das ich ihm geben sollte. Er schnappte es aus meiner Hand und schrappte dabei mit langen, scharfen Zähnen Haut von meiner Handfläche. Ein Hai war nichts gegen diesen Jungen. Er war also nicht unbedingt ideal, aber Anspringen und ein hartes Maul waren auch keine großen Probleme und man konnte daran arbeiten.

Ich folgte der Helferin in einen kleinen Raum, in dem schmale Holzsitzbänke in der Wand eingelassen waren. Bazooka schien mehr am Herumschnüffeln auf dem Boden interessiert zu sein als daran, mich kennenzulernen. Das war verständlich, war er doch gerade erst aus dem Gehege gekommen und dieser Ort war für ihn neu und angefüllt mit den Gerüchen anderer Hunde. Nach einem Moment kam er zu mir und begrüßte mich. Er schien es zu genießen, gestreichelt zu werden und zeigte keine Anzeichen dafür, dass es ihm etwas ausmachte, wenn ich seine Ohren, Pfoten oder sein Maul anfasste. So weit, so gut. Das größere Problem war, wie er sich mit Sierra verstehen würde. Ihrem Verhalten auf der Hundewiese nach zu urteilen nahm ich an, dass sie diejenige sein würde, die den Ton angeben würde. Wie würde sie mit diesem rüpeligen Grobmotoriker von Kerl wohl umgehen?

Ich wollte es nicht darauf ankommen lassen, dass Bazooka Sierra vielleicht angriff. Trotz ihres Selbstbewusstseins gegenüber fremden Hunden war er doch größer und stärker und ich wusste nicht, wie er auf sie reagieren würde. Ich bat deshalb um Erlaubnis, ihn bei der Zusammenführung selbst halten zu dürfen. Die Helferin schien fast erleichtert, als sie mir die Leine reichte. Wir gingen mit Bazooka nach draußen. Als wir in die Nähe der Stelle kamen, an der C.C. mit Sierra stand, bat ich ihn, sich so hinzustellen, dass wir mit beiden Hunden parallel nebeneinander hergehen konnten. Sierra zeigte Interesse an Bazooka und wollte sich ihm nähern. Er schien nicht ganz so interessiert, fand es aber in Ordnung, mit uns allen weiterzugehen. Nachdem wir eine Weile ruhig nebeneinander hergegangen waren, ließen wir zu, dass die Hunde ein paar Sekunden lang gegenseitig ihre Hinterteile beschnüffelten und gingen dann noch etwas weiter. So fuhren wir fort, bis ich zufrieden feststellte, dass die Hunde einen entspannten Eindruck machten. Wir gingen mit ihnen zurück in den Kennenlernraum und leinten sie ab.

Einen kurzen Schreckmoment gab es, als Sierra sich stocksteif hinstellte und Bazooka anstarrte. Ich wusste, dass sie in diesem Moment eine blitzschnelle innere Einschätzung des anderen vornahm. Ich zwang mich, ruhig weiterzuatmen und nicht die Luft anzuhalten. Endlich, nach einer Zeit, die mir wie eine Ewigkeit vorkam ...zeigte sie eine Spielaufforderung. Eine Spielaufforderung! Ich stieß einen Seufzer der Erleichterung aus, als Bazooka, wenn auch etwas vorsichtig, mit den entsprechenden Signalen für „Oh ja, lass uns spielen!" reagierte. Zum Glück hatten beide Hunde eine sehr ähnliche Art, zu spielen und hüpften fröhlich durch den Raum, wobei sie sich spielerisch gegenseitig ansprangen und bestens miteinander kommunizierten. C.C. und ich tauschten erleichterte Blicke aus. Bazookas Foto hatte ihm auch gefallen, aber wenn die beiden Hunde sich nicht verstanden hätten, wäre die Sache sofort erledigt gewesen. Letzten Endes war uns beiden klar, dass nicht wir es waren, die einen Kumpel für Sierra aussuchen würden.

Wir ließen die beiden noch ein bisschen miteinander umhertollen, bis ich das Ganze abbrach. Wildes Spiel schlägt nur allzu leicht in Aggression um, und das war das Letzte, was wir brauchten. Außerdem wollte ich noch sehen, wie Bazooka sich anderen Hunden als Sierra gegenüber verhielt. Eine leichte Reaktivität hätte mich sicher nicht dazu gebracht, meine Meinung zu ändern, aber ich wollte schon wissen, auf was ich mich einließ. Also nahm ich seine Leine und ging mit ihm auf den Parkplatz hinaus. C.C. blieb mit Sierra und der Helferin drinnen. Wir gingen ein Stück auf dem Asphalt entlang und trafen schon bald einen Beagle, der von einer weiteren Helferin ausgeführt wurde. Außer einem neugierigen Blick zeigte Bazooka keinerlei Reaktion. Als Nächstes kam ein Terriermischling, der ebenfalls kein Problem darstellte. Und zu guter Letzt kamen wir an einem großen Hund vorbei, auf dessen Zwingerkarte mit Sicherheit „Schäfer X" stand als Tierheim-Code für „Sieht ziemlich nach Schäferhund aus, wer weiß, was sonst noch drin steckt." Bazooka zog zwar ein bisschen zu ihm hin, zeigte aber ansonsten keine sichtliche Reaktion. Hallelujah! Zurück im Büro füllte ich den Übernahmevertrag aus und zahlte die Schutzgebühr. Zehn Minuten später war das neue und verbesserte Wilde-Rudel auf dem Weg nach Hause.

Tödliche Waffe oder Erleuchtungswesen?

Ba-zoo-ka
Eine röhrenförmige, von der Schulter aus gefeuerte Waffe, mit der eine Rakete zur Außergefechtsetzung eines Panzers abgeschossen wird (Panzerfaust).

Wie Definitionen es so an sich haben, war auch diese hier recht genau. Ich bin zwar kein Panzer, aber am Mittag des ersten Tages mit unserem neuen, wilden Raketenhund war ich ziemlich außer Gefecht gesetzt. Ich konnte kein Zimmer durchqueren, ohne dass er eine herunterhängende Hand mit den Zähnen packte und festhielt oder dass er vor mir hochsprang und seine Zähne um meinen Arm legte, wobei er beunruhigend viel Druck ausübte. Das war natürlich kein akzeptables Verhalten. So manch ein Trainer würde hier sicher harte körperliche Korrekturen angewendet haben, um dieses scheinbar aggressive Benehmen im Keim zu ersticken. Aber abgesehen davon, dass Training mit Zwang nicht mein Stil und niemals notwendig ist, wusste ich, dass hier keine Aggression dahintersteckte. Wenn überhaupt, dann war es offensichtlich, dass Bazooka aufgedreht und in gewissem Maß unsicher und ängstlich war. Aber versuchten Sie das mal meiner Haut zu sagen – sie war von tiefen Kratzern übersät, die sich zweifellos zu spektakulären blauvioletten Flecken auswachsen würden. Ich stellte mir vor, wie Menschen, die meine Arme und Beine zu Gesicht bekamen, sich fragen würden, ob ich nicht schnellstens in ein Heim für misshandelte Frauen gehörte.

Ich begann, meinen Körper einzusetzen, um Bazooka den Weg abzuschneiden und rückwärts aus meiner Individualdistanz zu drängen. Niemals trat oder schlug ich nach ihm. Je nachdem, wo er sich befand, was es eher ein schnelles Vorwärtsschlurfen mit den Füßen am Boden oder ein Schubsen mit der Hüfte, so, wie ein Hund einen anderen wegschubsen würde, wenn er in dessen persönlichen Raum eindringen würde. Bazooka benahm sich zwar wie ein Elefant im Porzellanladen, aber nach und nach begann er die Botschaft zu verstehen. Immer, wenn er seine Kiefer um meinen Arm legte, schaute ich ihn strafend an, beugte meinen Oberkörper leicht vor und sagte mit tiefer Stimme „Eh-eh“. Er schien die Sprache „verärgertes Frauchen“ schnell zu verstehen und wich zurück. Mir war klar, dass es einige Zeit dauern würde, bis er die schlechten Angewohnheiten, die sich eingeschlichen hatten, wieder loswerden würde. Das war in Ordnung.

Bazooka als Name hatte zwar in gewisser Weise etwas, aber ich war nicht unbedingt ein Waffennarr oder Fan von explodierenden Hunden. C.C. und ich waren uns einig, dass eine Namensänderung anstand. Außerdem hörte der Hund sowieso nicht auf seinen Namen. Um ehrlich zu sein, reagierte er auf so ziemlich gar nichts außer Futter, dass er mit großer Begierde verschlang und dabei auch die halbe Hand mit verschluckte, die es ihm darbot. Ich begann Ideen zu sammeln. Etwas, das auf seine nördliche Abstammung anspielte, wäre passend. Yukon klang gut. Oder vielleicht Tundra? Dakota gefiel mir auch nicht schlecht. Im Hinblick auf sein größtenteils dunkles Fell wäre Shadow nett, aber andererseits kam dieser Name allzu häufig vor, genau wie Beau, ein weiterer Favorit von mir. Nichts klang richtig passend. Ich mochte D'Artagnan, aber andererseits war das nicht gerade ein Name, der leicht über die Zunge ging. Tag und Nacht dachte ich über die Namensfrage nach. Und wieder einmal brachte ich den armen C.C. mit meinen Hundefragen zum Wahnsinn. So passierte es, dass ich im durch die geschlossene Tür ins Badezimmer zurief „Wie wär's mit Cody?“ oder ihn, wenn er gerade den Müll herausbrachte, fragte: „Und was ist mit Shaman? Shaman gefällt mir wirklich gut.“ Ich fragte mich, ob wir nicht einfach aufgeben und einen Namen nehmen sollten, der zu seiner ständigen Symphonie des In-die-Luft-Schnappens passte: „Klackender Kiefer des Todes“. Wir konnten uns einfach nicht einigen. Und so riefen wir ihn am ersten Tag einfach „Der vormals als Bazooka bekannte Hund“, oder, etwas prosaischer: „Der Neue Hund.“

Sierra und der Der Neue Hund hatten etwa eine Stunde lang zusammen in und ums Haus Ringkämpfchen veranstaltet und schienen endlich müde zu sein. Ich machte ein Schnappschussfoto von Sierra, wie sie auf ihrem Hundebett lag und Der Neue Hund über ihr stand, mit einer Pfote auf ihrer Brust wie ein Ringer bei der Siegerehrung der stolz ist, seinen Gegner bezwungen zu haben. Was zugegebenermaßen ziemlich niedlich aussah. Sierras offenes, grinsendes Maul schien zu sagen: „Du weißt schon, dass ich dich dieses Mal gewinnen lasse, OK?“ Ich war froh zu sehen, dass die beiden sich so gut verstanden. Dennoch wusste ich nur zu gut um das Flitterwochen-Phänomen Bescheid, das oft auftritt, wenn ein Hund in ein neues Zuhause kommt. Es ist, als ob man irgendwo zu Gast ist: In den ersten Wochen zeigt man sich von seiner besten Seite, spült das Geschirr ab und räumt seine Sachen weg. Dann leben Sie sich ein, und plötzlich lassen Sie Chipskrümel auf dem Sofa zurück oder legen Spuren aus ungewaschenen Socken. Tierheimhunde zeigen ihre echten Verhaltensprobleme oft erst dann, wenn sie schon ein paar Wochen im neuen Zuhause sind. Manche bellen nicht einmal, bis sie sich sicher sind, dass das hier auch ihr Zuhause ist.

Ich beobachtete die Hunde beim Spielen mit Argusaugen und hielt ständig Ausschau nach Ressourcen, über die sie in Streit geraten könnten. Ich trennte sie zum Füttern oder wenn sie leckere Kauknochen bekamen. Selbst die Spielsachen räumte ich weg, wenn sie nicht in Gebrauch waren. Ich war vorsichtig optimistisch. Der Neue Hund schien stubenrein zu sein, was eine große Erleichterung war und eine Sache weniger, über die ich mir Sorgen machen musste. Er mochte zwar untergewichtig sein, aber mit seinen zwanzig Kilo war er immer noch groß genug, um eine erhebliche Schweinerei zu veranstalten. Der arme Kerl war außerdem so dreckig, dass wir uns jedes Mal die Hände waschen mussten, nachdem wir ihn gestreichelt hatten. Ich vereinbarte für den nächsten Tag einen Termin im Hundesalon.

Ich hatte keine Ahnung, wie Der Neue Hund darauf reagieren würde, gebadet und gebürstet zu werden, dachte mir aber, dass es bestimmt helfen würde, wenn er vor dem Salontermin schon einmal müde gelaufen wäre. Also rollte ich mich am nächsten

Morgen aus dem Bett, in T-Shirt und Jogginghose und auf die Hundewiese. Es war noch so früh, dass es unwahrscheinlich war, andere Hunde zu treffen. Aber als wir vom Parkplatz aus herüberkamen, konnte ich eine große Silhouette ausmachen, die mitten auf der Hundewiese stand. Sie war weiß mit schwarzen Flecken. Mit gesenktem Kopf und am Gras knibbelnd erinnerte sie eindrucksvoll an eine weidende Kuh. Aber ich wusste, dass es Harley war, ein freundlicher Deutsche-Doggen-Rüde, mit dem Sierra schon öfter gespielt hatte. Der Neue Hund war kein bisschen reaktiv und schien sogar leichtes Interesse zu zeigen. Sobald wir im umzäunten Bereich waren, rannte Sierra direkt auf Harley zu und wackelte zur Begrüßung von Kopf bis Schwanz. Unser neuer Junge hielt einen Sicherheitsabstand, schien sich aber wohlzufühlen. Schon bald schnüffelte Sierra an der faszinierenden, von anderen Hunden hinterlassenen Pipi-Post und die beiden Jungs begannen, sich gegenseitig abzuchecken. Die Körpersprache des Neuen Hundes strahlte zurückhaltendes Interesse aus, woraufhin eine versuchsweise Spielrunde folgte. Sofort kam Sierra zu den beiden gestürzt und drängte sich zwischen sie, um sie auseinander zu bringen. Dann drehte sie sich um und flog mit gebleckten Zähnen auf unseren neuen Jungen los. Es war eine blitzschnelle, entschlossene Knurr-und-Schnapp-Kombination, die ihn sofort nach hinten und von der Dogge wegschnellen ließ. Ich war überrascht! Zwar wusste ich, dass Sierra sich manchmal wie der Hundewiesensheriff aufführte und Hunde auseinanderbrachte, deren Spiel zu grob geworden war, aber das hier schien eher ihre Art gewesen zu sein, zu sagen: „Das ist mein Freund. Such Dir Deine eigenen Spielkameraden." Zum Glück blieb es bei Drohungen, es gab keinen körperlichen Schaden und der Junge wusste nun, wann er sich zurückzuziehen hatte.

Auch ich wusste das und begann die Leinen einzusammeln, damit wir gehen konnten. Aber Harleys Besitzer rief uns mit einem gezwungenen Lächeln auf dem Gesicht ein hastiges „Schönen Tag noch!" zu und kam uns zuvor. Also blieben wir. Ich warf den Hunden Tennisbälle mit der Vorstellung, sie könnten damit ihre aufgestaute Erregung und Energie auf konstruktive Weise loswerden und sich auf etwas anderes konzentrieren als gegenseitig auf sich. Der Neue Hund jagte den Ball, und Sierra jagte ihn. Wenn er den Ball fing, fiel sie über ihn her, sprang ihn an und schnappte nach seinen Kiefern. Woraufhin er schnell den Ball ausspuckte und sie verwirrt ansah, als wollte er sagen: „Na gut, wenn das für Dich wichtig ist ...". Was war mit meinem netten, süßen Mädchen passiert? Diese Seite an ihr hatte ich noch nie gesehen. Vielleicht war es nicht die beste Idee gewesen, die ohnehin schon aufgedrehten Hunde Rennspiele machen zu lassen, die ganz klar einen Konkurrenzcharakter besaßen.

Aber Sie kennen ja den Spruch, dass man hinterher immer schlauer ist.

So begeistert auch beide zuhause zusammen spielten, wäre es doch untertrieben zu sagen, dass Sierra sich über den neuen bepelzten Familienzuwachs ärgerte. Sie lag im Wohnzimmer auf der Decke und sah voller Verachtung zu, wie einer von uns Den Neuen Hund streichelte. „Warum fasst Du dieses struppige Dingsda an, wenn Du stattdessen meinen weichen, luxuriösen Pelz streicheln könntest?" sagte die Gedankenblase über ihrem Kopf. Ich konnte ihr ihre schlechte Laune nicht verübeln. Sie hatte während der letzten neun Monate unsere ungeteilte Aufmerksamkeit genossen, und jetzt trampelte dieser ungehobelte Neuling buchstäblich über sie her. Immer dann, wenn sie sich auf den Rücken legte, um uns zum Bauchkraulen zu animieren, kam er sofort herübergetrabt und traut auf sie drauf, wobei er gar nicht zu merken schien, dass seine Pfote sich in ihrem Gesicht befand – oder wo sonst sie gerade zufällig landete. Trotz Sierras Getöse auf der Hundewiese knurrte oder schnappte sie zuhause kein einziges Mal, noch ließ sie den Jungspund auf andere Weise wissen, dass es ist nicht in Ordnung war, wie er sich verhielt. Ich wünschte, sie hätte es getan.

Das mangelnde Verständnis des Neuen Hundes für so etwas wie Individualdistanz beschränkte sich nicht nur darauf, dass er auf Sierra trat. Jedes Mal, wenn ich sie streicheln wollte, egal ob ich mich dazu hinhockte oder ihr nur im Vorbeigehen über den Rücken strich, schob er sofort seinen Körper zwischen uns und stand Aufmerksamkeit fordernd da. Hatte denn niemand diesem Hund Manieren beigebracht? Meine unmittelbare Reaktion bestand darin, mit jeder Hand einen Hund zu streicheln und dabei den bepelzten Panzer daran zu hindern, mich anzurempeln und umzustoßen. Aber das war nur eine kurzfristige Lösung und es musste etwas passieren.

Während unser neuer Hund zwar keine Angst zeigte, wenn Sierra sich näherte, war die Nähe von Männern noch einmal eine andere Sache. Im Tierheim hatte er sich von C.C. streicheln lassen, aber wenn C.C. zuhause auf der Couch saß und nur das kleinste bisschen einen Fuß bewegte, zischte er sofort ganz klar verängstigt quer durch den Raum. Das war ungewöhnlich, weil sich normalerweise alle Hunde zu C.C. hingezogen fühlen, und zwar selbst dann, wenn sie normalerweise Angst vor Männern haben. Hatte einmal ein Mann diesen armen Hund getreten? Ich stellte mir einen Raum voller betrunkener Kerle vor und hielt das Szenario für durchaus denkbar. Ängstliches Verhalten und insbesondere Angst vor Männern wird häufig körperlichem Missbrauch zugeschrieben, ist aber oft in Wirklichkeit nur ein Mangel an Sozialisation. Außerdem haben Hunde von Natur aus mehr Angst vor Männern, weil sie größer sind und tiefere Stimmen haben – wegen des Testosterons. Aber in diesem Fall dachte ich, dass vielleicht wirklich in der Vergangenheit etwas vorgefallen sein könnte.

In der Zwischenzeit begann ich etwas ernsthaftes Training mit dem Neuen Hund, und dazu war es nötig, dass ich ihn mit Namen ansprechen konnte. Ich konnte ihn ja schlecht rufen, indem ich schrie: „Vormals als Bazooka bekannter Hund! Hier!" Angesichts seines rüpelhaften Anspringens und „Beißens", seines Drängelns und seines allgemeinen Mangels an Vorstellung über korrektes Benehmen fragte ich mich, ob ein friedvollerer, intelligenter Name nicht vielleicht die Dinge zum Besseren verändern könnte. Peace? Ein schöner Name, der aber wirklich nicht ganz zu ihm passte. Das Gleiche galt für Harmony. Letzten Endes entschieden wir uns für Bodhi als Kurzform von Bodhisattva.

Bo-dhi-satt-va (Subst.)
Jemand, dessen ganzes Wesen Erleuchtung ist, ein erleuchtetes, mitfühlendes Wesen.

Gegenüber einer tödlichen Waffe war das eine irre Verbesserung und etwas, nach dem man streben konnte. Ein erleuchtetes Wesen. Da konnte man ja nur hoffen.

Tag zehn

An unserem zehnten Tag mit Bodhi ging das Kämpfen los. Die Hunde hatten in der Diele Ringkämpfchen gemacht und knurrend ihre für nordische Rassen typischen groben Spielchen gemacht. Sie sprangen sich gegenseitig auf den Rücken. Sie packten ganze Mäuler voll Fell. Aber plötzlich veränderten sich die Lautäußerungen von gutartigem Geplänkel zu etwas Ernsthafterem. Das Spiel kochte in Aggression über. Manche sind der Meinung, es sei das Beste, nicht miteinander bekannte Hunde „die Dinge unter sich ausmachen zu lassen", aber es besteht ein Unterschied dazwischen, Plänkeleien austragen zu lassen oder zuzusehen, wie ein potenzielles Blutbad entsteht. Außerdem wog Bodhi gut fünf Kilo mehr als Sierra und ich wollte nicht, dass er sie verletzte. Also schritt ich ein und trennte die beiden in Ruhe, wobei ich im Stillen dafür dankte, dass keiner seine Aggression umlenkte und mich biss. Die Dinge beruhigten sich innerhalb weniger Sekunden. Das wenigstens war ein gutes Zeichen.

Die Plänkeleien machten mir Sorge, aber zumindest schienen sie nur in meiner Gegenwart vorzukommen. Wenn die Hunde allein draußen herumliefen, war alles bestens, weshalb ich mir keine Gedanken machte, sie trennen zu müssen, wenn wir nicht da waren. Wenn Kämpfe nur in Gegenwart des Besitzers stattfinden, liegt das manchmal daran, dass einer der Hunde den Besitzer als wertvolle Ressource betrachtet, die er bewachen muss.

Das schien angesichts dessen, was kurze Zeit später passierte, auch bei uns der Fall zu sein.

Am nächsten Morgen hatte ich die Hunde draußen ausgesperrt und war einkaufen gefahren. Eine Stunde später war ich wieder da und machte die Hundetür auf, um sie wieder ins Haus zu lassen. Sierra und Bodhi bestanden ganz aus glänzenden Augen, wedelnden Schwänzen und niedlichen „Streichel mich"-Blicken. Ich hockte mich hin und begann beide zu streicheln. Plötzlich verwandelte sich das fröhliche Schwanzwedeln und Drängeln um die beste Position in einen Wirbel aus schnappenden Kiefern. Die beiden knurrten sich gegenseitig an und ich saß dazwischen. Schnell stand ich auf und brachte sie so ruhig es ging unter Kontrolle. Niemand war verletzt worden, aber die Eifersucht zwischen den beiden war nichts Gutes. Ich hoffte, dass die Dinge sich in den nächsten Wochen beruhigen würden.

Es gab aber noch ein anderes Problem mit Bodhi. Zu sagen, dass er zerstörerisch war, wäre, wie zu behaupten, dass die Titanic ein kleines Leck hatte. Eines Morgens stellte ich beim Aufwachen fest, dass er den größten Teil des Teppichs von der Hunderampe gerissen hatte, die wir einmal für Mojo gebaut hatten. Außerdem hatte er sich ein paar Handtücher geschnappt, die oben auf der Waschmaschine gelegen hatten, sie nach draußen geschleppt und in winzige Fetzchen zerrissen. Ein anderes Mal schredderte er ein Buch, das ich auf dem Kaffeetisch im Wohzimmer liegen gelassen hatte (ironischerweise, da mein Anti-Stress-Pausen tagsüber immer darin bestanden hatten, auf der Couch zu liegen und zu lesen), dann meine Lesebrille (zieht sich da etwa ein Thema durch?), eine Decke und eine TV Fernbedienung. Er schnappte sich auch Dinge aus Regalen oder von niedrigen Schränken, und sie für ihn unzugänglich zu machen, hätte bedeutet, dass wir unser ganzes Wohnzimmer hätten umräumen müssen. Allein in der Diele waren die von Wand zu Wand reichenden Bücherregale mit CDs, DVDs und gerahmten Fotos gefüllt. Es gab auch kleine, separat stehende Regale, die kleine Wolfsfigürchen oder ähnliche Dinge enthielten, die ein Freund als *Nippes* bezeichnen würde. Es ließ sich schwer voraussagen, was Bodhi als Nächstes zerstören würde.

Vielleicht fragen Sie sich, warum wir ihn dann nachts nicht in eine Box sperrten. Als wir das in der ersten Nacht versucht hatten, hatten wir festgestellt, dass er Urin verlor. Ein Tierarztbesuch war zwar für die nähere Zukunft geplant, aber für den Moment konnten wir ihn ja nicht gut in einer Urinpfütze liegen lassen und ein Ekzem oder ähnliches riskieren. Wir konnten ihn auch nicht draußen aussperren, denn wie wir bald feststellten, bellte und heulte er aus Angst nonstop und steinerweichend. Unsere Nachbarn wohnen nicht so weit entfernt, und einfach abzuwarten war keine Lösung. Ich wollte auch nicht um zwei Uhr nachts aus dem Bett steigen, um ihn anzuschreien, dass er ruhig sein sollte. Ihn mit Gittern auf einen Hausbereich zu begrenzen funktionierte auch nicht, da er innerhalb dieses Bereichs gnadenlos alles zerstören würde. Und wir trauten uns auch nicht, ihn an ein Möbelstück anzubinden, weil wir Angst hatten, dass er es einfach zerbeißen würde.

Es wäre ja schlimm genug gewesen, wenn dieses zerstörerische Verhalten nur nachts aufgetreten wäre, aber es konnte jederzeit passieren, wenn ich den Raum verließ oder auch nur für mehr als zwei Sekunden wegschaute. Es war unglaublich! Ich dachte über die Ironie der Tatsache nach, dass ich keinen Welpen gewollt hatte, und dabei hätte dieser sicher nur einen Bruchteil des Schadens angerichtet. Jetzt saß ich mit einem Halbwüchsigen da, von dem man hätte meinen können, dass er unter Wölfen aufgewachsen war, nur, dass Wölfe bessere Manieren haben.

Wenn einer meiner Hunde sich etwas schnappt, das ihn nichts angeht, sage ich normalerweise scharf „Eh-eh“, bis ich das instruktivere „Lass es“ trainieren kann. Aber immer, wenn ich meine Stimme gegen Bodhi erhob, legte Sierra die Ohren flach und machte dieses „Bitte schlag mich nicht“-Gesicht. Das machte die Sache nicht einfacher. Ich versuchte, stattdessen in die Hände zu klatschen, um Bodhis Tun zu unterbrechen, aber selbst das machte Sierra Angst. Letzten Endes schlich ich zu Bodhi hinüber, schaute ihm ins Gesicht und sagte dunkel und drohend „Nein“, wobei ich das finsterste und unfreundlichste Gesicht machte, zu dem ich in der Lage war. Das funktionierte auch, außer manchmal, wenn er mich geradeheraus anschaute, als ob er sagen wollte: „Was ist denn los mit dir? Hast du in eine Zitrone gebissen? Und hast du auch was für mich?“ Ungehorsam brachte ihm eine Auszeit draußen ein, was er hasste.

Zumindest Sierra verdiente ihren Unterhalt. Eines Tages arbeitete ich gerade am Computer, als ich ein dünnes, hohes Fiepen hörte. Ich hielt die Luft an und horchte. Stille. Ich wartete. Beim nächsten Mal stand ich auf und versuchte herauszufinden, wo das Geräusch hergekommen war. Nach ein paar Wiederholungen stellte ich fest, dass es aus dem Schrank kam, in dem ich mein Büromaterial aufbewahrte. Das war eindeutig ein Job für mein kleines Raubtiermädchen! Ich rief Sierra herein und bewegte mich auf den Schrank zu. Sie war sofort in Aktionsmodus und inspizierte verstohlen den Bereich, während ich Pappkartons und Briefumschläge vor ihr aus dem Weg räumte. Plötzlich hielt sie stockstill. Und Sekunden später hatte sie einen kleinen, grauen, pelzigen Körper in ihrem Maul. Es fällt schwer, „Gutes Mädchen!“ zu sagen, wenn einem eigentlich eher „Igitt!“ auf der Zunge läge, aber ich lobte sie und legte ihr nahe, die Maus doch nach draußen zu bringen. Was sie auch tat, um nach ein paar Sekunden wiederzukommen und das Manöver zu wiederholen. Die Strecke zählte schon bald fünf Mäusebabys. Wieso war mein Schrank plötzlich zum Mickey Mouse Club geworden? Vielleicht gab es ja eine winzige Diskokugel, Mini-Ledersofas und Käsebehälter da drinnen. Ich frage mich, ob vielleicht gerade *Muskrat Love* lief. Zumindest schien Sierra für den Moment zufrieden, dass die Mäuse weg waren.

Leider war nicht alles so vielversprechend. Jeden Morgen fand ich etwas Neues, das Bodhi zerstört hatte. Sicher hätte ich ihn draußen aussperren und das Bellen mit einem Stromhalsband oder ähnlichem Einschüchterungsgerät bekämpfen können. Aber trotz all seiner Rüpelei machte er einen so zerbrechlichen, unsicheren und ängstlichen Eindruck, dass ich ihm auf keinen Fall weiteren Stress zufügen wollte. Also beschloss ich, dass Schäden an unseren Sachen nicht so schlimm waren wie Schäden an der Seele unseres Hundes.

Ich vermisste diese früheren ruhigen Morgen, als ich beim Aufstehen Sierra friedlich auf der Wohnzimmercouch liegend vorgefunden hatte und auf sie auf unsere lange, ausgiebige Streicheleinheit wartete. Ich erinnerte mich an die friedlichen Spaziergänge, die wir im Park unternommen hatten und unser faules Herumlümmeln zuhause auf dem Fußboden, ohne dass wir uns Sorgen machen musste, dass ein großer Rüpel von Hund auf uns drauftreten würde. Mir war klar, dass wir einen halbwüchsigen Hund ohne Training und Manieren aufgenommen hatten, aber ich sehnte mich nach den früheren friedlichen Zeiten in unserem Haushalt zurück. Ich machte mir Sorgen um die Kämpfereien, die Zerstörung und so viele andere Dinge und fragte mich, ob ich das Zeug dazu haben würde, mit Bodhis diversen Problemen umzugehen. „Ich bin zu alt für diesen Mist!" dachte ich so manches Mal. Es waren gerade einmal zwei Wochen her, seitdem wir Bodhi nach Hause gebracht hatten und ich fragte mich schon, ob es ein Fehler gewesen war. Aber dazu war es noch zu früh und ich war es ihm schuldig, es zu versuchen.

Die Flitterwochen sind vorbei

Das Problem, das Bodhi sich stets in einen Aufmerksamkeit fordernden Torpedo verwandelte, sobald ich Sierra streichelte, musste gelöst werden. Es war rüde, ging Sierra auf die Nerven und störte mich genauso. Ich musste Bodhi beibringen, dass es eine sehr gute Sache war, wenn ich Sierra Aufmerksamkeit schenkte. Ich band ihn am Wohnzimmertisch fest und fütterte ihm Leckerchen, während ich Sierra streichelte und er dort auf seinem Hundebett lag. „Siehst Du? Wenn ich sie streichle, bedeutet das Gutes für Dich." Er schien recht zufrieden damit zu sein, dort zu liegen und Leckerchen zu nehmen und versuchte noch nicht einmal aufzustehen. So weit, so gut. Nach ein paar Tagen Üben veränderte ich die Taktik. Mein Ziel war, dass Bodhi es irgendwann als Signal zum Hinlegen und Warten aufs Schmusen verstehen würde, wenn ich Sierra streichelte. Das klang theoretisch gut, war aber schwieriger zu trainieren, als ich gedacht hatte. Oh ja, Bodhi war clever – er lernte schnell, sich auf Signal hinzulegen und zu bleiben – aber Intelligenz ist etwas ganz anderes als Impulskontrolle. Er besaß eine Menge des ersteren, aber praktisch nichts des Letzteren. So machten wir weiter und übten jeden Tag ein bisschen.

In der Zwischenzeit ging die Zerstörung weiter. Wir bemühten uns, auf Anrichten und Tischen nichts stehenzulassen, aber früher oder später kam unvermeidlich der Moment, in dem einer von uns irgendetwas hinlegte und für einen Moment wegging. Eines Tages stellte ich beim Herauskommen aus meinem Arbeitszimmer fest, dass C.C. die Post auf den Küchentisch gelegt hatte. Darunter war ein Scheck von der Versicherung – oder vielmehr, es war einmal ein Scheck gewesen. Jetzt war es nur noch ein trauriges Häufchen Papierschnipsel mit einem Stückchen Umschlag, auf dem noch das Logo der Versicherung zu erkennen war. Sie können sich sicher vorstellen, wie spaßig es war, der Versicherung zu erklären, dass mein Hund leider ihren Scheck gefressen hatte. Allmählich begann ich nur zu gut zu verstehen, wie der junge Mann, der Bodhi ans Tierheim gegeben hatte, „sich seinen Unterhalt nicht mehr leisten konnte". Auf der

Plusseite war zu verbuchen, dass Bodhi sich beim Hundefriseur nicht schlecht benommen hatte und jetzt aussah wie ein bezauberndes Plüschtier. Meine Standardantwort, wenn er etwas Ärgerliches tat, wurde „Hast Du ein Glück, dass Du so niedlich bist!".

Bodhis Verhaltensprobleme waren eine ständige Herausforderung, aber etwas anderes machte mir weitaus mehr Sorgen. Er war der erste Hund, den ich je besessen hatte, zu dem einfach keine Bindung entstehen wollte. Normalerweise brauche ich nur eine halbe Sekunde, um mich in einen Hund zu verlieben, und bei Sierra war es Liebe auf den ersten Blick gewesen. Zwar hatte ich beim Anblick von Bodhis Foto sofort ein Gefühl der Verbundenheit gespürt, aber bei ihm selbst fühlte ich es nicht so stark. Die Situation war absolut fremdartig und sie gefiel mir nicht. Aber, so versuchte ich logisch zu denken, es war sicherlich ganz und gar verständlich, keine warmen Gefühle der Zuneigung zu einem Wesen zu empfinden, das gerade das eigene Leben auf den Kopf gestellt hatte.

Ich war also nicht Hals über Kopf in Bodhi verliebt, aber entschlossen, so gut wie möglich für ihn zu sorgen. Zusätzlich zu seinen Verhaltensproblemen hatte er ja auch noch dieses eine körperliche – die Inkontinenz. Ich hatte schon einen Termin beim Tierarzt vereinbart, recherchierte aber in der Zwischenzeit schon einmal im Internet. Was ich dabei herausfand, war: Online-Selbstdiagnosen sind niemals eine gute Idee, egal ob man nach Symptomen bei einem Hund oder einem Menschen sucht. Dabei heraus kam nur, dass ich befürchtete, Bodhi könnte eine ganz fürchterliche Krankheit haben. Ich versuchte, nicht daran zu denken. Außerdem beschäftigten mich andere Dinge – die Ressourcenverteidigung war schlimmer geworden.

Die Hunde hatten sich angewöhnt, über alles, was sie als wertvoll betrachteten, in Streitereien zu geraten, und so weit ich es sagen konnte, war Bodhi immer derjenige, der anfing. Dabei war ich extrem vorsichtig gewesen. Damals fütterte ich ein hochwertiges Trockenfutter, das ich in Gummibälle packte, die sie herumschieben konnten, bis die Bröckchen hinausfielen. Zum Fressen sperrte ich Bodhi in der Küche ein. Von dort aus hatte er Zugang zur Hundetür, sodass er hinauskonnte, wenn er urinieren musste. Sierra, die die Diele für sich besaß, schob profimäßig ihren Ball mit den Pfoten hin und her und entlockte ihm geschmeidig ein Futterstückchen nach dem nächsten. Dabei warf sie Bodhi mitleidige Blicke zu, der ungeschickt versuchte, seinen Ball zu rollen oder ihn zwischen den Kiefern zu zermalmen. „Junge, musst Du noch viel lernen," sagten ihre geringschätzigen Blicke. Aber das Arrangement funktionierte. Ich trennte die beiden weiterhin, wenn sie Leckerchen oder Kausachen bekamen. Aber als ich eines Tages im Spülbecken einen leeren Kong auswusch, ging Bodhi direkt hinter meinen Knien auf Sierra los. Es brach ein wildes Knurren aus und ich musste die beiden trennen. Bodhi hatte, wie sich herausstellte, den Kong aus der Ferne bewacht, obwohl er leer war.

Die ständige Aufmerksamkeit, die vonnöten war, um Bodhi vom Zerstören von Sachen abzuhalten und um seine Urintröpfchen wegzuwischen, war erschöpfend. Ich schaffte es kaum noch, irgendwelche Arbeiten zu erledigen und es fiel mir schwer, eine positive Einstellung zu bewahren. Ich schlief nicht mehr gut und merkte, wie ich zusehends unleidlicher wurde. Der arme C.C. musste sich, wenn er abends von der Arbeit kam, eine ganze Litanei von Klagen anhören. Er hörte zwar jedes Mal geduldig zu, aber ich bin sicher, dass er lieber in Ruhe ein Bier getrunken und die Zeitung gelesen hätte. Mir gefiel der ständige Strom von Negativem, der aus meinem Mund floss, selbst nicht, aber ich konnte auch irgendwie nichts dagegen tun.

Der frühen Morgen, bevor C.C. zur Arbeit ging, war für uns alle immer die beste Zeit. Er ging mit dem einen Hund spazieren, ich mit dem anderen. Weil es Winter war und die Klapperschlangen Ferien machten, konnte C.C. in den Bergen hinter unserem Haus wandern gehen. Er benutzte eine Schleppleine, mit der die Hunde rennen, springen und sogar nach Kleintieren jagen konnten, wenn er hinterher lief. Beide Hunde hatten eine erstaunliche Ausdauer und eine nie enden wollende Begeisterung für Erkundungen. Sie brachten C.C. bald in eine Form, wie er sie seit Jahren nicht mehr besessen hatte. Während er mit dem einen

Hund unterwegs war, ging ich mit dem anderen zur Hundewiese oder auf einen langen Spaziergang und frischte unterwegs ein paar Übungen auf. Wir wechselten täglich die Hunde. Das Arrangement war gut. Wenn ich nach Hause kam, erzählte C.C., wie Sierra trotz der Schleppleine einen Hasen gejagt hatte oder wie sie in der Ferne einen Kojoten erspäht hatte, oder wie Bodhi gazellengleich über einen kleinen Bach gesprungen war. Ich wiederum berichtete stolz, wie Bodhi auf der Hundewiese trotz Ablenkungen sein Sitz-Bleib gehalten hatte oder wie Sierra sich gefreut hatte, einen neuen Spielkameraden zu finden.

An einem unserer ersten Tage im Park machte ich Bodhi mit Niko bekannt, einem ruhigen, hübschen sechsjährigen Huskyrüden, der meiner Freundin Kathy gehörte. Bodhi hatte sich Niko vorsichtig genähert und ihn beschnüffelt. Niko schien nicht besonders interessiert, ließ es aber zu. Wir gingen ein Stück weit zusammen mit den beiden Hunden, wobei Bodhi Niko folgte und stets dort schnüffelte, wo Niko schnüffelte. Vielleicht war er der Meinung, Niko wüsste etwas, das er nicht wusste. Zurück auf dem Parkplatz zeigte Bodhi eine Spielaufforderung. Niko reagierte nicht. Er schien beinahe von Bodhi amüsiert zu sein, so, als würde er ihn als einen Jungspund betrachten, der noch Anleitung und Manieren brauchte. Er war aufnahmefähig, dieser Niko. Dass die Hunde sich verstanden, war eine große Erleichterung, und ich genoss die morgendlichen Spaziergänge mit Kathy. Aber auch wenn Bodhi gut mit Niko zurechtkam – vielleicht, weil wir sie so früh miteinander bekannt gemacht hatten – begann er allmählich, andere Hunde anzupöbeln, denen wir unterwegs begegneten. Es hatte etwas mit der Leine zu tun, das ihn gegenüber anderen Hunden reaktiv werden ließ. Es war ein Paradebeispiel für Leinenfrustration. Und so hatten wir noch eine weitere Sache auf der Liste unserer Herausforderungen.

Zumindest musste ich mir jetzt nicht mehr so viele Sorgen machen, wenn ich Sierra zuhause ließ, weil sie ja nicht mehr alleine war. Dumm war nur, dass ich sie wegen Bodhis zerstörerischem Appetit mit ihm zusammen aus dem Haus aussperren musste. Aber beide schienen draußen ganz zufrieden zu sein. Wenn ich nach Hause kam, fand ich entweder beide Hunde auf der Rampe liegend oder halbherzig-faul miteinander raufend und dachte daran, wie gut es doch war, dass Sierra jetzt Gesellschaft hatte. Wenn die zwei nett miteinander spielten, hatten sie auch offensichtlich Spaß daran. Und ihr Spielstil ähnelte sich auffallend. Der eine legte eine Pfote über die Schulter des anderen oder sprang ihn von der Seite in dem Versuch an, ihn niederzuringen. Dann drehten sich beide, sprinteten vor und zurück und rasten dann wie zwei bepelzte Wahnsinnige im Kreis. Es machte Spaß, ihnen zuzuschauen und ließ mich hoffen, dass sie sich irgendwann auch im Rest der Zeit besser verstehen würden.

Es gab Zeiten, in denen ich für einige Minuten oder sogar Stunden etwas optimistischer über Bodhi dachte – aber dann passierte irgendetwas anderes. Zwei Wochen, nachdem wir ihn nach Hause gebracht hatten, legte ich eine dringend nötige Schreibpause von meinem Buch über Trennungsangst ein. Ich lag lesend auf dem Wohnzimmersofa und hatte eine Schachtel Erdnussbutterkekse zwischen mich und die Sofalehne geklemmt. Sierra kam durch den schmalen Durchgang zwischen Sofa und Wohnzimmertisch zu mir, schnüffelte in die Luft und dann an der Couch. Ich erklärte ihr geduldig, dass Erdnussbutter zwar eine der tollsten Erfindungen der Welt war, die Kekse aber leider nicht für sie bestimmt wären. In diesem Moment kam Bodhi von der anderen Seite. Jetzt standen die Hunde auf sehr engem Raum Nase an Nase und ich saß dazwischen. Bevor ich auch nur „ganz schlecht" sagen konnte, brach eine Knurrkonzert los. Kiefer klackerten und die Luft war von Knurren erfüllt, als die Hunde aufeinander losgingen. Ich keilte das Buch zwischen sie (übrigens ein Vorteil eines echten Buchs gegenüber einem Kindle) und sprang gleichzeitig auf, wobei ich Reflexe gebrauchte, von denen ich gar nicht mehr wusste, dass ich sie noch besaß. Sierra schien erschreckt, während Bodhi einfach nur verwirrt aussah. Ich beruhigte die Hunde, stellte die Kekse weg und dachte mir, dass die Angst-vor-Knurren-Diät eine recht effektive Abschreckung gegen das nachmittägliche Naschen auf der Couch sein könnte.

Bodhi, nach all der Aufregung immer noch aufgedreht, begann auf der Suche nach Dingen, die er zerstören konnte, umher zu rennen und packte dabei unterwegs meine Hände und Arme. Das reichte. Ich sagte „Schade“, brachte ihn nach draußen und schloss die Hundetür. Erschöpft und leicht zerzaust legte ich meinen Kopf in die Hände und versuchte, mich zu beruhigen. Was war nur mit meinem Leben passiert? Wenn es eine Taste für „rückgängig“ gegeben hätte, die Bodhis Adoption hätte ungeschehen machen können, hätte ich sie in diesem Moment ganz sicher gedrückt. Ich hatte kein Verhaltenstherapieprojekt gewollt, und das hier würde ganz klar ein vielleicht nicht gerade lebenslanges werden, aber auf jeden Fall eins, das mehrere Jahre brauchen würde. Es war nicht nur eine Frage dessen, einen Hund zu trainieren, der sich schlecht benahm oder ungenügend sozialisiert war. Diese Dinge waren verständlich, besonders bei einem halbwüchsigen Hund. Was mir mehr Sorgen machte, war das Verhältnis der Hunde untereinander und dass ich keine Bindung zu Bodhi aufbauen konnte. Es fühlte sich so an, als ob Bodhi auf irgendeine Art und Weise einfach nicht richtig geschaltet wäre. Er erinnerte mich an Menschen, die ständig fahrig und unkonzentriert waren und sich in ihrer eigenen Haut nicht wohlzufühlen schienen. Es war, als ob er ständig Angst hätte und seltsam unkonzentriert wäre. Und er war schreckhaft. Ein Löffel, der auf den Esszimmerboden fiel, brachte ihn zum Wegspringen. Seine nervöse Energie war auf einer Skala, die nur bis zehn ging, ständig auf elf. Zwar schien er langsam ein wenig mit C.C. warm zu werden, war aber auch in seiner Nähe nach wie vor nervös. Selbst wenn ich ihn streichelte, nahmen seine Augen nie diesen weichen, halb weggetretenen Ausdruck an, den die meisten Hunde zeigen, wenn sie Kontakt zum Menschen genießen. Ich fragte mich, ob er vielleicht wirklich eine Art „Hund mit besonderen Bedürfnissen“ wäre und inwiefern irgendetwas, das ich tat, ihm helfen würde.

C.C. gegenüber hatte ich schon relativ früh erwähnt, dass wir meiner Meinung nach wohl einen Fehler gemacht hatten. Ich weiß, das klingt furchtbar. Als jemand, der lange im Tierschutz gearbeitet hat, bin ich die erste, die sagt, dass Hunde keine Kleidungsstücke sind, die man austauscht, wenn sie nicht so passen wie erwartet. Aber wenn Sie jahrelange Erfahrung mit Hunden und ihrem Verhalten haben, wissen Sie nur zu gut, wie ein Großprojekt aussieht. Wenn das hier das war, wie sich die meisten Hunde in der ersten Zeit nach der Übernahme von ihrer besten Seite zeigen – den „Flitterwochen", wie Tierschützer sagen – wie viel schlimmer würde es dann in den kommenden Monaten und Jahren noch werden? Würde er Sierra irgendwann wirklich verletzen? Das wäre ein K.o.-Kriterium. Die Aussichten auf den vor mir liegenden Weg waren nicht gerade rosig, und eigentlich hatte ich gar keine Lust, ihn zu beschreiten. Wir hatten Bodhi noch nicht so lange und ich sagte mir, dass nichts Falsches daran wäre, ein gutes neues Zuhause für ihn zu suchen. Es würde für ihn sein, als ob er kurz irgendwo in Ferien gewesen wäre – in einem Robinson-Club für Hunde, in dem man die Gäste gut fütterte, sie unterhielt und sie ihre Zimmer zumüllen ließ. Eine Weitervermittlung war etwas, das ich im Kopf behalten musste, auch wenn allein der Gedanke daran mir Schuldgefühle verursachte. Und ich würde zudem das Problem nur an die nächste Person weitergeben, und das könnte ungut für Bodhi enden.

Es half nichts, dass mein Gewissen – diese nervige Stimme, die ständig Weisheiten wie „Du hast einen Abgabetermin für Dein Manuskript" oder „Musst Du dieses Stück Schokoladenkuchen wirklich essen?" – ständig flüsterte: „Du bist ein professioneller Trainer. Du hast Bücher geschrieben. Du gibst Seminare für andere Trainer! Du solltest in der Lage sein, hiermit klarzukommen." Das mochte ja stimmen, argumentierte ich dagegen, aber musste ich mir wirklich all diese Mühsal für wer weiß wie lange Zeit antun und dabei riskieren, dass Sierra zwischenzeitlich verletzt würde? Ich würde mit meiner Entscheidung uns alle beeinflussen und fühlte eine riesige Verantwortung auf mir lasten, dass ich die richtige treffen würde. Ich hätte ja gerne darüber geschlafen, wenn mir denn einmal eine vernünftige Nacht ununterbrochenen Schlummers vergönnt gewesen wäre, so sehr schwirrten die sorgenvollen Gedanken ständig durch meinen Kopf.

Soko von ihrer Schokoladenseite. Wo sie wohl hinschaut? Na klar – zum Ball.

Soko mit Mojo, dem Draufgängerwelpen.

Erwähnte ich schon, dass Mojo größer war als die meisten anderen Hunde?

Bodhi bewirbt sich um Aufnahme in die Rockband KISS.

Bodhi: Vom Bad Boy zum Cover Boy!

Hier kommt mein Mädchen – mit ihrem irren Schwanz.

Ich und mein Seelenhund Mojo.

Sierra alias „Mein kleines Raubtier".

Heyoka auf dem hohen Tisch im Gehege. So ein hartes Leben!

Ich, Lurch und Tia bei einer Informationsveranstaltung für Mitarbeiter des Veterinäramts. Lurch hatte nur wenig Wolfsblut, aber sehr viel Persönlichkeit!

Die Villalobos-Weihnachtspostkarte. Von links nach rechts: Nashaka, ich, Tia, Duke.

Phantom, Phantom, wie groß deine Zähne sind! Und wie lange es gedauert hat, bis ich sie endlich anschauen durfte!

Mein Mädchen Sequoia und ihr Knochen. Definitiv IHRER.

Ich und mein Sorgenkind Spirit. Sie kam im Alter von zehn mit eingewachsenem Halsband in die Station, das operativ entfernt werden musste.

Hinter unserem Informationsstand auf der jährlichen Messe „America's Family Pet Expo" mit den Stars Nashaka, Spirit und Lobo.

Roxy bei uns zuhause, wo C.C. und ich sie einen Sommer lang wolfsitteten.

Phantom, der schuld ist, dass ich zu drei Wölfen kam und sein Jolly Ball mit den gebohrten Leckerchen-Löchern.

Die Wölfin (links), die wir durch Hollywood gejagt hatten und ihr Kumpel (rechts) warten im Tierheim auf ihren Weitertransport zum Wildpark.

Das Erdnussbutter-Sofa-Gerangel Teil zwei

Seit zwei Jahren schon hatte ich Rückenprobleme. Sie hatten damals zu Zeiten von Mojo und Soko begonnen, als beide schon Hundesenioren waren und körperlich durch das Alter und die degenerative Myelopathie abzubauen begannen. Außerdem hatte Mojo ein gerissenes Kreuzband. Die Erholung davon schritt nur langsam voran, um es vorsichtig zu formulieren. Zwar konnten beide Hunde laufen, aber keiner konnte ohne Hilfe aus dem Sitzen oder Liegen aufstehen. Es lief darauf hinaus, dass ich jeden von ihnen mindestens zwanzig Mal am Tag hochhob – manchmal mit Hilfe einer Trageschlinge, manchmal ohne, je nach Situation. Da Soko vierzig Kilo wog und Mojo gut fünfundfünzig, gab mein Rücken ziemlich schnell auf. Und erholte sich nie mehr ganz. Mein Leben wurde zu einer Reihe von Arzt- und Chiropraktikerbesuchen und ich versuchte, mich mit dem Schmerz so gut es ging zu arrangieren. Etwas, das ich erst mit den Jahren verstanden hatte, war, dass emotionaler Stress zur Anspannung meiner Rückenmuskeln und manchmal sogar zu Krämpfen führte, was die Schmerzen unerträglich werden ließ. Durch all den Druck rund um die Situation mit Bodhi und Sierra litt ich die meiste Zeit meiner wachen Stunden unter Schmerzen. Was es wiederum umso schwieriger machte, geduldig und verständnisvoll zu sein.

Der Tag nach dem Erdnussbutter-Sofa-Gerangel war ein Samstag. Ich lag am frühen Abend mit einer Eispackung auf der Lendengegend auf der Couch. Es war kein Krümelchen Keks oder sonstiges Futter in der Nähe. C.C. hing auf der anderen Couch und schaute Fernsehen. Mit dem Gerede des Nachrichtensprechers in den Ohren schlief ich ein. Plötzlich wurde ich von extrem lautem Knurren und Zähneklackern wachgeschreckt. Ich riss weit die Augen auf. Die Hunde schnappten nacheinander – direkt vor meinem Gesicht! Ich kämpfte mich hoch, stellte mich so schnell wie möglich hin und brachte die beiden auseinander. Alles war so schnell gegangen.

Ich schaffte es, die Hunde zu beruhigen, machte einen tiefen Atemzug und fragte C.C., ob er genau gesehen hätte, was passiert war. Er berichtete, Sierra wäre zu mir gekommen, um mir übers Gesicht zu lecken, woran Bodhi offensichtlich Anstoß genommen und auf sie gestürzt hatte, was den Kampf ausgelöst hatte. Ich hatte nicht erwartet, dass es auch ohne Futter in der Nähe Probleme geben könnte oder wenn ich die beiden nicht aktiv streichelte. Ich war superwachsam gegenüber ihren Interaktionen und dem Management von allem möglichen, das als wertvolle Ressource durchgehen konnte. Es war zwar schmeichelhaft, dass ich selbst eine solche wertvolle Ressource war, aber wie sollte ich noch irgendetwas managen, wenn ich bewusstlos war? Das war eindeutig zu viel. Ich hatte natürlich gewusst, dass Tierheimhunde Altlasten haben können, aber diese hier hatten genug Gepäck mitgebracht, um den Bauch eines ganzen Frachtflugzeugs füllen zu können.

So sehr mich der unerwartete Kampf auch frustrierte und aufregte, hatte ich doch in einem Bereich noch die Kontrolle – im Training. Ich hatte schlauerweise mit jedem Hund einzeln trainiert und mit beiden zusammen. Sowohl Bodhi als auch Sierra beherrschten Sitz, Platz, Bleib und Hier im Tandem auf Signal. Beide zeigten außerdem die Anfänge eines solide gefestigten „Lass es“. Wir machten außerdem regelmäßig Übungen zur Impulskontrolle, wie zum Beispiel hinsetzen und warten, bis ich sie zum Fressen oder zur Hundetür hinaus ließ.

Ein heller Lichtstrahl in all dem Chaos war meine E-Mailkorrespondenz mit einer guten Freundin. Valerie besaß drei Möpse und einen Deutschen Schäferhund und war außerdem eine hervorragende Hundetrainerin. Der Schäferhund war ihr Seelenhund gewesen und kürzlich verstorben. Sie hatte nicht geplant, in nächster Zeit wieder einen Hund anzuschaffen, aber als die Deutsche Schäferhündin einer Bekannten einen Wurf hatte, verliebte sie sich in einen der Welpen und konnte nicht widerstehen. Wie sich herausstellte, war Dexter nicht gerade das, was man als einen problemlosen Welpen bezeichnen konnte. Selbst Valerie als erfahrene Hundetrainerin fragte sich, worauf sie sich da eingelassen hatte. So wurden wir schnell zu einer Zwei-Personen-Selbsthilfegruppe. Es kam vor, dass ich Val um vier Uhr morgens schrieb und verzweifelt fragte, wie ich nur all diese Arbeit mit Bodhi schaffen sollte. Ich gestand ihr meine Fantasien, wie ich wohl eine Vermittlungsorganisation finden könnte, das ihn nehmen würde. Am nächsten Tag war mein Postfach voll mit Mitgefühl, Unterstützung und nützlichen Ideen. Ich versuchte mein Bestes, das Gleiche auch für sie zu tun. Es ist ein seltsames Phänomen, das selbst erfahrene Trainer ein blindes Auge haben können, wenn es um ihren eigenen Hund geht. Persönliche Betroffenheit neigt dazu, Probleme, die normalerweise lösbar oder zumindest handlebar erscheinen würden, so umzudrehen, dass ein dichter Nebel aus emotionaler Verwirrung entsteht.

Am nächsten Tag fuhr ich mit Bodhi zum Tierarzt. Zum Glück waren keine anderen Hunde im Wartezimmer. Im Untersuchungsraum versuchte die nette, freundliche Tierärztin, den sehr nervösen Bodhi zu sich hinzulocken. Aber selbst das Angebot von Leckerchen, die ich vorher unauffällig zugesteckt hatte, überzeugte ihn nicht. Letzten Endes hielten wir ihn so zwischen uns fest, dass sie endlich sein Herz abhören konnte. (Ich hatte gedacht, dass es wahrscheinlich besser gehen würde, wenn ich ihn anstelle der Tierarzthelferin hielt, und zum Glück hatte die Ärztin dem zugestimmt). Dann führte sie Bodhi an der Leine für eine Blut- und Urinentnahme in den hinteren Teil der Praxis. Als sie zurückkam, erwähnte sie, dass Bodhi nicht gerade erfreut über das Festgehaltenwerden gewesen war. Ich fragte nach, mit welchen Griffen sie die Hunde halten würde, damit ich das zu Hause üben konnte.

Was das Urinproblem betraf, würden wir in ein paar Tagen mehr wissen. Eine Sache, die die Tierärztin mir aber gleich sagen konnte, war, dass sie nicht glaubte, dass Bodhi zwei Jahre alt sein sollte. Anderthalb waren deutlich wahrscheinlicher. C.C. und ich hatten schon so etwas vermutet, da er sich wirklich wie ein Jugendlicher benahm. Dass er jünger war, bedeutete natürlich auch, dass er gar nicht mehr so lange ein so rüpeliger und durchgedrehter kleiner frecher Fratz sein würde. Was für eine Freude!

Hast Du Pizza oder Bier?

Bis zur nächsten Woche hatten der aufgestaute Stress und der Schlafmangel mich komplett fertig gemacht. Das mag erklären, wie ich mit nur eingeschränkt funktionierendem Gehirn die Hunde frei im Haus allein lassen konnte, als ich einkaufen ging. Als ich von meinen Erledigungen auf der Post und im Supermarkt zurückkam, stellte ich fest, dass Bodhi einen Telefonhörer gefressen hatte. Vielleicht hatte er versucht, sich eine Pizza zu bestellen. Wir hatten nur zwei Telefone, und die Basisstation von diesem hier stand in der Nähe des Wohnzimmers, damit wir nicht immer durchs ganze Haus in die Küche laufen mussten, um ans Telefon zu gehen. Ab jetzt würde ich meinen faulen Hintern wohl doch von der Couch bewegen müssen, weil das Objekt, das einmal ein Telefon gewesen war, nun mit herausgerissenem Batteriefach und in alle Richtung abstehenden Kabeln auf seinem Rücken lag. Außerdem hatte Bodhi es geschafft, den Metalldeckel des Mülleimers aufzustemmen. Die Szene, die sich im hinteren Teil unseres Hauses darbot, hätte gut unter die Beschreibung „Shitstorm“ gepasst. Was übrigens eine passende Metapher für die ganze Situation war, wenn sie mich fragen. Der Vollständigkeit halber hatte er auch noch ein paar Handtücher herausgezerrt und ein Kissen von der Couch geschleppt, wobei er letzteres aus irgendeinem Grund nicht zerfetzt hatte. Vielleicht wurde er unterbrochen.

In der Zwischenzeit verlor er übrigens immer noch Urin, weshalb es unmöglich war, ihn in eine Box zu sperren. Die Laboruntersuchungen hatten nichts Auffälliges ergeben, sodass die Ursache der Inkontinenz immer noch ein Mysterium war. Eine Box hätte das Problem aber ohnehin nicht vollständig gelöst, weil die Zerstörung sich nicht darauf beschränkte, wenn er allein im Haus war. Manchmal musste ich noch nicht einmal aus dem Raum gehen, damit Hurrican Bodhi zuschlug. Eines Tages saß ich in meinem Arbeitszimmer am Computer und versuchte mich zu konzentrieren, als er hineinkam und in aller Stille an einem Stromkabel unter dem Schreibtisch zu kauen begann. Konnte das wahr sein? Es war einfach Non-Stop-Wahnsinn.

Ich fühlte mich an ein Erlebnis erinnert, das wir gehabt hatten, bevor Bodhi zu uns kam. Wir hatten Sierra zu einem Ausflug an den Big Bear mitgenommen, wo wir ein kleines Blockhaus im Wald gemietet hatten. Es gab dort keinen Fernseher, kein Internet und sehr wenig Kontakt zur Außenwelt. Es war fantastisch. Wir gingen morgens nach dem Aufstehen in den Wald wandern, Sierra an der Schleppleine, die jedes Eichhörnchen, jede Maus und jedes andere Getier in der Umgebung aufspürte. Sie war im siebten Himmel, genau wie wir. Wir unterhielten uns und lachten, während sie die Gegend erkundete und machten Fotos von ihr auf umgefallenen Baumstämmen und vor wunderschönen Hintergründen aus Bäumen und Blumen. In der Nähe gab es eine Kleinstadt mit Geschäften und Restaurants, von denen einige auch Hunde im Innenhof zuließen. C.C. konnte sich nicht vorstellen, dass Sierra ruhig dort liegen würde, während wir aßen. Ich konnte es ihm nicht verdenken. Er erinnerte sich vermutlich an Mojo, der sich zwar benommen hätte, aber mit anderen Hunden auf so engem Raum zusammen nie wirklich entspannt hätte. Aber ich nahm einen gefüllten Kong und eine gute Portion Optimismus mit und los gings. Als wir in den schön mit Steinkacheln gefliesten Innenhof des Restaurants kamen, suchte ich schnell mit den Augen die Umgebung ab und entschied mich für einen Tisch hinten in der Ecke, damit hereinkommende Hunde nicht an uns vorbeimüssten und wir aus dem Laufweg heraus wären. Ich gab Sierra den Kong, wir bestellten unser Essen und genossen schon bald einen dieser schönen, entspannten Tage, die uns damals nicht besonders erwähnenswert erschienen, beim Zurückdenken aber noch jahrelang Sehnsucht in uns wecken sollten.

Weil ich fest daran glaube, dass alles aus einem ganz bestimmten Grund geschieht, fragte ich mich natürlich, was der tiefere Sinn war, warum Bodhi zu uns gekommen war. Natürlich war das in erster Linie ein direktes Ergebnis meiner eigenen Handlung. Aber gab es da vielleicht auch noch etwas unter der Oberfläche, vielleicht irgendeine Lektion, die ich lernen sollte? Sicherlich würde es mir nicht schaden, mehr Geduld im Leben zu lernen, wozu dies hier ja wohl die perfekte Übung war. Ich beschloss zu versuchen, nicht mehr so sehnsuchtsvoll auf das zurückzublicken, was wir mit unserer ganz besonderen Solo-

Beziehung zu Sierra verloren hatten und alles in meiner Macht stehende zu tun, damit sich mit Bodhi alles zum Besten wendete.

Ich stellte fest, dass ein großer Teil seiner Zerstörungen morgens an Werktagen stattfand, wenn C.C. frühstückte und die Zeitung las und ich noch schlief. C.C. ist nicht gerade das, was man als Morgenmensch bezeichnen würde, und es war nicht davon auszugehen, dass er in seinem halbwachen Zustand noch ein aufmerksames Auge auf die Hunde haben würde. Deshalb hatte ich ihn gebeten, die Hunde immer nach draußen zu lassen und die Hundetür zu schließen, sobald er aufgestanden war. So konnten sie draußen spielen und sich selbst amüsieren, bis ich selbst wach war und auf sie aufpassen konnte. Ich begann Bodhi nach und nach an die Box zu gewöhnen, damit er, wenn das Inkontinenz-Problem erst einmal gelöst war, im Bedarfsfall auch einmal für kürzere Zeit eingesperrt werden könnte. Ich fütterte ihn zum Teil auch in der Box und schon bald kaute er bei geschlossener Boxentür ruhig und zufrieden an seinen Ochsenziemern.

Seltsamerweise schien sich der Wind, was seine Beziehung zu Sierra betraf, zu drehen. Wo ich mir Sorgen gemacht hatte, dass er sie verletzen könnte, war es jetzt sie, die eklig zu ihm zu werden begann. Eines Tages spielten die beiden eine Stunde nach dem Fressen gerade auf dem Teppich in der Diele, den ich in „die Ringkampfmatte" umgetauft hatte. Sierra hatte Manöver wie „Packen und Drehen" vollführt, wobei sie Bodhis Halsband mit den Zähnen packte und ihn dann, auf dem Teppich liegend, immer wieder drehte. Es schien ihm nichts auszumachen. Das Kräftegleichgewicht hatte sich während des Spiels immer wieder hin- und her verschoben, wie es oft der Fall war. Aber plötzlich verwandelten die Dinge sich von einem friedlichen Raufen zu einem ernsthaften Streit darüber, wer das Sagen hatte. An irgendeinem Punkt sagte Sierra ganz klar: „Ich bin hier die Alphahündin, und ich sage, wo es langgeht!" Nach kurzem Zähnefletschen schien Bodhi überzeugt. Er wich zurück.

Als ich am nächsten Morgen aufstand, sah ich, dass C.C. wunschgemäß beide Hunde nach draußen gebracht hatte. Er hatte gefrühstückt, seine Zeitung gelesen und war zur Arbeit gegangen. Im Halbschlaf schlurfte ich zum Küchenfenster und schaute hinaus. Ich erwartete, die Hunde irgendwo friedlich schlummern zu sehen, nachdem sie den ganzen Morgen herumgelaufen waren und gespielt hatten. Was ich stattdessen sah, war etwas, das mein Hirn im ersten Moment gar nicht verarbeiten konnte. Als der geistige Nebel sich lichtete, wurde mir klar, dass ich auf die Überreste des Mini-Kühlschranks schaute, der neben der Tiefkühltruhe für Fleisch gestanden hatte. Es war schon länger kein Futter mehr darin gewesen, aber wer weiß, vielleicht hatte der Bursche ja Bier dort vermutet. Der Gummiexpander, der zur Sicherheit noch um den Kühlschrank geschlungen gewesen war, war durchgekaut. Der ganze Kühlschrank lag auf der Seite, die weit offene Tür hing noch an einem Scharnier. Die Plastikregale innen waren demontiert, die Isolierung war herausgerissen und zerbissen. Es war ein Chaos. Sierra schaute extrem sorgenvoll drein, als würde sie eine Schimpftirade befürchten. Wer auch immer sie vor uns besessen hatte, hatte ihr auf jeden Fall eine gehörige Angst vor Strafe beigebracht. Bodhi wedelte nur und schaute mich an, ganz Bart Simpson ohne auch nur den Schimmer einer Ahnung. Wie lange sollte das nur so weitergehen?

Thanksgiving-Überraschung

Bodhis Reaktivität gegenüber anderen Hunden an der Leine war eine weitere Sache, an der wir arbeiten mussten. Wenn wir an einem Hund vorbeikamen, reichte sein Spektrum je nach Hund von einem tiefen Knurren bis zu einem wilden Bellausbruch. Wirklich – wenn Sie einen Hund haben, der alles in Sichtweite zerstört, Angstprobleme hat, rücksichtslos ist, mit dem eigenen Hund kämpft und überall Urin verliert, ist Reaktivität gegenüber anderen Hunden wirklich genau das, was einem noch fehlt. Aber es blieb nichts anderes übrig, als daran zu arbeiten. In den frühen Morgenstunden, wenn C.C. mit Sierra unterwegs war, arbeitete ich mit Bodhi im Park. Natürlich hatten wir zuvor schon recht viel zuhause geübt. Ich erwartete nicht von ihm, dass er sich bei Ablenkungen auf mich konzentrieren konnte, wenn ich ihm nicht zuvor in ruhiger Umgebung gezeigt hatte, was ich von ihm erwartete. Nur so konnte er lernen und Erfolg haben. Tag für Tag liefen wir um die Hundewiese und hielten sicheren Abstand zu anderen Hunden, und schon bald begann Bodhi zu verstehen, dass es sich nicht nur lohnte, auf mich anstatt sie zu achten, sondern dass er außer Losspringen und Bellen auch noch etwas anderes tun konnte, wenn er sich unwohl fühlte. Hot Dog-Stückchen halfen dabei definitiv. Die Dinge liefen gut.

In der nächsten Woche arbeitete ich wie gewöhnlich am Computer und hatte die Hunde draußen ausgesperrt. Als ich sie wieder hineinließ, hatte Sierra etwas im Maul. Mit der Befürchtung, es könnte etwas Weiches und Pelziges sein, drückte ich ihr die Kiefer auseinander und griff hinein. Es war ein Stück Pressspanplatte. Verwirrt sah ich mich um. Wo kam *das* denn her? Als ich aus der Hintertür schaute, sah ich, dass Bodhi nicht nur streifenweise Teppich von der Hunderampe gerissen hatte, sondern anscheinend auch die Holzplatten zerbissen hatte, die das Fundament des nächstgelegenen Vorratsschuppens bildeten. Ich holte tief Luft. Mal sehen ... Wegen des Urinproblems konnte ich ihn immer noch nicht in eine Box sperren. Und draußen konnte ich ihn ohne das Risiko größerer Zerstörungen auch nicht lassen, trotz der Tatsache, dass er viel Bewegung bekam und eigentlich müde sein sollte.

Sein Blut hatte ich bereits untersuchen lassen, um eventuelle medizinische Ursachen für sein Verhalten auszuschließen. Der Junge schien sich einfach nicht entspannen zu können. Ich dachte über die unterschiedlichsten Verhaltenstherapien oder Alternativtherapien nach, die vielleicht helfen könnten, aber ich war körperlich, geistig und emotional so angespannt, dass ich nicht die Energie aufbringen konnte, das Ganze wirklich klar zu durchdenken.

Aber trotz meiner geistigen Verfassung bedurfte eine Sache auf jeden Fall sofortiger Aufmerksamkeit: Bodhis Probleme, sich anfassen zu lassen. Wie viele Hunde mochte er es nicht, an bestimmten Stellen berührt zu werden, vor allem nicht im Bereich der Pfoten. Er teilte diese Abneigung mit, indem er seinen Fang um meine Hand schloss, leichten Druck ausübte und mich anschaute, als ob er sagen wolle: „Lass mich bitte nicht fester zubeißen müssen." Seine Vorlieben mochten legitim sein oder nicht, aber auf unserem Grundstück wuchs sehr viel Borstenhirse, deren feine Grannen überall hin flogen und die gefährlich oder sogar tödlich sein konnten, wenn sie in Maul, Ohren, Nase oder Körper eines Hundes gerieten. Die spitzen, trockenen Spelzen setzten sich besonders gern zwischen den Pfoten fest und es war klar, dass ich Bodhis Pfoten während der Sommermonate häufig würde kontrollieren müssen. Außerdem hatte auch die mobile Hundefriseurin, als sie zum Baden meiner Hunde hergekommen war, erwähnt, dass Bodhi sich anscheinend nur sehr ungern anfassen ließ. Also begann ich mit Übungen, bei denen er mit Leckerchen dafür belohnt wurde, wenn er ruhig liegen blieb und sich von mir anfassen ließ. Schnell wurde klar, dass Futter, selbst wenig verlockende trockene Kekse, zu stark motivierend wirkte – es fällt schwer, ruhig liegenzubleiben, wenn man in Erwartung des Futters quasi eher frei schwebt. Also versuchte ich es stattdessen langsam und geduldig mit Streicheln und ruhigem Zureden, bevor ich einen kurzen Blick zwischen seine Zehen warf. Mehr Streicheln, nochmal schauen. Schon bald war ich in der Lage, vier oder fünf Borstenhirse-Spelzen in einer Sitzung zu entfernen, wobei Bodhi nur einmal seinen Fang um meine Hand legte. Es war ein Fortschritt.

Als die Hitze des Septembers den fallenden Blättern des Oktobers Platz machte, konnten wir weitere Verbesserungen verbuchen. Bodhi begann langsam zu begreifen, dass er, wenn er zuhause Aufmerksamkeit bekommen wollte, aufhören musste, sich zwischen Sierra und mich zu quetschen. Stattdessen legte er sich, wie wir es geübt hatten, in der Nähe hin. Das Verhalten war noch nicht sehr gefestigt, aber er zeigte es die meiste Zeit, und das war für den Moment absolut gut genug. Wegen seiner Reaktivität gegenüber anderen Hunden hatte ich ein Kopfhalfter zu benutzen begonnen. Er liebte es nicht gerade aber er machte so gute Fortschritte, dass er beim Anblick eines anderen Hundes automatisch in Erwartung von Lob und Futter zu mir schaute, anstatt bellend loszustürzen.

Ich war gerade dabei, mein Buch über Trennungsangst fertigzustellen, und auch wenn ich oft von Sonnenauf- bis Sonnenuntergang arbeitete (ich bin selbstständig, aber mein Boss ist ein Sklaventreiber) fühlte es sich gut an, zu wissen, dass die Informationen darin anderen leidenden Hunden helfen würden. Der Oktober ging in den November über und unsere engsten Freunde luden uns zum Thanksgiving Dinner ein. Vor Jahren, als C.C. und ich zusammen in einer Band gespielt hatten, war Jerry unser Gitarrist gewesen. Seine Frau Laura und ich waren gute Freundinnen geworden. Ich freute mich über die Einladung zum Abendessen, nicht nur wegen meiner nicht vorhandenen eigenen kulinarischen Fähigkeiten, sondern wegen der lang entbehrten Gelegenheit, Zeit mit meinen Freunden zu verbringen und mich zu entspannen.

Aber wo sollten wir die Hunde so lange lassen? Mit der Zeit hatte ich festgestellt, dass Bodhi ruhiger war, wenn er Zugang sowohl nach drinnen als auch nach draußen hatte. Wie viele Hunde hatte er eine Art Begrenzungsfrustration. Wenn er draußen ausgesperrt war, wollte er hinein, und umgekehrt. Das wiederum führte zu Stress und folglich zu Zerstörungen oder anderem unerwünschtem Verhalten. Ich hatte nach und nach damit begonnen, die Hunde bei offener Hundetür frei im Haus laufen zu lassen, und mit der Zeit war Bodhis Zerstörungswut tatsächlich etwas schwächer geworden. Aber seine Neigung dazu,

Dinge zu packen und wegzuschleppen, war noch nicht ganz verschwunden. Weil sein Standard-Operationsmodus darin bestand, Sachen aus der Waschmaschine oder von der Anrichte zu zerren und nach draußen zu schleppen, bestand meine neueste Strategie darin, alles wegzuräumen bis auf ein „legales“ Objekt, an das er leicht herankommen konnte. So stellte ich zum Beispiel vier leere Kongs auf, einige außer Reichweite, andere in gute Reichweite. Das funktionierte bis jetzt gut: Wenn ich wegging, schnappte sich Bodhi einen der Kongs, schleppte ihn nach draußen und kaute darauf herum. Ich füllte deshalb kein Futter in die Kongs, weil ich befürchtete, die Hunde könnten sonst Streit darüber bekommen. Mit den leeren Kongs gab es keine Probleme und Bodhis Plünderbedürfnis schien gestillt zu sein. Da Jerry und Laura in der Nähe wohnten, rechneten wir damit, höchstens drei oder vier Stunden lang weg zu sein. Die Alleinebleib-Zeiten für die Hunde hatten sich allmählich bis auf dreieinhalb Stunden ausgedehnt, weshalb ich mir keine besonderen Sorgen um ihren möglichen Stress machte. Mit dem Versprechen, ein paar leckere Reste mitzubringen, fuhren wir los.

Als wir das Haus unserer Freunde betraten, umfing uns das verführerische Aroma sündig leckerer Törtchen, die im Ofen buken. Das Essen wurde später serviert, als erwartet, aber es war so schön, mit Freunden zu plaudern und neue Leute zu treffen, dass ich keinen weiteren Gedanken daran verschwendete und wir genossen alle zusammen ein fantastisches Essen. Nach dem Essen gab es Wein, und auch, wenn ich gerne noch die ganze Nacht geblieben wäre, begann ich doch langsam, mir Sorgen um die Hunde zu machen. Während ich im einen Moment noch lachte und scherzte, kamen mir im anderen plötzlich die Hunde in den Sinn. Nachdem mir das ein paar Mal so gegangen war, war ich überzeugt, dass mehr als normale Besorgnis dahintersteckte und es sich vielmehr um eines dieser berühmten Bauchgefühle handelte, die man besser nicht ignorieren sollte. Ich sagte C.C., dass wir gehen müssten. Auf der Fahrt nach Hause wurde mir bewusst, dass wir fast fünf Stunden weggewesen waren. Der Himmel war schon dunkel, und auch wenn die Hunde ins Haus konnten, waren sie doch nie zuvor in den Abendstunden allein gewesen.

Als wir die Haustür öffneten, bemerkte ich irgendein weißes Füllzeugs im Flur. „Oh verdammt, hat Bodhi ein Kissen erwischt?“, dachte ich. Als ich weiter hineinging, änderten sich meine Gedanken zu „Das ist aber verdammt viel Füllung für ein Kissen“. Ich folgte der Spur ins Wohnzimmer. Da stand unsere wunderschöne Südweststaaten-Couch, die wir nur mit viel Glück gefunden hatten, die perfekt zu unserer anderen Couch passte und die ich wirklich sehr mochte – in Stücke gerissen. Der Stoff der Rückenlehne war waagerecht über die ganze Länge aufgeschlitzt und die ganze Füllung ausgeweidet. Irgendetwas in mir machte Klick. Ehe ich mich versah, hatte ich eine Hand an Bodhis Halsband und wedelte mit der anderen mit einem Stück Couchfüllung vor seinem Gesicht hin und her, während ich meine Wut und meine Frustration hinausschrie. Ich war stinksauer. Zugegeben, das war nicht einer meiner hellsten Momente. (Als ich die Geschichte später meiner Mutter erzählte, sagte sie: „Ich dachte, man soll Hunde nicht im Nachhinein bestrafen?“ Ich wusste doch, dass ich ihr besser nicht meine Bücher zu lesen gegeben hätte.) Zum Teil war es sicher mein Fehler, weil ich besser vorsichtig gewesen wäre und die Hunde draußen ausgesperrt hätte. C.C. schien seltsamerweise gar nicht so sauer zu sein wie ich. Oder er war einfach nur vernünftig und erkannte, dass wir jetzt auch nichts mehr ändern konnten. Ich räumte das Chaos auf und schaffte es nicht, Bodhi dabei auch nur anzusehen. Ich hasste es, so zu leben, Dinge, die mir wichtig waren, kaputt gemacht zu sehen und mich ständig gestresst, erschöpft und gefangen zu fühlen. Jedes Mal, wenn wir zwei Schritte nach vorn machten, fühlte es sich an, als machten wir fünf Schritte zurück.

Die Kuscheloffensive

Wenn auch die Couchgeschichte ein echter Tiefpunkt vor, so machten wir doch in anderen Bereichen ständige Fortschritte. Bodhis Reaktivität gegenüber seinen Mithunden besserte sich, solange der andere nicht in seinen persönlichen Raum eindrang oder zu bellen begann. Woche um Woche übten wir auf den Hundewiesen und Bergpfaden unserer Umgebung. Eines Morgens ging C.C. mit Bodhi spazieren, während ich Sierra zu einem Spieltreff zum Haus von Niko dem Husky gebracht hatte. C.C. geht normalerweise anderen Hunden aus dem Weg, wenn er mit einem von unseren geht, aber an diesem Tag tauchte eine Frau mit kleinem Hund unerwartet hinter einer Ecke auf – und nichts! Bodhi benahm sich prima. Kein Knurren und Zerren. Ein Hoch auf die klassische Konditionierung! Es sah so aus, als würde sich all unser Training endlich auszuzahlen beginnen.

Was sich leider noch nicht verbessert hatte, war mein Gefühl der mangelnden Bindung zu Bodhi. Aber natürlich fühlte ich mich immer noch verantwortlich dafür, seine Verhaltensprobleme zu lösen. Die zugrundeliegende Ursache der meisten davon schien in seiner tief verwurzelten Unsicherheit und Angst zu liegen. Wer wusste schon, wie viel davon seinen früheren Erfahrungen zuzuschreiben war und was genetisch bedingt war? So oder so fragte ich mich, ob mein mangelndes Bindungsgefühl die Sache nicht vielleicht noch schlimmer machte. Es gab keinen Weg darum herum, dass ich ihm nicht so viel Aufmerksamkeit oder Zuneigung schenkte wie Sierra. Natürlich hatte ich es so weit gebracht, auch ihn zu streicheln, wenn ich sie streichelte, aber Hunde haben gute Instinkte und ich wette, dass er den Unterschied spürte. Aber was sollte ich machen? Zu diesem Thema hatte niemand etwas Schlaues geschrieben, zumindest konnte ich nichts finden. Ich dachte lange und angestrengt darüber nach.

Letzen Endes tat ich etwas, dass seltsam klingen mag: Ich startete eine Kuschel-Offensive. Immer, wenn Bodhi ruhig irgendwo lag (oder zumindest nicht gerade auf dem Sprung war), knuddelte und streichelte ich ihn und bot ihm ruhige Zuneigung an. Er bekam lange Streichler über sein seidiges Fell in Kombination mit den freundlich zugekniffenen Augen und dem Lächeln, das ich bei Sierra ganz von mir aus zeigte. Nicht, dass ich es voll und ganz nur gespielt hätte. Zweifelsohne verspürte ich eine gewisse Zuneigung für Bodhi, aber sie war unter all dem Ärger verschüttet worden. Jetzt bemühte ich mich nach Kräften, sie wieder zum Vorschein kommen zu lassen. Man sagt, wenn wir unser Verhalten ändern wollten, sollten wir uns so verhalten, „als ob“. Anders gesagt: Wenn es Ihnen an Selbstvertrauen mangelt, beginnen Sie selbstbewusst zu handeln, und irgendwann richten sich die Gefühle nach Ihrem Verhalten. So stellte ich mir vor, dass die Kuscheloffensive meinen eigenen Gefühlszustand verändern könnte. Nach wie vor achtete ich aber immer noch darauf, dass Bodhi nur Zuneigung bekam, wenn er lag, und nicht, wenn er sich vergaß und aufdringlich wurde oder frech zwischen Sierra und mich drängte. Aber es gab ja noch genug andere Gelegenheiten, ihn zu belohnen, und ich nutzte sie voll aus.

Als die Kuscheloffensive seit einer Woche in vollem Gang war, begann ich einen Unterschied zu bemerken. Bodhi schien nicht mehr ganz so wild darauf versessen zu sein, Aufmerksamkeit direkt vor unserer Nase einzufordern, und immer wenn ich Sierra streichelte, schien er zusehends gewillter, in der Nähe zu liegen und zu warten, bis ich auf ihn reagieren würde. Sierra konnte sogar die ganze Aufmerksamkeit genießen, während ich sie bürstete und Bodhi neben mir entspannte. Natürlich war einiges von diesem Erfolg der Tatsache zuzuschreiben, dass Bodhi öfter und intensiver für ruhiges Verhalten belohnt wurde, aber ich denke, dass es auch größtenteils daran lag, dass er sich endlich akzeptiert und gemocht fühlte. Ist das nicht das, was wir alle wollen? Was auch immer der Grund war – es funktionierte. Auch die Anfass-Übungen hatten sich ausgezahlt und ich war endlich in der Lage, Bodhi zu bürsten, ohne dass er meine Hand oder die Bürste packte. Ich konnte seine Pfoten festhalten und die Zwischenräume inspizieren, ich konnte sein Fell entfilzen, in seine Ohren schauen und sein Zahnfleisch kontrollieren. Wir übten auch weiterhin das Festgehaltenwerden, damit Tierarztbesuche in Zukunft angenehmer für alle Beteiligten würden.

Auch das sonstige Training machte gute Fortschritte. Inzwischen konnte Bodhi sich allein auf Hörzeichen aus dem Sitzen oder Stehen hinlegen. Er lernte „Geh ins Körbchen" und ich begann, ihm Tricks beizubringen. Gerade hatte er begonnen, den Diener und „Dreh dich" zu lernen – wobei er dachte, Teil der letzteren Übung sei es, alle vier Pfoten vom Boden zu nehmen, sodass eher ein Hüpfen-Drehen daraus wurde, aber es war niedlich und wurde so zum Teil unseres Tricks. Ich malte mir aus, wie er und Sierra, die schon ein paar Tricks konnte, Diener und andere Hundetricks im Tandem vorführen könnten. Das Schönste am Training war aber, dass Bodhi Spaß daran zu haben schien und sich lange genug konzentrieren konnte, um zu lernen. Es war etwas, das wir zusammen tun konnten, das uns beiden Spaß machte und das produktiv war.

Je mehr Bodhi zu entspannen begann, desto mehr nahm die Zerstörung im Haus ab. Und Wunder über Wunder – irgendwann schafften wir eine ganze Woche, in der Bodhi nichts kaputt gemacht hatte. Wenn das kein Grund zum Feiern war!

Zieh!

Zusätzlich zum Training der Hunde und der Arbeit an der Verbesserung ihres Verhaltens suchte ich außerdem noch nach Wegen, wie ich sie geistig und körperlich auslasten konnte. Da Bodhi und Sierra beide Mixe aus nordischen Rassen sind, überlegte ich immer wieder, wie wir dieses Erbe vielleicht ausnutzen könnten. Siberian Huskies wurden von den Tschuktschen der zu Sibirien gehörenden Halbinsel Tschukotka jahrhundertelang zum Ziehen von Schlitten, Hüten von Rentieren und als Wachhunde eingesetzt. Gut, Rentiere sind mir in unserer Gegend noch nie begegnet – vielleicht haben Santa Claus und sein Schlittenteam ja bisher unser Haus gemieden, weil sie der Meinung waren, wir hätten keine positive Verstärkung verdient. Und Sierra und Bodhi als Wachhunde? Gut, sie sind sehr gut darin, mich beim Füllen von Kongs zu bewachen, aber irgendwie habe ich das Gefühl, das ist nicht das, was die Tschuktschen im Sinn hatten. Ziehen dagegen war etwas, von dem ich mir vorstellen konnte, dass sie ihre natürlichen Fähigkeiten einbringen könnten. Und eine Freundin zeigte mir einen Weg, wie wir genau das tun konnten.

Eines frühen Morgens, als Kathy und Niko mich und Sierra über die Hundewiese begleiteten, erwähnte Kathy, dass sie und ihr Mann mit Niko an den Wochenenden „Urban Mushing" betreiben würden. Anstatt einen Schlitten zu ziehen (in unserer Gegend ist Schnee sehr unwahrscheinlich), ziehen die Sporthunde einen Menschen auf einer Art Tretroller, der an ein langes Skateboard mit Lenkstange und Griffen vorn erinnert. Die Hunde tragen speziell für den Sport entwickelte Geschirre und es gibt jede Menge Sicherheitsregeln, darunter auch das richtige Gewichtsverhältnis von Hund zu Mensch und die Forderung an den Zweibeiner, einen Helm zu tragen. Im Gehen löcherte ich Kathy aufgeregt mit Fragen. Sie und Gary würden dieses Wochenende mit Niko fahren, sagte sie. Warum ich nicht vorbeikommen und Sierra mitbringen wollte? Dann könnten wir sie und Niko als Team probieren. Ich sagte zu. Bodhi konnten wir später immer noch hinzunehmen, sobald Sierra und ich die Sache verstanden hatten. Und weil schon Freitag war, musste ich auch nur noch einen Tag warten.

Am nächsten Morgen trafen wir uns um 6:30 Uhr auf dem Parkplatz, um ein paar Läufe machen zu können, bevor es zu heiß wurde. Kathy und Gary hatten die gesamte nötige Ausrüstung mitgebracht, darunter auch ein Fahrrad, mit dem Gary vor den Hunden herfahren würde, um sie zum Laufen zu animieren. Sie luden den Tretroller vom Fahrradträger ihres Autos ab und zeigten mir, wie ich die Handbremse betätigen sollte, um nicht durch einen zu plötzlichen Stopp kopfüber über die Lenkstange zu fliegen. „Genau wie Fahrradfahren", dachte ich. „Rollen lassen gut, Überschlag schlecht. Alles klar." Gary schlug vor, dass ich zuerst eine Übungsrunde mit dem Roller allein drehen sollte, um ein Gefühl dafür zu bekommen. Er hielt ihn fest, als ich draufstieg. Ich drückte mich mit einem Fuß auf dem Asphalt ab und fuhr über den leeren Parkplatz los. Allmählich bekam ich ein Gefühl für das Kurvenfahren und Bremsen. Es machte Spaß wenn es auch ein bisschen wacklig war. Mit einem Grinsen auf dem Gesicht fuhr ich eine Schleife zurück zu der Stelle, wo die beiden geparkt hatten.

Als Nächstes schauten Sierra und ich zu, wie das Paar Niko anschirrte. Sie fuhren eine kurze Runde, wobei Gary mit dem Rad vorfuhr und Niko Kathy zog. Dann war ich an der Reihe. Niko und Sierra sollten mich ziehen. Während Kathy Sierra ihr Geschirr anzog, reichte Gary mir Helm und Handschuhe. Kurz dachte ich darüber nach, wie lange es her war, dass ich zuletzt so etwas Sportliches unternommen hatte. Aber die beiden waren wirklich motivierend und hatten gute Tipps auf Lager, wie zum Beispiel den, den Roller ein bisschen seitlich von den Hunden zu halten, damit ich nicht in sie hineinfuhr, falls sie langsamer wurden oder stoppten. Sie sagten, dass die Hunde wahrscheinlich viel schneller werden würden, wenn der abschüssige Teil der Strecke begann. Mit einer Mischung aus Aufregung und Beklommenheit fuhr ich los.

Ich war nicht die einzige, die noch nie Zughundesport betrieben hatte. Ich war recht sicher, dass auch Sierra in ihrem früheren Leben noch nie mit Mushing zu tun gehabt hatte, weshalb ich nicht sicher war, was mich erwarten würde. Sie war über ein kurzes Nylonseil am Halsband mit Niko verbunden. Würden die beiden im Eifer des Gefechts vielleicht eklig zueinander werden? Sie hatten ja schon öfter in Nikos Hinterhof zusammen gespielt und sich immer gut verstanden. Was hoffentlich helfen würde. Aber würde Sierra auch wirklich laufen *wollen*, oder würde sie am Ende nur dastehen und sich fragen, wann sie endlich Eichhörnchen jagen gehen könnte? Und apropos Eichhörnchen, was, wenn eins quer über den Weg lief, während die Hunde gerade mit vollem Tempo unterwegs waren? Würde ich ausprobieren, wie Dreck schmeckt?

Gary radelte voraus und munterte die Hunde auf, ihn zu verfolgen. Niko – mit seiner ausgiebigen Mushing-Erfahrung – begann sofort hinter dem Rad herzulaufen. Sierra fiel sofort neben ihm in den Galopp ein. Wir waren unterwegs! Sierra sah aus, als ob sie fürs Mushing geboren wäre, und vielleicht stimmte das ja in gewisser Weise auch. Die Hunde fanden einen mühelosen Rhythmus und liefen Schulter an Schulter, als ob der Roller und ich rein gar nichts wiegen würden. Schon bald kamen wir an die abschüssige Stelle des Wegs. Wie vorhergesagt, gaben die Hunde jetzt richtig Gas. Ich packte die Lenkstangengriffe fester. Es war beängstigend und berauschend gleichzeitig. Ich versuchte mich darauf zu konzentrieren, mich gut festzuhalten, keine Steine zu treffen, seitlich von den Hunden zu bleiben, nicht auszuscheren ... Gary auf seinem Rad hatte inzwischen kaum noch Vorsprung. Er schaute zurück und rief mir zu: „Entspann Deinen Körper!" Mir war gar nicht aufgefallen, dass ich mich in einem halb krampfartigen Zustand befand und jeden Muskel meines Körpers angespannt hatte. Als ich erst einmal tief durchatmete und etliches von der körperlichen Anspannung fallen ließ, wurde das Ganze gleich viel leichter und machte auch mehr Spaß. Das Tempo und der Wind in meinen Haaren - okay, dank Helm nicht in meinen Haaren, sondern eher im Gesicht – fühlten sich wundervoll an. Es sah so aus, als ob auch die Hunde ziemlich viel Spaß hätten, wie sie da mit zurückgelegten Ohren, glänzenden Augen und aufgeregtem Hecheln dahinjagten. Wir beendeten die Runde und kamen in der Nähe der Hundewiese wieder zum Stehen.

Ich stieg ab. Wir schirrten die Hunde los, gaben ihnen etwas Wasser und ein paar Stückchen gekochtes Hühnchen, das Kathy mitgebracht hatte. Kathy war keine Hundetrainerin, aber sie hat von Natur aus ein tolles Gespür für Hundeverhalten und Hundetraining. Sie wollte sicher sein, dass Sierra diese Erfahrung mit guten Dingen verknüpfen würde. Ich nahm an, dass dies aber sowieso kein Problem gewesen wäre. Wir unterhielten uns noch ein paar Minuten lang über Feinheiten des Laufs und ließen die Hunde dann auf der Wiese spielen. Nach kurzer Pause setzten wir zur letzten Runde an, wieder stand ich auf dem Roller und beide Hunde zogen. Diesmal hatten wir den unbefestigten Weg genommen, der auf dem Rückweg zum Parkplatz wieder in Asphalt überging.

Niko und Sierra liefen etwas langsamer als vorher, behielten aber ein schönes, gleichmäßiges Tempo bei. Als wir wieder am Parkplatz ankamen, navigierten wir um die Autos von Joggern und anderen Frühaufstehern herum. Plötzlich schossen die Hunde scharf nach links und sprangen auf eine Raseninsel. Irgendwie hatten sie es vergessen, mir vorher etwas von der Schnüffelexkursion mitzuteilen. Ich lenkte scharf und bremste sanft, womit ich zum Glück in der Lage war, den Roller um die Rasensteinkante herum zu manövrieren und zu vermeiden, dass ich den Tag mit einer Nahbetrachtung der örtlichen Vegetation beendete.

Alles in allem war es ein tolles Abenteuer gewesen. Sierra hatte das Mushing genau so viel Spaß gemacht wie mir. Ich wollte es gerne wieder tun. Und so engagierten C.C. und ich uns über die nächsten Monate immer mehr in diesem Sport. Ich sagte scherzhaft zu Kathy, dass sie an allem schuld sei und mich immer tiefer hineinzog, als sie mir Internetseiten zeigte, auf denen ich die ganze benötigte Ausrüstung einschließlich eines eigenen Rollers kaufen konnte. Bodhi schien die neue Aktivität zum Glück genauso viel Spaß zu machen wie Sierra, und er war genauso ein Naturtalent. Die Hunde liefen schön zusammen und schon bald waren wir regelmäßige Wochenend-Musher. Ich mache mir immer noch Sorgen um Eichhörnchen oder anderes Getier, die über unseren Weg laufen und Sierras Hirn kurzschließen könnten, aber bis jetzt war alles gutgegangen.

Natürlich gibt es in diesem Sport noch viel mehr zu lernen wie zum Beispiel Befehle für rechts und links oder den Umgang mit Ablenkungen. Übrigens ist er aber nicht nur etwas für nordische Rassen. Solange der Hund körperlich fit ist und das Gewichtsverhältnis von Hund zu Mensch passt, kann jeder Hund mitmachen. Schauen Sie doch einmal auf www.urbanmushing.com!

Die Queen und der Cover Boy

Es ist seltsam: Je älter man wird, desto schneller scheint die Zeit zu verfliegen. Jetzt ist es etwas mehr als drei Jahre her, seit wir „Bazooka" zu uns genommen haben. Der ursprünglichen Schätzung der Tierärztin nach ist er jetzt mindestens vier Jahre alt! Und Sierra, die etwa anderthalb bis zwei war, als sie zu uns kam, ist jetzt fünfeinhalb oder sogar sechs. Weil ich keine Kinder habe, weiß ich nicht genau, ob das Gefühl von „Wo ist die Zeit nur hin? Sie sind so schnell groß geworden!" das gleiche ist. Aber ich nehme an, dass es sehr ähnlich ist.

Die Dinge haben sich enorm verbessert. Ich kann jetzt mit Bodhi an anderen Hunden vorbeigehen, ohne mir Sorgen machen zu müssen, dass er sie anfällt, auch wenn die Hunde größer sind als er. Sobald er jetzt einen Hund erspäht, der ihn nervös macht, begibt er sich automatisch an meine linke Seite und schaut mich mit einem Ausdruck an, der besagt, dass er sich selbst gerade ziemlich gut findet. Ich finde es auf alle Fälle gut und belohne ihn immer noch von Zeit zu Zeit mit einem Leckerchen, um ihn daran zu erinnern, was er für einen tollen Job macht. Wir sind sogar an seinem schlimmsten Albtraum vorbeigegangen, dem großen schwarzen Labrador, der auch als Darth Vader bekannt ist, und Bodhi hat sich perfekt benommen. Manchmal, wenn ihm die Beherrschung besonders schwer fällt, macht er winselnd-weinende Geräusche, während er neben mir hergeht. An dem Tag, als wir an Darth vorbeigingen, quietschte Bodhi sogar so laut, dass dessen Besitzer meinte: „Sie müssen Ihren Hund mal ölen!“

Sierra hatte nie Bodhis Reaktivitäts-Probleme gegenüber anderen Hunden, aber ihr Anschleichen, wenn sie sich anderen näherte, war ein Problem. Ich muss zugeben, dass ich es zuerst faszinierend zuzuschauen fand und nichts dagegen unternahm. Es war ein bisschen so, als würde man einen kurzen Blick auf das Raubtier unter der Fassade eines domestizierten Hundes erhaschen. Aber das Verhalten machte anderen Hunden und ihren Besitzern manchmal Angst. Problematisch war auch, dass Sierra sich dabei in einem hyper-konzentrierten Zustand befand, in dem es unmöglich war, ihre Aufmerksamkeit zu bekommen. Wir haben viel Trainingszeit investiert, und inzwischen kann ich, egal, welcher Hund sich nähert, „Sierra!“ rufen und sie dreht sich sofort um, schaut mich an und kommt meistens auch, um sich vor mir hinzusetzen. Sie war schon immer ein kleiner Streber.

Und ob Sie es glauben oder nicht, Bodhi ist ein kleiner Musterschüler in Obedience geworden! Er ist sogar so gut geworden, dass ich ihn in den entlegeneren Ecken unseres Parks ableinen kann. Er galoppiert mit glitzernden Augen und fröhlich heraushängender Zunge ein kleines Stück voraus, schnüffelt nach Mäusen und hinterlässt Pipi-Post an armen, unschuldigen Büschen. Dann flitzt er zurück an meine Seite, grinst übers ganze Gesicht, holt sich sein Leckerchen fürs „Einchecken“ ab und läuft auf mein Freigabesignal wieder voran. Natürlich hat es viel Übung gekostet, bis dieses Verhalten gefestigt war, zuerst an einer langen Schleppleine, damit ich sicher sein konnte, dass er auf Rückruf sofort kam. Unsere harte Arbeit hat sich gelohnt.

Bodhi macht sich sogar so gut, dass ich ihn letzte Woche mitten aus der Verfolgungsjagd hinter einem Kaninchen zurückrufen konnte! Auch andere berichten nur Gutes über sein Verhalten. Unsere Tierärztin meint „Ich kann nicht glauben, dass das der gleiche Hund ist!“ und die Hundefriseurin sagt, dass es ein Unterschied „wie Tag und Nacht“ im Verhalten sei. Ich höre das gern. Ich bin stolz auf meinen Jungen. Und apropos Tierärztin – nachdem wir beide Hunde auf Rohfütterung umgestellt haben, ist auch Bodhis Inkontinenzproblem verschwunden.

Was seine Zerstörungswut betrifft, bin ich vorsichtig optimistisch. Die Dinge sind viel besser, als sie es waren, was durch die Tatsache bewiesen wird, dass abends versehentlich auf dem Wohnzimmertisch vergessene Fernbedienungen am nächsten Morgen immer noch heile waren. Vor Jahren hätte ich mir selbst noch dafür in den Hintern getreten und Bodhi verflucht, weil er sie zerbissen hätte. Und ich kann inzwischen beide Hunde mit Zugang nach drinnen und draußen alleine lassen, wenn ich tagsüber einkaufen gehe. Ich kann bis zu vier Stunden wegbleiben, ohne dass irgendetwas zerstört wird.

Das Nachlassen der Zerstörung mag auch etwas mit dem Erwachsenwerden der Hunde zu tun haben, aber ich bin mir nicht sicher, ob das die einzige Erklärung ist, zumindest nicht in Bezug auf Bodhi. Ich vermute, es hat mehr damit zu tun, dass er sich endlich – *endlich!* – als dauerhaftes Familienmitglied wohl und sicher fühlt. Ich denke, dass die Struktur seines Alltagslebens hier, wo er die meiste Zeit weiß, was er zu erwarten hat, und die Tatsache, dass unser eigenes Verhalten konsequent, freundlich und liebevoll ist, mehr damit zu tun haben, dass er insgesamt ruhiger geworden ist. Er hat nicht nur zu mir eine Bindung aufgebaut (und umgekehrt), sondern betet vor allem C.C. an. Ich liebe es, zuzuschauen, wie beide Hunde seine Kraul- und Streicheleinheiten genießen, wenn er von der Arbeit nach Hause kommt. Und was mich betrifft: Wenn ich Bodhi glücklich über die Hügel zu mir zurückrennen sehe, weiß ich, dass wir durch die beste Art von Leine überhaupt verbunden sind – die unsichtbare, die aus Herzfasern besteht.

Sierra ist immer noch der liebevolle, wunderbare Hund, der sie immer war, aber sie ist definitiv ein bisschen zickiger gegenüber Bodhi geworden. Über die Jahre, in denen ich selbst sowohl Rüden als auch Hündinnen besessen und die Hunde von Kunden und Freunden beobachtet habe, habe ich immer wieder festgestellt, dass viele Hündinnen manipulativer sind, während viele Rüden lieb, aber weniger berechnend zu sein scheinen. Ich denke, das ist auch logisch. Die Forschung zeigt immer deutlich, dass Männer und Frauen unterschiedlich „gestrickt" sind, und ich denke, dass es bei Hunden genauso sein wird. Und in jedem Geschlecht kann es Persönlichkeitsmerkmale geben, die sich dominanter zeigen als andere. Oder vielleicht ist es auch nur bei meinen Hunden so. In Sierras Fall ist es so, dass sie Dinge tut wie ein bisschen an einem Ochsenziemer kauen, warten, bis Bodhi mit seinem fertig ist und sich dann mit ihrem demonstrativ direkt vor ihn zu legen, um ihn zu Ende zu fressen. „Ha! Ich hab immer noch einen und du nicht! Versuch doch nur, ihn dir zu holen!" Wenn ich meinen grünen Morgen-Smoothie mache, bringt sie sich direkt neben mir in Position, um in vorderster Reihe zu sitzen, wenn ich zum magischen Bananenschnippel-Moment komme. Natürlich bringt sie das nie wirklich in die erste Reihe, weil ich beide Hunde sitzen und warten lassen und sie beide ihr Bananenstückchen gleichzeitig bekommen. Aber ich habe keinerlei Zweifel daran, dass Sierra ihrer Vorstellung nach die Queen ist.

Wegen C.C.s Arbeitsbelastung und dem heißen Sommerwetter haben wir nicht so viel Zughundesport betrieben, wie wir wollten, möchten aber diesen Winter gerne wieder damit anfangen. Es gibt aber auch noch eine weitere neue Aktivität, die ich neuerdings mit beiden Hunden betreibe: Vor einem Jahr habe ich begonnen, mich mit Fotografie zu beschäftigen. Ich hatte schon immer Spaß daran, Fotos von Menschen, Orten und natürlich Tieren zu machen. Ich hatte ein gutes Timing und ein gutes Gespür für Bildkomposition, aber absolut keine Erfahrung mit einer „richtigen" Spiegelreflexkamera, auch nicht aus der vordigitalen Zeit. Als ich also eine digitale Spiegelreflexkamera mit Wechselobjektiven kaufte, hatte ich – keine Ahnung. Ich wusste nicht, was eine Blende war. Ich hatte keine Vorstellung von Verschlusszeiten, ISO oder all den anderen technischen Aspekten der Fotografie. Wild zum Lernen entschlossen, verbrachte ich Monate damit, mich in Bücher und Online-Videos zu versenken. Und natürlich investierte ich in jede Menge Praxis. Ich fotografierte die Kakteen, die Hügel, unsere örtlichen Eidechsen und Kaninchen, Zootiere, Hunde von Freunden, Tierheimhunde (ansprechende Fotos helfen bei der schnelleren Vermittlung) – alles, was nur lange genug stillsaß, und auch einige, die es nicht taten.

Meine Lieblingsmotive waren aber natürlich Sierra und Bodhi. Man kann über ihr Verhalten sagen, was man will, aber wunderschön sind sie beide. Sierra war, wie so viele Hunde, anfangs der Kamera gegenüber etwas unsicher. Sie mochte einfach dieses Riesenauge nicht, das da auf sie starrte. Es brauchte etwas klassische Konditionierung – mit der Kamera auf sie zeigen, Klick, Leckerchen – bis sie sich damit wohlfühlte. Bodhi dagegen überraschte mich mit seinem Naturtalent. Die Kamera schien ihn überhaupt nicht zu stören. Im Lauf der nächsten sechs Monate verwandelte er sich in Bodhi, das Hunde-Fotomodell.

Auf unseren morgendlichen Spaziergängen im Park ließ ich Bodhi von der Leine und zeigte auf einen bestimmten Punkt am Hügel oder auf eine Parkbank. Er kletterte dann stets hoch und stand (oder saß, wenn ich es verlangte) mit stolz erhobenem Kopf da. Meistens war sein Fang dabei offen und manchmal, besonders, wenn er müde war, hing seine lange Zunge heraus. Was zwar vielleicht keine typische Modelpose, aber furchtbar niedlich war. Ich begann, Fotos von beiden Hunden auf Facebook zu posten, und die Rückmeldungen waren sehr ermutigend. Ich verwendete die Fotos meiner pelzigen Models auch für meine Arbeit. So schrieb ich zum Beispiel einen Artikel über Trennungsangst für das *Whole Dog Journal* und schickte Fotos von Sierra mit. Und passenderweise wurde Sierra natürlich auch das Covergirl meines Buchs über Trennungsangst. Apropos Cover: Bodhi landete auf dem Cover von *The Chronicles of the Dog*, der Zeitschrift der professionellen Hundetrainer. Wie ironisch ist das denn? Vom Bad Boy zum Cover Boy. Bodhi rockt!

Wenn die Hunde gerade nicht arbeiten, spielen, üben oder trainieren, besteht ihre Lieblingsbeschäftigung darin, Streichel- und Krauleinheiten zu bekommen. Sierra zeigt eine Spielaufforderung, um die nötige Aufmerksamkeit von uns dafür zu bekommen und perfektioniert ihr Vorderbein-Stretching beim Bauchkraulen immer weiter. Sie beugt sich vorne tief herunter und bleibt in dieser tiefen, gestreckten Position, während ich sie an den Ohren zu kratzen beginne und dann den Kopf entlang über ihren Körper wandere. Auch Bodhi liebt es, gekratzt und am Bauch gekrault zu werden. Wenn ich die Seiten seines Gesichts mit meinen Handflächen reibe, während ich meinen Kopf zu einer sanften Berührung auf seinen herabsenke, entfährt ihm oft ein tiefer Seufzer. Was mich jedes Mal tief bewegt, weil es bestätigt, dass er sich endlich entspannt und geliebt und akzeptiert fühlt.

Gestern war Thanksgiving und ich dachte darüber nach, wie dankbar ich für diese Hunde bin. Sierra zog mich wirklich aus einem Loch der Trauer heraus und brachte wieder Licht in mein Herz. Was Bodhi betrifft, hat er mir auf jeden Fall eine größere Lektion in Sachen Geduld erteilt. Und – wer hätte es gedacht – heute bin ich wirklich verrückt nach dem Jungen. Vielleicht war es letzten Endes doch ein Geschenk, das ich ihn an meinem Geburtstag gefunden hatte.

Wie an anderen Thanksgiving-Tagen waren wir auch diesmal wieder zum Abendessen bei Freunden eingeladen. Es braute sich gerade ein Unwetter zusammen und wir wussten, dass wir vom frühen Nachmittag bis zum späteren Abend weg sein würden. Weil wir die Hunde nicht draußen in den Regen aussperren wollten, entschieden wir uns nach kurzer Diskussion dafür, sie mit Zugang nach draußen drinnen zu lassen. Ich hoffte, dass die einzige Füllung, die wir dieses Jahr zu sehen bekommen würden, die in unserem Braten sein würde. Ich vertraute darauf, dass Bodhi seine Ängstlichkeit inzwischen so weit überwunden hatte, dass er sich entspannen konnte und nicht den Drang verspürte, etwas kaputt zu machen. Glücklicherweise passierte auch genau das. Wir fuhren um halb drei Mittags los, waren um halb neun abends zurück und fanden zwei gähnende Hunde sowie eine intakte Wohnungseinrichtung vor.

Ich kann nicht für mich beanspruchen, Bodhi in einen ganz anderen Hund verwandelt zu haben. Er hat immer noch seine Probleme mit Ängstlichkeit und Unsicherheit, die meiner Meinung nach genetisch bedingt sind. Aber er hat so große Fortschritte gemacht. Was auch für Sierra gilt, auch, wenn sie hin und wieder ihre Momente hat. Am Beginn dieser Reise mit Sierra und Bodhi und ihren Tausenden von Verhaltensproblemen wirkte der vor uns liegende Weg endlos und manchmal auch sehr düster. Aber wenn ich zurückschaue, sehe ich, wie weit wir gekommen sind. Und das Abenteuer geht noch weiter.

Teil 2

Die Wölfe

Zwei Rotschöpfe und die großen, größtenteils braven Wölfe

Alles begann mit einer Anzeige in der örtlichen Zeitung. C.C. und ich hatten die Kleinanzeigen auf der Suche nach einem Kumpel für unsere Deutsche Schäferhündin Soko durchgeschaut, als mir die Überschrift „Wolfshybridwelpen“ ins Auge sprang. Meine bisherige Wolfserfahrung beschränkte sich auf das Herumhängen mit Tubby, einem angeblichen Wolfshund, der einer Freundin aus Kindheitstagen gehört hatte. Tubby war ein Schäferhund-Mix, der den größten Teil des Tages schlafend unter dem Küchentisch verbrachte. Meine Freundin versicherte, er sei ein halber Wolf – und klar, ich war eine Amazonasprinzessin. Aber hier saß ich nun, Jahre später, und umkringelte aufgeregt eine Anzeige, die meinen Kopf mit Vorstellungen von niedliche, nach Wölfen aussehenden Welpen füllte. Wir vereinbarten einen Termin zum Besuch der Rettungsstation.

Als wir den langen und gewundenen unbefestigten Weg entlangfuhren, fragten wir uns, wie Welpen, die teils Wolf und teils Hund waren, sich wohl benehmen würden. Heulten sie? Waren sie schwierig zur Stubenreinheit zu erziehen? Ob wir einen mit nach Hause nehmen würden? Als wir neben einem wackligen Koppelzaun parkten, kam uns eine hochgewachsene, rothaarige Frau entgegengeschritten, um uns zu begrüßen. Tia war freundlich, hatte aber eine unmissverständliche Art, die klar besagte, dass sie uns gerne die Welpen zeigen würde, aber auch noch eine Menge anderer Dinge zu tun hätte und wir ihre Zeit nicht verschwenden sollten. Was wir auch nicht taten, denn wie sich herausstellte, waren die fünf Husky-Wolfs-Mischlinge, die wirklich niedlich waren, nicht das Richtige für uns. Ihre überschäumende, fast ans Besessene grenzende Energie wäre zu viel für Soko gewesen, die zwar freundlich zu anderen Hunden war, sich aber auch leicht unterkriegen ließ. Trotzdem verbrachten wir ein bisschen Zeit mit den Welpen und bekamen auch ein paar erwachsene Wolfshunde zu sehen. Tia erklärte, dass sie nicht züchtete, sondern im Gegenteil jedes Tier kastrierte, das in ihre Einrichtung kam. Normalerweise hatte sie auch keine Welpen. Sie hatte den Wurf nur deshalb aufgenommen, weil er nirgends unterkam und sie versuchen wollte, die Welpen in qualifizierte Hände zu vermitteln.

Tia und ich waren beide Rotschöpfe mit einer Schwäche für Wölfe, Hunde und dafür, Tieren in Not zu helfen. Sie erzählte mir, wie sie den ersten Wolfshund von ihrem Bruder übernommen hatte und wie schnell sich die Nachricht verbreitet hatte, dass sie der richtige Platz war, um einen Wolfshund hinzubringen, den man nicht mehr halten konnte. Am Ende unseres Besuchs hatten wir vereinbart, dass ich mich als freiwillige Praktikantin zur Verfügung stellen und ihr bei allem helfen würde, was auf dem knappen halben Hektar Fläche, aus dem das Villalobos Rescue Center bestand, an Arbeit anfallen würde.

Im Lauf der nächsten zehn Jahre unternahm ich Hunderte von neunzigminütigen Fahrten von unserem Haus im San Fernando Valley bis zum kleinen Wüstenstädtchen Agua Dulce. Von der „Praktikantin" war ich schnell zur „Mitarbeiterin im Tierschutz" und schließlich zur geschäftsführenden Direktorin aufgestiegen. Wobei der wohlklingende Titel lediglich bedeutete, dass ich Kotwürstchen schippte, die scheuen Wölfe dazu zu bringen versuchte, sich wohler zu fühlen, ein bisschen Training machte, auf Notrufe hin rausfuhr, verzweifelten Wolfshundebesitzern am Telefon oder persönlich Rat gab und ansonsten half, wo ich konnte.

In diesen ersten Jahren gab es keine Praktikanten oder Freiwilligen – nur Tia und mich, rund vierzig Wölfe, Berge von feinem Kies und rollenweise Maschendraht. Und da wir die Einzigen vor Ort waren, machten wir fast alles selber, harte körperliche Arbeit inbegriffen. Alle Ausläufe waren mit dem feinen Kies aufgeschüttet, damit die Wölfe einen trockenen, sauberen Untergrund hatten. Weil die kleinen Steinchen aber nach und nach mit dem Kot abgesammelt wurden, mussten sie von Zeit zu Zeit aufgefüllt werden. Bei etwa vierzig Wölfen bedeutete das, dass wir praktisch ständig Kies schaufelten. Wussten Sie, wie sehr ich

Kiesschaufeln hasse? Es ist Gift für den Rücken. Wir benutzten große, schwere Schaufeln, um den Kies in Schubkarren zu schaffen. Anschließend versuchten wir, die volle Schubkarre in den Auslauf zu manövrieren, ohne sie unterwegs umzukippen. Nach dem Ausschütten wurde der Kies mit einem Metallrechen verteilt.

Wir mussten 9er-Maschendraht zum Bau der Gehege verwenden, weil er viel schwerer und stabiler ist als der übliche 11er-Draht. Wölfe können sich durch 11-er Draht beißen wie ich durch ein Stück Pizza. Schwerer und stärkerer Draht war also besser, aber es war kein Spaß, ihn zu schleppen. Die Gehege waren oben auf einem langgezogenen, steil ansteigenden Hügel errichtet und wir hatten damals noch kein Fahrzeug, mit dem wir uns auf dem Gelände bewegen konnten. Also schleppten wir die Drahtrollen selbst nach oben. Ich erinnere mich daran, wie wir sie zum Teil den steilen Hang hinaufrollten. Später zahlte ich für diese Aktivitäten mit einer Operation wegen eines doppelten Bandscheibenvorfalls. Aber damals war es sehr befriedigend, die Ergebnisse unserer Arbeit zu sehen.

Im Winter wurde es dagegen richtig schwierig. Die hurrikanartigen Stürme bliesen die Überdachungen von einigen Ausläufen, sodass wir sie wieder neu verdrahten mussten. Bei Gewittern waren auch Überschwemmungen ein Problem. In einem Jahr war es so schlimm, dass Tia und ich einen kompletten achtstündigen Arbeitstag damit verbrachten, einen langen und breiten Graben durch den Schlamm hinter den Gehegen zu ziehen, damit das Regenwasser abgeleitet werden konnte und nicht in die Ausläufe der Wölfe lief. Danach machte ich mich, mit Matsch und Kot beschmiert und kurz vor dem Kollaps, auf den Heimweg, um mich unter die Dusche zu stellen und ins Bett zu fallen. Unterwegs überholte mich ein Polizeiwagen. Ich war 120 Stundenkilometer schnell gefahren und hatte nicht einmal bemerkt, dass er hinter mir gewesen war. Gut, er hatte sein Blaulicht auch nicht an, aber es spricht doch dafür, wie zutiefst erschöpft ich war. Er schaute mich an und fragte sofort, was passiert war. Ich war kurz davor, ins Schluchzen auszubrechen, als ich ihm irgendetwas von Wölfen, Regen und Überschwemmung vorbrabbelte.

Der Beamte muss entweder Mitleid mit mir gehabt oder gedacht haben, ich sei nicht ganz dicht – oder beides. Jedenfalls ließ er mich mit einer Verwarnung weiterfahren.

Es waren jederzeit etwa vierzig bis fünfzig Tiere in der Station. Das Spektrum reichte von Hunden mit nur ein bisschen Wolfsblutbeimischung bis hin zu reinen Wölfen und allen möglichen Wolfsanteilen dazwischen. Ein Bewohner namens Max war der einzige Hund, der wenig bis gar keinen Wolfsanteil hatte. Er war eher ein Schäferhund-Mix, aber Tia hatte ihn trotzdem aufgenommen, weil sie ein gutes Herz hat und weil er sonst nirgends unterkam.

Wegen eines biologischen Phänomens namens Heterosis-Effekt sind Mischlinge aus Wolf und Hund oft größer als ihre Eltern sowohl von Hunde- als auch von Wolfsseite. Einer der Bewohner, Tiny, war ein wunderbares Beispiel dafür. Wir haben ihn zwar nie gewogen, aber ich bin sicher, dass er leicht die Sechzig-Kilo-Marke erreicht hätte. Er sah aus wie ein Mix aus Weißem Schäferhund und Pyrenäenberghund und kam mit dem Etikett „Hühnerkiller" in die Station. Es gab dort übrigens noch zwei Mixe aus Pyrenäenberghund und Wolf, Cujo und Renata. Sie waren die beiden ersten Bewohner der Station gewesen. Sie waren extrem freundlich und liebten Aufmerksamkeit und Zuneigung.

Vielleicht fragen Sie sich, wo all diese Tiere herkamen. Schließlich streunen Wölfe nicht über die Hügel von Hollywood oder spielen mit den Wellen am Strand von Venice. Jeder Stationsbewohner hatte irgendwann einmal einen Besitzer gehabt. In den meisten Fällen hatten die Leute einen Welpen von einem Züchter gekauft, von denen viele leider an jeden Hunde abgeben, der Geld hat, egal ob die neuen Besitzer die richtigen Haltungsvoraussetzungen haben oder überhaupt eine Ahnung, worauf sie sich einlassen. Wölfe oder Wolfshunde sind als Welpen wunderschön, wenn auch extrem bissig, aber wenn sie heranwachsen und erwachsen werden, werden sie oft deshalb abgeschafft, weil sie sich eben wie Wölfe benehmen. Im Gegensatz zu einem frechen Hund, der vielleicht Ihre Pantoffeln zerkaut, kann ein Wolf oder Wolfshund mit hohem Wolfsanteil sich durch Rigipswände beißen oder Linoleumboden zerreißen. Deshalb enden viele entweder in Außengehegen oder werden an Tierheime und Rettungsstationen gegeben, das heißt, wenn die Besitzer das Glück haben, jemanden zu finden, der solche Hunde nimmt. Viele, die kein Glück haben, werden eingeschläfert. Während einige, so wie Tiny, abgegeben werden, weil sie eine Gefahr für andere, kleinere Tiere darstellen, besteht das einzige Verbrechen anderer darin, dass ihre Besitzer keine Zeit oder Lust mehr hatten, sich um sie zu kümmern. Und dann gibt es da noch die seltsamen Fälle wie die des wunderschönen schwarzen Wolfs Cochise, einem meiner Lieblinge. Er war von einer Frau in Las Vegas gekommen, die sich selbst für eine Hexe hielt und irgendwie einen Wolf in ihre Rituale einbeziehen wollte.

Tia und ich kümmerten uns beide um die Bewohner und erledigten alles, was es sonst rund um das Anwesen zu tun gab. Während sie eine Aufgabe erledigte, die körperliche Arbeit erforderte, verbrachte ich oft Zeit in den Gehegen, damit alle Tiere Aufmerksamkeit und Gesellschaft bekamen. Wir waren uns sehr darüber bewusst, wie wichtig es war, die Tiere nicht nur körperlich, sondern auch emotional und geistig gesund zu halten. Viele der Wolfshunde und Wölfe waren anfangs, wenn sie ankamen, eher misstrauisch gegenüber Menschen. Auch wenn sie Besitzer gehabt hatten, waren viele von ihnen doch in Außengehegen vernachlässigt und vergessen worden und andere hatten einfach nie eine Sozialisation gegenüber jemand anderem als ihrem Besitzer erfahren. Meine Spezialität wurde die Arbeit mit den ängstlichen Kandidaten. Ich setzte mich in den Dreck und bemühte mich um nicht bedrohlich wirkende Körpersprache, um ihnen meine friedlichen Absichten mitzuteilen. Manchmal war ich still, manchmal sprach ich sehr leise und manchmal sang ich auch sanft, was half, sie zu beruhigen. Ausgehend von der Tatsache, dass Caniden diese Welt vorrangig über den Geruchssinn erkunden, dachte ich mir eine Technik aus, wie ich die Wölfe besser an mich gewöhnen könnte. Ich setzte mich in eine Ecke des Geheges, weit entfernt von den Wölfen. Nach einiger Zeit stand ich auf und ging sehr langsam los, wobei ich ihnen genug Raum ließ, an mir vorbei zu anderen Gehegeseite laufen zu können. Sie schossen unweigerlich immer sofort an mir vorbei und dahin, wo ich gesessen hatte, um dort den Boden zu beschnüffeln. So konnten sie mich überprüfen, ohne mir zu nahe kommen zu müssen. Später wendete ich die gleiche Technik übrigens auch bei ängstlichen Hunden meiner Kundschaft in deren Zuhause an. Ich bewegte mich zum Beispiel vom Sofa zum Stuhl und gab den Hunden so Gelegenheit, zu schnüffeln, wo ich gesessen hatte. Was den ängstlichen Hunden genauso gut half wie den Wölfen.

Weil ich mich den Wölfen mit Respekt näherte anstatt sie „dominieren" zu wollen oder veraltete, auf Zwang basierende Techniken zu verwenden, gelang es mir, ihr Vertrauen zu gewinnen. Was übrigens auch von daher gut war, dass so gut wie jeder einzelne von ihnen mehr wog als ich und mindestens doppelt so stark war. Aber nie hat mich auch nur ein einziger von ihnen bedroht oder gar gebissen – das heißt, bis auf Cherokee. Und das war mein eigener Fehler. Cherokee teilte sich das Gehege mit einer scheuen Wolfshündin, die ich sehr gerne mochte. An einem beißend kalten Wintertag kam ich einmal am Gehege vorbei und sah mein Mädchen in der hinteren Ecke sitzen. Cherokee stand irgendwo in der Mitte und schaute mich an wie immer. (Tia und ihre Tochter Tania waren anscheinend die einzigen menschlichen Wesen, die er tolerierte). Ich drückte meine Fingerknöchel durch den Maschendraht und rief sie sanft beim Namen, damit sie vielleicht herüberkam und meine Hand leckte, wie sie es manchmal tat. Wie ein Blitz war Cherokee am Zaun. Er schlug seine Zähne in meine Knöchel und zog. Er war schon wieder im hinteren Gehegebereich, bevor ich die Verletzung richtig registrierte. Das Ganze war in wenigen Sekunden passiert. Zwar spürte ich wegen der Kälte keine allzu großen Schmerzen, aber immerhin tropfte Blut von meiner Hand. Ich machte mich auf den Weg den Hügel hinunter zum Haus. Tias Mann war damals in ständiger Sorge, dass jemand auf dem Grundstück von den Wölfen verletzt werden und deshalb Anzeige erstatten könnte. Weil ich wusste, dass er gerade zuhause war, versteckte ich meine blutige Hand im Sweatshirt, drückte mich im Eingang an ihm vorbei, rief ihm eine möglichst fröhliche Begrüßung zu und ging zielstrebig zum Badezimmer. Ich reinigte die Wunde, erzählte Tia, was passiert war und fuhr nach Hause. Später am Abend erzählte sie mir am Telefon, dass ihr Mann ins Badezimmer gegangen war und erschreckt gefragt habe, wo denn das ganze Blut herkäme. Ich hatte gar nicht bemerkt, dass ich so ein Chaos zurückgelassen hatte. Ich erinnere mich nicht mehr, welche Ausrede sie für ihren Mann hatte, aber ich bin sicher, sie war sehr kreativ.

Ich dachte, ich hätte die Wunde desinfiziert, aber scheinbar war ich dabei nicht gründlich genug gewesen. Die Stelle schwoll etwas an, was ich aber zunächst noch für normal hielt. Damals arbeitete ich noch in einem Büro, und ein paar Tage später sprach mich eine Kollegin darauf an, dass meine Hand ja schrecklich geschwollen sei. Tatsächlich hatte sich die Schwellung vom Knöchel aus ausgebreitet und umfasste jetzt auch das Handgelenk. „Du musst wirklich zu einem Arzt gehen", drängte sie. Sie hatte Recht. Letztlich fuhr ich zur Notaufnahme ins Krankenhaus. Die diensthabende Ärztin untersuchte meine Hand und fragte, was passiert war. Mir war klar, dass ich es ihr nicht sagen konnte. Immer dann, wenn eine Bissverletzung von einem ungewöhnlichen Tier vorliegt, muss das Krankenhaus dies an die Polizei berichten, und auch das Veterinäramt wird informiert. Was natürlich das Letzte war, das ich wollte. Also erzählte ich ihr, ich sei von einem Hund gebissen worden. Sie sah mich zweifelnd an. „Ein Hund?" fragte sie. „Was für einer?" „Ein großer", antwortete ich. Zum Glück ließ sie es dabei bewenden und verschrieb mir eine Runde Antibiotika. Von da an bewunderte ich Cherokees Kumpanin lieber von weitem, solange er mit im Gehege war.

Wolfsitting, Pitbulls und ungewöhnliche Menschen

Tia hatte immer einen guten Instinkt, wenn es um Wölfe ging. Sie hatte ein intuitives Gespür dafür, welche sich miteinander vertragen würden, was die Zusammenstellung wesentlich vereinfachte. Und obwohl sie keine Ausbildung dazu hatte, war sie auch eine hervorragende Trainerin. Sie war sogar so gut, dass sie mit Filmtiertraining begann. Wölfe sind nicht gerade die am einfachsten zu trainierenden Tiere. Sie tun etwas nicht deshalb, weil man es möchte und manchmal noch nicht einmal deshalb, weil man Futter hat. Aber Tia schaffte es, sie im Rudel von A nach B rennen zu lassen, was sich in Filmen, im Fernsehen und in Werbespots sehr gut machte. Ich erinnere mich an ein Musikvideo, das sie für eine bildhübsche Sängerin drehte und in dem ein Wolf langsam an einem Lagerfeuer vorbeigehen sollte, während sie davor saß, sang und Gitarre spielte. Einen Wolf dazu zu bringen, langsam an einem Feuer – einem natürlichen Angstauslöser – vorbeizugehen, ist keine einfache Aufgabe. Tia schaffte es auch, dass zwei oder drei Wölfe Menschen ansprangen und es so aussah, als ob sie diese niederrissen. Aus Gründen der Sicherheit spielte Tia dann oft das Double für den Star. In einem Sommer war sie in Costa Rica unterwegs, um dort einen der Dschungelbuch-Filme zu drehen. Spirit, eine der Wolfshündinnen, zu der ich ein besonders enges Verhältnis hatte, sollte ebenfalls mit. Die arme Spirit war damals mit in den Hals eingewachsenem Halsband in die Station gekommen, weil der Besitzer es nicht geschafft hatte, es zu verstellen oder abzunehmen, als sie gewachsen war. Es musste operativ entfernt werden. Und jetzt war sie ein Filmstar! Ihr Job bestand darin, einem der Hauptdarsteller einen Hut vom Kopf zu nehmen. Es war ein süßer Trick und sah später im Film toll aus.

Solange Tia zum Filmen unterwegs war, hatte sie eine Freundin gebeten, das tägliche Füttern und Tränken zu übernehmen, da ich ja immer noch über eine Stunde entfernt wohnte. Ich kam natürlich trotzdem noch zum Helfen dazu. Das einzige Problem war Roxy. Roxy war eine reine Wölfin, und es gab bei ihr keinen Mittelweg: Entweder sie liebte oder sie verachtete einen. Und wer in letztere Kategorie fiel, tat gut daran, auf der Hut zu sein. Zum Glück mochte sie Tia und mich. Aber die Frau, die zum Füttern kam, konnte noch nicht einmal ihr Gehege betreten. Und so fragte ich C.C., ob es ihm vielleicht nichts ausmachen würde, wenn wir Roxy den Sommer über bei uns zuhause „babysitten" würden. Er war damals an ungewöhnliche Bitten meinerseits gewöhnt und stimmte nicht nur zu, sondern baute auch noch mit meiner Unterstützung das Gehege im Hinterhof, das zu Roxys Sommerresidenz werden sollte. Wir benutzten natürlich Zaunelemente mit Maschendraht und Pflastersteine für den Boden. Eine hölzerne Hundehütte vervollständigte das *Chez Roxy.* Ich gab ihr abwechselnd verschiedene Spiel- und Kausachen und verbrachte natürlich jeden Tag viel Zeit mit ihr im Auslauf. Dass sie leider auch um vier Uhr morgens meine Gesellschaft forderte, wie sie durch Heulen unter unserem Schlafzimmerfenster mitteilte, war nicht ganz so schön. Aber davon abgesehen klappte alles gut. Das einzige Problem entstand, als es Zeit wurde, sie in die Station zurückzufahren. Ich hatte eine Transportbox neben das Auto gestellt, Roxy angeleint und war gerade mit ihr auf dem Weg zur Vorderseite des Hauses. Gerade in dem Moment fuhr ein Auto vorbei und hupte wie wild. Roxy bekam Panik und begann an der Leine hin- und herzuzerren wie ein Drachen im Wind. Ich hatte Wurststückchen dabei und versuchte, damit vor ihrer Nase herumzuwedeln, um ihre Aufmerksamkeit zu bekommen. Sie schaute mich an, als ob sie sagen wollte: „Warst Du nicht diejenige, die den Leuten immer erzählt, dass ein über seine Reizschwelle hinaus verängstigtes Tier kein Interesse an Futter hat?" Oh ja, stimmt. Richtig. Zum Glück schaffte ich es, sie ohne weitere Zwischenfälle in die Box und ins Auto zu bekommen.

Sowohl Tia als auch mir war es ein großes Anliegen, etwas für die Aufklärung der Menschen zu tun. So packten wir zum Beispiel gelegentlich ein paar Wolfshunde ins Auto und besuchten verschiedene Veterinärämter, um den Beamten etwas über Wolfsverhalten zu erzählen und wie sie mit Wolfshunden umgehen sollten, damit niemand verletzt würde. Wir besuchten auch Schulklassen mit einem Wolfshund und erklärten den Kindern etwas über Wölfe und dass sie in die Wildnis gehörten anstatt in irgendjemandes Wohnzimmer. Und zwölf Jahre lang hatten wir jedes Jahr einen Stand auf der Messe *America's Family Pet Expo*, die an den Wochenenden Tausende von Besuchern zählte. Wir hängten Poster auf, verteilten Infomaterial und verkauften alles Mögliche vom T-Shirt bis hin zum Radiergummi in Wolfskopfform, um Geld für die Station zu sammeln. Natürlich hatte es für uns immer erste Priorität, dass die Tiere, die wir mitbrachten, für niemanden eine Gefahr darstellten und sich auch selbst wohlfühlten. Das war zwar mitunter eine Herausforderung, aber nichts war so anstrengend, wie von morgens bis abends mit Leuten Gespräche zu führen. Viele blieben am Stand stehen, um uns von ihren eigenen Wolfshunden zu erzählen. Andere, die offensichtlich nicht verstanden hatten, worum es uns ging, fragten, wann wir den nächsten Wurf hätten und sie einen Welpen kaufen könnten. Die Messe war harte Arbeit, aber wir hofften, dass wenigstens einiges von unserer Information auf offene Ohren traf.

Mit der Zeit begann Tia, sich mehr und mehr für Pitbulls zu engagieren. Sie selbst hatte schon immer einen besessen, aber in letzter Zeit kamen immer mehr Tierschutzfälle zu uns. Irgendwann teilten wir die Verantwortung neu auf: Obwohl sich alle Tiere weiterhin auf ihrem Grundstück befanden, war sie ab sofort für alles rund um die Pitbulls zuständig und ich für die Wölfe. Was auch mit sich brachte, dass ein Teil der Anrufe in Sachen Wölfe jetzt bei mir zuhause landete. Vielleicht denken Sie, dass dies ja nicht so viele gewesen sein können, aber im Sommer, wenn die meisten Hunde ausgesetzt werden, waren es manchmal bis zu zehn Anrufe am Tag. Und fast alle Anrufer wollten ihre Tiere loswerden. Wenn wir auf der Station Platz hatten, was vorkam, wenn ein Bewohner aufgrund hohen Alters gestorben war oder wenn ein Wolfshund mit sehr geringem Wolfsanteil vermittelt worden war, sprach ich lange mit der betreffenden Person und versuchte, so viele Informationen wie möglich zu bekommen. Schnell lernte ich, wie wichtig es ist, nach Fotos zu fragen. Ich habe immer noch das erste Foto, das mir jemand von einem Wolf geschickt hatte, der dringend ein Zuhause bräuchte: Er entpuppte sich als Golden Retriever.

Wenn die Station voll belegt war, was meistens der Fall war, wurde es zur Herausforderung, bei der Unterbringung der Tiere zu helfen. Ich hätte die Leute gerne an andere Stationen, Tierheime oder Organisationen in unserer Gegend verwiesen, wenn es denn welche gegeben hätte. Das Ergebnis war, dass ich viel Zeit damit verbrachte, zu den Leuten nach Hause zu fahren und ihnen kostenlos beim Training half oder ihnen zeigte, wie sie ihren Zaun erhöhen oder überhaupt eine sichere Unterbringung bauen konnten. Kurzum, ich tat alles Mögliche, damit sie ihre Tiere behalten konnten. Und wie jeder Tierschützer weiß, ist es zwar einerseits sehr befriedigend, wenn man helfen kann, andererseits bekommt man aber auch eine gehörige Dosis Herzschmerz ab.

Und dann gab es da noch die Sorte von Leuten, die unangenehm wurden, wenn ich ihnen nicht helfen konnte. Ich erinnere mich noch sehr deutlich an die Frau, die eines Tages um halb fünf Uhr morgens anrief. Sie wollte, dass ich mich auf der Stelle auf den dreistündigen Weg zu ihr machte, um einen Wolf abzuholen, den sie nicht mehr halten konnte. Als ich ihr höflich erklärte, dass es noch mitten in der Nacht sei und ich sie gerne am Morgen zurückrufen würde, spuckte sie eine Reihe von Flüchen gegen mich aus und legte auf.

Außerdem kamen täglich E-Mails von Leuten, die einen Platz für ihren Wolfshund suchten oder Fragen zu Verhaltensproblemen hatten. Manche der Fragen waren dabei ein bisschen schräg. So gab es zum Beispiel eine Dame, die gerne einen Wolf adoptieren wollte, damit dieser ihren Rollstuhl ziehen sollte. Eine andere wollte gerne Schafe mit einem reinen Wolf hüten. Ein Mann schrieb mir, dass nicht nur ihm mein Buch über Wolfshunde gefallen hätte, sondern auch seinem Wolfshund, und zwar so sehr, dass er es gleich aufgefressen habe. Andere Mails wiederum waren seltsamer und manchmal unabsichtlich komisch. Eine begann zum Beispiel so: „Hi, unser Familienhund ist ein Mix aus reinrassigem Alaskan Malamute und blondem Bobtail-Timberwolf." Ja, Sie haben richtig gelesen, und nein, es gibt keinen blonden Bobtail-Timberwolf, genausowenig wie übrigens einen Schwarzen Berg-Megawolf oder irgendeinen anderen der verrückten Namen, die sich manche Züchter für ihre Kreationen einfallen lassen. Eine andere Anfrage kam von einer Frau, die wissen wollte, ob die Rangniederen eines Rudels jemals mit den Alphatieren zusammen schlafen würden. Wie sich herausstellte, schlief ihr Wolfshund an ihrer Seite des Betts, nicht an der ihres Mannes, und sie wollte wissen, ob das beweisen würde, dass sie der Alpha in der Familie war.

Wenn Ihnen das noch nicht seltsam genug ist - eine Frau schrieb Folgendes: „Ich schreibe Ihnen, weil mein Exmann ein Wolfskostüm hat, das er bei sich zuhause trägt. Das ist kein Witz. Ich mache mir große Sorgen, weil er jedes zweite Wochenende die Kinder hat. Können Sie mir bitte helfen, mehr Informationen zu finden?" Da ich keine Psychologin bin, lag das hier definitiv außerhalb meines Zuständigkeitsbereichs. In die gleiche Serie passte der Anruf eines Mannes, der mit einem Rudel von elf Wölfen lebte und meine Meinung zu etwas wissen wollte, über das er gerade nachdachte. Die Wölfe lebten alle zusammen in einem großen umzäunten Gehege hinter dem Haus. Jeden Morgen, wenn er aus der Hintertür seines Hauses kam, rannten die Wölfe zu ihm und begrüßten ihn. Wenn er dabei seinen Kopf senkte, so hatte er festgestellt, rieben sich alle an seinem Gesicht und stupsten es mit der Nase an. Nur einer der Wölfe schien Angst zu haben, so nahe zu kommen. Was wohl das beste Material wäre, wollte er wissen, um eine Wolfsmaske zu basteln? Er hatte vor, die Maske während der Begrüßung zu tragen, weil er dachte, der zurückhaltende Wolf würde dann erkennen, dass er einer von ihnen wäre. Ich erklärte ihm höflich, warum dieses Vorgehen meiner Meinung nach nicht die beste Idee war, legte auf und schüttelte den Kopf.

Aber der Preis für die seltsamste Mail überhaupt geht an einen Kunststudenten aus Stockholm, der mitteilte, dass er an einem Projekt über den Mythos Werwolf arbeiten würde. Bei seinen Recherchen hatte er herausgefunden, dass eine Möglichkeit, sich in einen Werwolf zu verwandeln, darin bestand, warme Wolfsmilch zu trinken. Er wollte gerne ein Kunstprojekt auf die Beine stellen, in dem die Menschen Wolfsmilch trinken konnten. Denn selbst wenn man nicht glaubte, dadurch wirklich zum Werwolf zu werden – es könne ja nicht schaden, es mal auszuprobieren? Also schrieb er, um zu fragen, ob und wo man Wolfsmilch herbekommen könne. Wenn ich nicht gesehen hätte, dass der die gleiche Mail auch an die Adressen verschiedener Wolfsforschungs- und rettungszentren geschrieben hatte, hätte ich das Ganze für einen Witz gehalten. Ich schrieb ihm zurück, dass wir alle unsere Tiere kastrieren würden und ganz sicher keine Wolfsmilch hätten. Ich legte ihm aber nahe, dass er sicherheitshalber silberne Gewehrkugeln bereithalten sollte, falls sein Projekt ein Erfolg werden sollte.

Trotz all der Verrücktheiten und Erschwernisse, die mit der alltäglichen Versorgung der Tiere einhergingen, gab es auch lustige Zeiten. An einem Weihnachten hatten Tia und ich beschlossen, von der Station aus Grußkarten an Freunde und Unterstützer zu schicken. Wir luden Tias Lieblings-Pitbull Duke und Nashaka, einen meiner Wolfshund-Kumpel, ins Auto und machten uns auf den Weg raus zu den Vazquez Rocks. Die majestätische, rötlich gefärbte Felsformation sieht aus wie Teile von Arizona und gibt einen wunderschönen Hintergrund für Fotos ab. Wir hatten nicht unbedingt passende Wanderkleidung an, schafften es aber, mit hohen Absätzen und unserer Version von Festtagskleidung auf einen oben flachen Felsen hinaufzuklettern. Tia posierte mit Duke neben sich und Nashaka saß bei mir. Tia und ich wurden ständig für Schwestern gehalten, nicht nur, weil wir so oft zusammen waren, sondern weil wir das gleiche rote, lange Haar und auch noch ähnliche Gesichter hatten. Selbst meine Mutter hatte die Ähnlichkeit erwähnt. Als wir so Rücken an Rücken fürs Foto dasaßen, sahen wir ein bisschen nach Spiegelbild aus. Es machte später großen Spaß, das Foto in der Praxis unseres Tierarztes oder an anderen Orten in der Stadt hängen zu sehen.

Je mehr Tia sich mit den Pitbulls beschäftigte, desto mehr geriet dieser Tätigkeitszweig in den Vordergrund. Es sprach sich herum, dass Villalobos ein hervorragender Ort für Pitbulls in Not war und im Handumdrehen hatte sie 150 Hunde auf dem Gelände. Zum Glück konnten sie, im Gegensatz zu den Wölfen, weitervermittelt werden. Mit den Jahren kamen auch immer mehr Praktikanten dazu, um mit den Hunden zu arbeiten. Für mein

Verständnis war es seltsam, dass anscheinend niemand mit den Wölfen arbeiten wollte. Natürlich war Tia immer die rettende Hand für die Wölfe gewesen, aber außer ihr selbst, so sagte sie mir einmal, „bist Du die einzige, die sich je um die Wölfe gekümmert hat."

Da Tia in ihrem früheren Leben einmal Sozialarbeiterin gewesen war, hatte sie nicht nur eine schwache Seite für Tiere, die Hilfe brauchten, sondern auch für Menschen, die zurück auf den richtigen Weg finden mussten. Sie begann, ehemalige Häftlinge als Praktikanten einzustellen und gab ihnen genau wie den Hunden eine zweite Chance. Irgendwann rief Hollywood an und die Dokuserie „Pit Bulls and Parolees" (Dt.: Pitbulls und Ex-Strafgefangene) war geboren. Ich machte in einer der ersten Folgen mit, indem ich den Ex-Häftlingen zeigte, wie sie mit den Hunden Targettraining machen und ihnen andere Dinge, die vor den allem den ängstlichen Tieren halfen, beibringen konnten. Leider wurde später genau diese Szene aus Zeitgründen herausgeschnitten und nicht gesendet, aber trotzdem war es für mich eine tolle Erfahrung. Die Sendung läuft heute immer noch auf dem Senden „Animal Planet" und sie ist wirklich gut.

Letzten Endes zog Tia mit den Pitbulls nach New Orleans und ein Mann, der eine neue Wolfsrettungsstation gegründet hatte, übernahm die Wölfe. Aber bevor das passierte, kamen drei der Wölfe mit zu uns nach Hause, um künftig bei C.C. und mir zu leben.

Haus zu verkaufen: Drei Schlafzimmer, zwei Bäder, drei Wölfe

Ich lernte zwar als Mitbetreiberin der Wolfsrettungsstation ständig mehr über Wölfe und Wolfshunde, aber trotzdem wollte ich mein Wissen noch aus verschiedenen Quellen vergrößern. Also begann ich zu reisen. Ich besuchte alle möglichen Orte von offiziellen Wolfsbildungszentren bis hin zu Wolfshund-Rettungsstationen, die so klangvolle Namen wie „National Wolfdog Rescue" trugen, passenderweise aber besser „Hinterhof von Herrn Soundso" geheißen hätten. Manche Einrichtungen waren sauber und von kompetenten Leuten gut geführt, während andere wohlmeinende Betreiber, aber furchtbare Umstände vorzuweisen hatten. Der arme C.C. wurde oft zu solchen Ausflügen mitgeschleppt. Wenn wir zum Beispiel einen Urlaub in Arizona geplant hatten, sagte ich Sachen wie „Oh schau mal, da gibt es eine Wolfsrettungsstation gar nicht weit von da, wo wir übernachten!" oder „Ich kenne jemand, der uns zu sich einlädt, wenn wir in die Berge wollen!" Diese Abstecher wurden so alltäglich, dass C.C. irgendwann im Voraus zu fragen begann, wo ich ihn in unserem nächsten vorgeblichen Urlaub denn hinschleppen würde.

Mit meinem damaligen Wissen über Wölfe, Wolfshunde und deren Pflege zog ich es vor, gegen ein Festgehalt bei Villalobos zu arbeiten und dort Zeit mit ihnen zu verbringen. Ganz sicher hatte ich nicht geplant, einen der Bewohner zu mir zu nehmen. Unser gemietetes Haus im San Fernando Valley war ein relativ ruhiger und friedlicher Zufluchtsort und wir mochten es, wie es war. Dann trat eines Tages ein Wolf namens Phantom in mein Leben. Ein junger Mann namens Dewey, der in einer ruhigen Vorstadtgegend gewohnt hatte, hatte mit reinen Wölfen gehandelt. Er kaufte einen Wolf beispielsweise für 500 Dollar von einem Züchter in North Dakota, ließ ihn nach Südkalifornien bringen und verkaufte ihn dort für 1000 Dollar an jeden, der es sich leisten konnte – ohne Fragen zu stellen. Die Wolfshundgemeinde ist klein, und so kannte Tia Dewey. Sie wusste, dass er Phantom schon drei Mal verkauft hatte und dass er jedes Mal zurückgegeben wurde, weil er so extrem ängstlich war und sich von niemandem anfassen ließ. Seine Neigung zum Überspringen von ein Meter achtzig hohen Zäunen aus dem Stand machte die Sache nicht besser.

Weil Tia wusste, dass acht von den in Deweys Hinterhof lebenden Wölfen wahrscheinlich Hilfe brauchen würden, brachte sie mich mit ihm in Kontakt, damit wir uns im Auge behalten konnten. Als ich das über die ganze Länge des Hauses laufende Maschendrahtgehege zum ersten Mal betrat, sah ich mehrere wunderschöne Wölfe und ein paar Wolfshunde. Ein grau-weißer Malamute-Wolfsmixrüde stand oben auf einer baufälligen Hundehütte und bellte. Andere jünger und wölfischer aussehende Tiere scheuten zurück oder suchten im hinteren Bereich des Geheges Zuflucht. Ein paar der Wölfe, die in der Nähe blieben oder sogar schnüffeln kamen, waren ganz schwarz und ich fragte mich, ob sie wohl miteinander verwandt wären. Eines dieser wunderschönen schwarzfelligen und grünäugigen Wesen war Phantom. Er und ich entdeckten einander auf den ersten Blick. Es war diese Sache von „ihre Blicke trafen sich in einem überfüllten Raum“, nur mit weniger Hinstarren, weil das Phantom nervös gemacht hätte. Er war ein großer, halbwüchsiger Wolf, hoch gewachsen und ein bisschen schlaksig, mit langem schwarzem Fell und leuchtend grünen Augen. Es war Liebe auf den ersten Blick, und sie war gegenseitig. Schon saß ich auf dem Boden und streichelte seinen überraschend dicken, groben Pelz und bekam im Austausch dafür feuchte Schlabberküsse ins Gesicht. Dewey kam herüber, sah von mir zu Phantom und rief: „Das ist ja noch nie passiert!“ Genau wie Hunde suchen sich auch Wölfe ihre Menschen aus. Ich werde nie erfahren, warum Phantom mich ausgesucht hat, aber ich bin ewig dankbar dafür, dass er es getan hat.

Ich besuchte Dewey alle paar Wochen und genoss es, Zeit mit ihm und den Wölfen zu verbringen. Aber ein paar Monate bekam er einen Bescheid vom Veterinäramt, dass er die Wölfe abschaffen müsse. Dewey war geschieden, und es war seine Exfrau, die das Jugendamt kontaktiert hatte. Sie war einfach der Meinung, Wölfe und kleine Kinder würden nicht gut zusammenpassen.

Ach was. Leider konnte Tia zu dieser Zeit absolut keine weiteren Wölfe mehr aufnehmen. Wir waren schon am Rand unserer Kapazität und bekamen täglich unzählige neue Anrufe. Trotzdem bettelte ich, dass sie doch bitte Phantom noch aufnehmen sollte. Sie stimmte unter der Bedingung zu, dass es nur vorübergehend sein dürfte und dass C.C. und ich schnellstmöglich eine andere Unterbringung für ihn finden sollten. Anderenfalls müsste er eingeschläfert werden.

C.C. und ich hatten ohnehin schon überlegt, unser erstes eigenes Haus zu kaufen, und schon bald fanden wir den perfekten Ort. Auf dem anderthalb Hektar großen Grundstück stand oben auf einem Hügel ein Ranchhaus mit drei Schlafzimmern, umgeben von Wüstenbüschen. Vor dem Haus wuchs ein riesiger Kaktus. Der Ort war friedlich, ruhig und – das war das Beste von allem – nur zwanzig Minuten von der Station entfernt. Wir kauften es. Eine unserer ersten Handlungen bestand darin, ein paar der unten auf dem Grundstück gelegenen Pferdeställe in ein kleines Wolfsgehege umzubauen. Tia wollte, dass Phantom so schnell wie möglich zu uns kam. Sie wusste, wie sehr er sich schon an mich gebunden hatte und berichtete, dass es ihm ohne mich schlecht ginge und er die ganze Welt mies fände. Sie sagte, man könne es kaum mitansehen. Mit dieser Motivation bekamen wir das Gehege in Rekordzeit fertig und Phantom wurde in sein neues Zuhause gebracht.

Wölfe sind soziale Tiere, und so sehr Phantom und ich auch verbunden waren, brauchte er trotzdem auch die Gesellschaft eines anderen Caniden. Tia gab mir nur zu gerne noch einen oder zwei weitere Wölfe mit nach Hause. Also suchte ich diejenigen aus, die meiner Meinung nach am dringendsten persönliche Aufmerksamkeit brauchten. Sequoia war eine hübsche Samojeden-Wolfsmixhündin mit niedrigem Wolfsblutanteil. Wenn ich in der Station die Gehege saubergemacht oder mit den anderen Bewohnern gespielt hatte, hatte sie immer auf den Hinterbeinen in ihrem Gehege gestanden, die Vorderpfoten gegen das Tor gedrückt wie ein Gefangener, der darum bat, herausgelassen zu werden oder zumindest den Bauch gekrault zu bekommen. Der sorgenvolle Ausdruck in Sequoias Gesicht besiegelte den Deal.

Das pelzige, nach Aufmerksamkeit strebende kleine Geschoss war „gekauft“. Heyoka, ihr dreijähriger Gehegekumpel, war vermutlich zu 75% Wolf gemischt mit Malamute. Normalerweise wäre ich wegen der wahrscheinlichen Aggressionsprobleme nicht auf die Idee gekommen, zwei gleichaltrige, nicht miteinander bekannte Rüden ins gleiche Gehege zu setzen, aber ich kannte die Charaktere sowohl von Phantom als auch von Heyoka und war zuversichtlich, dass die beiden miteinander auskommen würden. Unser kleines Gehege zuhause wurde nochmals vergrößert, und schon bald wuchsen die drei zu einem Rudel zusammen. Phantom und Heyoka verstanden sich gut, wobei Heyoka die Rolle des weisen Anführers übernahm und Phantom der ewig unvernünftige Teenager blieb, der sich mit Widerworten zurückzog, wenn er in die Schranken gewiesen wurde. Sequoia für ihren Teil gab dem Wort „Alphahündin“ eine neue Bedeutung. Sie mag weniger Wolfsblut gehabt haben als die anderen, aber sie hatte die Jungs im Griff!

Phantom und Heyoka waren etwa drei bis vier Jahre alt, als sie zu uns kamen, und Sequoia etwa sechs. Mit viel Zeit, Liebe und Geduld bauten die Wölfe und ich ein Vertrauen zueinander auf, das die ganzen zehn Jahre lang, die sie hier lebten, anhalten sollte. Was nicht heißt, dass es in der Zwischenzeit nicht jede Menge Herausforderungen zu bestehen gegeben hätte.

Wer hat Angst vorm Großen Schwarzen Rotzlöffel?

Der Versuch, Wölfe unterzubringen, lässt sich am besten in zwei Worten beschreiben: extrem herausfordernd. Wir begannen mit einem Pferdestallkomplex, der etwa 9x20 Meter maß und mit Wellblech gedeckt war. Ein Handwerker flexte für uns die meisten metallenen Boxenabtrennungen im Inneren heraus. Um den Zaun gegen Untergraben zu sichern, versuchten wir es anfangs mit einer ein Meter breiten Sockelleiste unten an der Innenseite des Zauns entlang. Leider begannen die Wölfe aber recht schnell, sich per Tunnelgrabung eine Eigentumswohnung darunter einzurichten. Also gingen wir zur Rundum-Lösung über und bedeckten auch jeden Quadratzentimeter des Bodens mit Maschendraht. Darüber kam eine Schicht Erde und zum Abschluss obendrauf feiner Kies. Die Ecken zwischen Dachschräge und Anschluss des Außenzauns wurden ebenfalls mit Maschendraht versiegelt und oben an den Zaun kam zusätzlich rundum ein Elektrodraht. Und zu guter Letzt kam in ein paar Metern Entfernung nochmals ein zusätzlicher Außenzaun mit Maschendraht und Schlössern an den Toren um die ganze Anlage herum.

Vielleicht fragen Sie sich, warum wir uns all das antaten. Auch hier reicht ein Stichwort: Ausbruchskünstler! Viele Menschen sind überrascht, wie leicht Wölfe sich einen Weg unter etwas hindurch bahnen, über etwas hinüberspringen oder sich durch alles nur Erdenkliche hindurchbeißen können, was ihnen den Weg versperrt. Die meisten Wölfe, die ich kennengelernt habe, beißen 11er-Maschendraht durch wie ein Stück Butter. Mag sein, dass wir es ein bisschen mit der Intensität unserer Vorbereitungen übertrieben hatten, aber nun waren wir wenigstens definitiv fertig. Es war das Fort Knox für Wölfe.

Auch die Fütterung gestaltete sich nicht gerade einfach. Ja klar, wir hätten ihnen einfach Hundetrockenfutter geben können und fertig, aber die Ernährung der Wölfe war mir wichtig. Ich wollte es richtig machen. Wir entschieden uns für die als BARF bekannte Fütterung. Die Abkürzung steht für Bones and Raw Food (Knochen und Rohfutter) und bedeutete für unsere Wölfe als Hauptbestandteil rohe Hähnchenrücken. Alle zwei Wochen fuhr ich zum Metzger und brachte zwei Zwanzig-Kilo-Kisten gefrorene Hähnchenrücken mit. Jedes Mal, wenn ich die Metzgerei betrat, kam es mir vor wie der Beginn eines Witzes: Ein Vegetarier kommt in eine Metzgerei ...

Oh, und erwähnte ich, dass sie gefroren waren? Im Winter standen C.C. und ich oft in der frostigen Kälte, brachen große Blöcke Hähnchen ab und packten sie in Gefrierbeutel, die dann in Gefriertruhe kamen. Ich hielt die Gefrierbeutel bereit, während C.C. mit einem Brecheisen versuchte, die Hähnchen auseinander zu hebeln. Einen Teil des Fleischs bekam ich auch mit meinen behandschuhten Händen auseinandergezogen. Sicher können Sie sich vorstellen, wie „schön" es war, das alle zwei Wochen machen zu müssen. An irgendeinem Punkt kamen wir endlich auf die glorreiche Idee, dass es die Sache vielleicht vereinfachen könnte, wenn wir das Fleisch über Nacht auftauen lassen würden.

Dann war da die tägliche Pflege. Feiner Kies gibt, wie ich früher schon erwähnte, einen prima Untergrund ab. Matsch und Staub werden auf ein Minimum reduziert und man kann ihn mit dem Wasserschlauch abspritzen. Der Nachteil ist nur, dass wir Tausende kleiner Kieselsteinchen herbeischaffen lassen mussten, die der LKW außen vor dem Zaun abkippte und die wir dann in Schubkarren schaufelten. Mit der Schubkarre fuhren wir dann durch das enge Tor, kippten sie drinnen aus und verteilten den Kies mit einem Rechen, wie Tia und ich es auch auf der Station gemacht hatten. Das alles erforderte ganz schön viel Muskelschmalz. Die meiste Arbeit machten C.C. und ich selber, gelegentlich kam auch meine Freundin Leslie vorbei und half mit. Weil jeden Tag beim Säubern der Ausläufe Kies mit hinausgebracht wurde, musste er regelmäßig aufgefüllt werden.

Ich beschreibe all die Arbeit, die wir uns für die Unterbringung der Wölfe machten, so genau, damit Sie sich besser vorstellen können, wie ich mich fühlte, als ein dummer Zwischenfall passierte. Vorher müssen Sie aber noch wissen, dass ich Phantom zwar streicheln konnte, das aber noch lange nicht hieß, dass ich ihn wie einen Hund hantieren konnte. Mit seinem Temperament, das man am besten mit dem eines trotzdem irgendwie liebenswerten Rotzlöffels im Teenager-Alter beschreiben kann, hatte Phantom gleich nach seiner Ankunft begonnen, mit seinem Verhalten einmal ein bisschen die Grenzen zu testen. Er schlich sich zum Beispiel so heimlich hinter mir an, wie es ihm sein großer, schlaksiger Körper erlaubte, und schnappte nach der Haarspange in meinem Pferdeschwanz. Oder er schubste mich wie zufällig sanft mit der Schulter im Vorbeigehen. Er fasste mit den Zähnen nach meiner Kleidung. Das alles war normal – Wölfe testen sich gegenseitig, um zu sehen, mit wem sie es zu tun haben, und sie tun das mit Menschen ganz genauso. Ich wusste, dass ich etwas tun musste, bevor das Ganze eskalierte. Also machte ich es ab sofort so, dass ich bedauernd seufzte, einen angewiderten Blick aufsetzte und das Gehege verließ, sobald Phantom solches Verhalten zeigte. Die Idee dabei war, ihm beizubringen, dass sein Verhalten zum Verlust einer geschätzten Ressource führte – nämlich von mir. Ich gab ihm praktisch eine Auszeit, indem ich wegging, anstatt dass ich ihn die Ecke stellte und wiederholen ließ „Ich bin ein böser großer Wolf, böser großer Wolf ...". Diese Anti-Konfrontationstechnik war meiner Meinung nach der beste Weg, mit der Situation umzugehen, und angesichts Phantoms Größe, Kraft und Potenzial, jemanden zu verletzen, war es auch der sicherste. Leider war er aber nicht so effektiv, wie ich gedacht hatte.

Es war wieder einer dieser Tage, an dem die Wettervorhersage auf blauen Himmel und Kiesschaufeln hingedeutet hatte. Leslie und ich hatten stundenlang Berge von Kies geschaufelt und gerecht und brauchten eine Pause. Leslie stand außen vor dem Gehege und trank Wasser, während ich drinnen geblieben war. Wir plauderten faul über dies und das und hatten es nicht eilig, mit der Arbeit weiterzumachen. Plötzlich spürte ich einen beißenden Schmerz in meiner Kniekehle. Ich fuhr herum und sah Phantom, Heyoka und Sequoia ein paar Meter entfernt. Sie standen in einer Reihe Seite an Seite und zeigten alle den gleichen unschuldigen „Wer, ich?" Ausdruck im Gesicht. Aber ich wusste, dass der Biss von Phantom gekommen war. Wirklich? Nach allem, was ich für ihn getan hatte? Der Gedanke war irrational, aber ich konnte nichts dagegen tun. Ich war stinkwütend. Ich richtete mich zu meinen vollen einsiebenundfünfzig Größe auf, stürzte zu ihm herüber und bedachte ihn mit einer Reihe von Worten, die man niemals in guter Gesellschaft gebrauchen sollte. Mein Ziel war, dass er nach unten schauen und damit zeigen sollte, dass er sich mir unterwarf. Ha! *Das* passierte auf jeden Fall nicht. Nirgends in meinen beiden Büchern über Wolfshunde schreibe ich irgendwo, dass man in einer solchen Situation den Herausforderer in eine Ecke drängen, sich über ihn beugen, ihn anstarren und mit Flüchen beschimpfen soll, die dazu angetan sind, dass die Nachbarn über einen Anruf bei der Polizei nachdenken. Aber genau das tat ich. Meine gewohnte freundliche, positive Trainingsmethode machte vorübergehend zusammen mit meinem gesunden Menschenverstand Pause. Ich stand mit verrücktem Funkeln in den Augen über Phantom gebeugt, starrte ihn mit meinem Blicken nieder und beschimpfte ihn. Irgendwann schaute er endlich weg. (Anmerkung: Versuchen Sie das zuhause nicht mit einem Wolf oder noch nicht einmal mit einem Hund! Es ist wirklich einfach nur dumm.).

Jedenfalls war mein Gefühl der persönlichen Würde erheblich besser intakt als mein Bein, als ich aus dem Gehege hinaus und die lange Treppe zum Haus hinauf hinkte. Ich zog meine Jeans aus und drückte eine Packung gefrorene Erbsen auf meine Kniekehle. Die Haut war nicht verletzt, aber es gab eine schöne Quetschung. Ich würde in Kürze einen dunkelviolett-schwarzen Bluterguss von der Größe eines Golfballs dort haben. Ich atmete ein paar Mal tief durch und nahm auf Leslies Rat ein paar Bachblüten-Notfalltropfen. Mit Wasser vermischt, haben sie eine beruhigende Wirkung. Dass sie mit Tequila zusammen auch so gut wirken, hätte ich allerdings nicht gedacht.

Die Tage vergingen und allmählich kehrten mein gesunder Menschenverstand und meine gewohnte ruhige Art zurück. Ich wusste, dass Phantom nicht die Absicht gehabt hatte, mich zu verletzen, denn wenn das der Fall gewesen wäre, wäre der Schaden wesentlich schlimmer ausgefallen. Trotzdem musste sich etwas ändern. Als er sich das nächste Mal hinter mich schlich und nach meinen Haaren packte, drehte ich mich ruhig um und legte meinen Hand oben über seinen Fang. Ich schaute ihm ins Auge und sagte mit tiefer Stimme: „Lass es." Er verstand, dass ich es ernst meinte und wich sofort zurück. Ich würde nie jemanden raten, es genauso zu machen und es ist auch keine „Trainingsmethode". Aber es war Phantoms letzte Chance vor dem Einschläfern. Ich *musste* in der Lage sein, mit ihm umzugehen, und irgendwie hatte ich instinktiv das Gefühl, dass es diesmal so funktionieren würde. Nach diesem Vorfall verbesserte sich unsere Beziehung langsam und ich begann mit ihm daran zu arbeiten, dass er sich anfassen ließ. Wir machten langsame, aber stetige Fortschritte und nach ein paar Monaten konnte ich seine Pfoten, Zähne und so weiter anfassen – jedenfalls größtenteils. Phantom würde immer ein reiner Wolf bleiben, und es wäre sicher eine ganz andere Sache gewesen, diese Art von Desensibilisierung im Alter von drei Monaten zu beginnen anstatt erst mit drei Jahren. Aber mit der Zeit bauten wir eine vertrauensvolle und ausgeglichene Beziehung zueinander auf, die den Rest seines langen, rotzlöffeligen Lebens lang anhielt.

Heyoka muss zum Tierarzt

Heyoka hatte tagelang nichts gefressen. Wölfe können zwar in der Wildnis mehrere Tage hintereinander hungern, aber dieser in Gefangenschaft lebende Wolfshund war normalerweise so hinter frischen Hähnchen her wie seine wilden Vettern hinter allem, was das Leben so zu bieten hatte. Etwas stimmte definitiv nicht. Seine Körpertemperatur zu messen oder irgendetwas anderes zu tun, das Anfassen bedeutete, stand außer Frage. Mit seinen zwei Dritteln Wolfsblutanteil und angesichts der Tatsache, dass er schon drei oder vier Jahre alt gewesen war, als er zu uns kam, war Heyoka immer der scheueste von den Dreien gewesen. Wölfe haben von Natur aus Angst vor Menschen, und Heyokas DNA war in dieser Hinsicht noch sehr ursprünglich. Er ließ vorsichtiges Streicheln durch den Maschendraht hindurch zu und manchmal auch dann, wenn ich im Gehege war, aber nur, solange Phantom zwischen uns stand. Aber selbst dann waren nur das Berühren seiner Brust und manchmal der Seiten seines Gesichts in Ordnung. Das Traurige daran war, dass Heyoka Zuneigung eigentlich sehr mochte, er mochte es nur nicht, angefasst zu werden. Immer, wenn ich Phantom kratzte und ihm den Bauch kraulte, sah Heyoka zu. Offensichtlich im inneren Konflikt gefangen, lief er dann meistens zum Zaun und rieb sein dickes, langes, silbergraues Fell daran, wobei er genüsslich die Augen schloss wie eine Katze. Der kalte Metallzaunersatz für menschliche Berührung war ihm genug. Ich respektierte Heyokas „Hände-weg"-Mentalität und zwang ihn niemals zum Kontakt. Aber als er den vierten Tag hintereinander nichts fraß, führte kein Weg mehr an einem Tierarztbesuch vorbei.

Wie Sie sich bestimmt vorstellen können, ist es keine einfache Sache, einen geretteten Fast-Wolf in eine Transportbox zu verfrachten. Boxen bedeuten Begrenzung, und da Heyoka nie an eine gewöhnt worden war, musste sie ihm vorkommen wie eine Falle. Wenn man dann noch bedenkt, dass bisher jeder Boxaufenthalt für ihn mit einem Umzug verbunden gewesen war, war seine Angst umso verständlicher. Das Problem war nur, dass Heyoka, wenn er richtig Angst hatte, um sein Leben kämpfte.

Wir hatten das auf unangenehme Weise schon früh erfahren, als einmal ein Tierarztbesuch nötig gewesen war. Meine Freundinnen Michelle, Tia und Tias Tochter Tania waren herübergekommen, um beim Verfrachten von Heyoka in eine Box zu helfen. Uns war allen klar, dass ich selbst mich dabei heraushalten musste, denn wenn mein Fellkind das Vertrauen in mich verlor, wäre alles vorbei. Ich war seine sichere Zuflucht. Die drei Frauen verbrachten über eine halbe Stunde in der im Gehege eingebauten Fangschleuse. Mit drei großen Holzplatten versuchten sie, den Raum immer enger zu machen, bis Heyoka nichts anderes mehr übrig blieb, als in die Box zu flüchten. Das war zumindest der Plan. Später erzählte mir Michelle, dass Heyoka es geschafft hatte, über die Absperrung zu springen und versucht hatte, ihr an die Kehle zu gehen. Diese Nachricht aus dem Mund von Michelle, die normalerweise immer eher alles untertreibt und herunterspielt, war für mich besonders beunruhigend.

Danach kam ein weiterer Fangversuch nicht infrage. Wir beschlossen, Heyoka stattdessen ein Sedativum zu spritzen, damit wir ihn sicher in die Box bugsieren und dann zur Tierarztpraxis bringen konnten. Die Tierärztin, die normalerweise die Tiere der Station versorgte, gab mir eine Dosis Ketamin. Das Problem war nur, dass ich noch nie gespritzt hatte und nicht ausgerechnet an Heyoka üben wollte. Ich zermarterte mir das Hirn, wer uns vielleicht helfen könnte und wollte. Ich erinnerte mich, dass Michelle früher Krankenschwester gewesen war. Leider kämpfte sie seit Jahren mit einer Krebserkrankung, machte derzeit eine Ozon-Therapie und saß zeitweise im Rollstuhl. Ich rief ihren Mann Bruce an, um zu fragen, ob er vielleicht noch eine andere Idee hätte.

Während wir uns unterhielten, hörte ich eine schwache Stimme im Hintergrund sagen: „Ich fahre da hin!“

„Das ist nicht Michelle, oder?“ fragte ich ungläubig.

„Doch“, seufzte Bruce. „Sie möchte kommen und Heyoka die Spritze geben.“

Einerseits war ich dankbar und gerührt angesichts von Michelles Gesundheitszustand und der Tatsache, dass sie über eine Stunde entfernt lebte, aber andererseits schien es nicht die beste Idee zu sein. Aber sie ließ sich nicht davon abbringen. Ein paar Stunden später tauchten Bruce und Michelle bei uns auf, die Ozonflasche im Schlepp.

Michelle und ich standen oben an der Treppe, die zum Auslauf hinunterführte. Die Männer, die Heyoka mit ihrem Testosteron nur Angst machen würden, warteten auf der Veranda.

„Bist Du sicher, dass Du das kannst?“ fragte ich besorgt.

„Ist schon in Ordnung“, sagte Michelle. „Ich komme gut ein paar Minuten ohne das Ozon zurecht, das ist keine große Sache.“

Also gingen wir die Treppe hinunter und in den Auslauf. Heyoka lag in der Schleuse, mit seiner Hüfte dicht am Maschendraht. Er konnte auch im schwachen Zustand noch extrem gefährlich sein, weshalb es nicht möglich war, ihn in der Schleuse drin zu spritzen. Wir gingen ins Gehege. Heyokas Brust hob und senkte sich regelmäßig. Er schien leicht zu dösen.

Michelle schlich sich so leise wie möglich über den Kies an und näherte sich der Schleuse. Während ich dastand und zusah, rollte sie ihre Ärmel hoch und legte ihre Handflächen zu einem kurzen, stillen Gebet zusammen. Dann streckte sie ihren Arm durch eine Öffnung im Maschendraht und versenkte die Nadel sanft, aber bestimmt in Heyokas Hüfte. Er blinzelte und hob leicht den Kopf, fuhr aber nicht zum Beißen herum, wie ich befürchtet hatte. Ich atmete aus, wobei mir erst klar wurde, dass ich die ganze Zeit die Luft angehalten hatte. Sobald Heyoka nicht mehr bei Bewusstsein war, hoben Bruce und C.C. ihn in die Box und verluden ihn in meinen Jeep.

Heyoka war immer noch k.o., als C.C. und ich an der Tierarztpraxis ankamen, sodass die Helferinnen kein Blut abnehmen konnten. Weil unsere gewohnte Tierärztin nicht da war, kamen wir zu Frau Dr. Renner. Ich habe keine Ahnung, ob es ihr gegen den Strich ging, dass ich diesen bestimmten Wolf von mir aus zuhause mitbrachte anstatt von der Wolfsstation, jedenfalls fühlte sie sich befleißigt, mir ihre Meinung mitzuteilen. „Ich habe ihn vor langer Zeit schon einmal sediert," schnappte sie. „Er wird sehr schwierig sein, sobald er wach ist, wissen Sie." (Welch charmante Manieren!) Sobald sie das losgeworden war, führte sie eine Untersuchung durch und empfahl, dass wir Heyoka zur Beobachtung über Nacht in der Praxis lassen sollten. Unwillig stimmte ich zu. Die Hunde und Katzen werden in der Praxis normalerweise in Metallkäfigen mit einfachen Riegelverschlüssen untergebracht. Ich erklärte ihr, dass ihre Mitarbeiter unbedingt ein Schloss an den Käfig machen oder ihn sonstwie sicherer machen sollten. Nach einem weiteren missbilligenden Blick von Frau Dr. Unfreundlich fuhren wir weg.

Am nächsten Nachmittag bekamen wir einen Anruf, dass wir Heyoka abholen sollten. Die Anruferin klang genervt, aber ich führte das auf die Hektik in der Praxis zurück. Sobald wir ankamen, wurden wir sofort in einen Untersuchungsraum geleitet. Dr. Renner kam hereingeschritten.

„Hier ist eine ziemlich lustige Sache passiert," sagte die Tierärztin brüsk anstelle einer Begrüßung. „Als eine der Helferinnen heute morgen die Praxis aufschloss, stand Ihr Wolf mitten im Wartezimmer! Er hat vier Sack Futterzusatz aufgefressen, aber schlimmer ist, dass die Helferin sich fast in die Hosen gemacht hat!" kicherte sie.

Ich war nicht amüsiert. Wenn die Helferin die Tür den Bruchteil einer Sekunde zu lang offengelassen hätte, wäre Heyoka weggewesen und es wäre mehr als zweifelhaft gewesen, dass ihn irgendjemand hätte wieder einfangen können. Er hätte verhungern oder überfahren werden können. Witzig, ja? Nachdem sie uns erklärt hatte, dass sie nicht wisse, was genau Heyoka fehle, sie aber nicht allzu besorgt sei, da er ja jetzt eindeutig Hunger habe, fragte ich: „Wo ist er?"

„Oh, sie haben in runter in den Vorbereitungsraum gebracht", antwortete Dr. Renner. „Die Helfer müssen ihn nur noch zurück in die Box setzen. Gehen Sie doch so lange ins Wartezimmer."

„Ach herrje," dachte ich. „Die Helfer haben keine Ahnung, worauf sie sich eingelassen haben." Ich bot an, nach unten zu gehen und zu helfen und erklärte auch, warum, wurde aber mit einem Wink der Tierärztin abgetan.

Diese Tierarztpraxis hatte über die Jahre schon mit vielen Tierschutzfällen zu tun gehabt. Keiner davon hatte die harten Jungs, die anscheinend alle von Gangmitgliedern zur Tierarzthelfern geworden waren, je in Verlegenheit gebracht. Diese Jungs hatten riesige Pitbulls, Wölfe und alles Mögliche dazwischen niedergerungen. Aber sie hatten noch nicht die Bekanntschaft von Heyoka gemacht. C.C. und ich sahen vom Wartezimmer aus, wie ein dunkelhaariger, etwa zwanzigjähriger Helfer selbstbewusst in Richtung Vorbereitungsraum ging. Zehn Minuten später kam er mit einem leichten Schweißfilm bedeckt wieder zurück und rief einen weiteren Helfer dazu. Die beiden verschwanden. Eine Viertelstunde später kamen beide zurück – verschwitzt, zerrauft und deutlich in ihrem Stolz angekratzt. „Wir brauchen die Fangstange", sagte einer keuchend zu einem dritten Helfer, der die beiden anschaute und fragte: „Kämpft ihr da unten mit einem Alligator oder was?" Drei Techniker und dreißig Minuten später war Heyoka endlich sicher zurück in der Box.

Erleichtert, der Praxis endlich entronnen zu sein, fuhren wir Heyoka nach Hause. Unterwegs unterhielten wir uns darüber, um wie viel intensiver doch mit Wolfshunden und Wölfen alles ist, besonders was die Schwierigkeiten im Handling und in der medizinischen Behandlung betraf. Wir fanden nie heraus, was Heyoka eigentlich gefehlt hatte, aber ab diesem Tag begann er wieder zu fressen, als wenn nie etwas gewesen wäre.

Die Wölfe sind los!

Es war ein schneidend kalter Wintertag und ganz Südkalifornien „fror sich den A... ab", wie ein Freund von uns gerne sagt. Ich lag mit einer Bronchitis flach, sah durchs Fenster zu, wie es von der Seite regnete und tat mir selbst leid. Ich hatte gerade einen Löffeln warmen Haferbrei halb hinuntergeschluckt, als das Telefon klingelte. „Zwei Wölfe sind draußen," sagte Tia atemlos. „Sie sind aus dem Hof einer Frau in Tarzana ausgebrochen und rennen in dieser großen Baumschule herum. Raquel ist schon auf dem Weg dahin." So viel zu Ruhe und warmem Frühstück.

Als ich die Talstraße entlangraste und Autofahrer überholte, die nicht zu verstehen schienen, dass man bei Regen tatsächlich auch schneller als dreißig km/h fahren kann, stellte ich mir die Szene vor, die mich wohl erwarten würde. Die für ihre große Auswahl an Bäumen, Pflanzen und Gartenbedarf bekannte Baumschule erstreckte sich über die Länge von zwei Häuserblocks und war rundum mit ein Meter achtzig hohem Maschendraht umzäunt. Die Größe des Geländes würde es schon schwierig machen, einen Hund zu fangen, geschweige denn zwei Wölfe. Ich hoffte, dass es vielleicht irgendwo noch einen kleineren umzäunten Bereich geben würde, in den wir sie hineintreiben könnten. Raquel, so wusste ich, würde ihr Fangseil und leckere Wurststückchen dabeihaben. Ein Fangseil hat etwa die Länge eines Springseils und ist zu einer Schlaufe geknotet, die sich leicht enger oder weiter ziehen lässt. Die Schlaufe wird dem Hund so ähnlich wie beim Rinderfangen mit dem Lasso über den Kopf geworfen. Bei Zug am Seilende zieht sich die Schlinge um den Hals zu. Ich hatte noch meine Fangseile aus der Zeit behalten, als ich im städtischen Tierheim gearbeitet hatte. Wie viele andere Mitarbeiter auch hatte ich mein persönliches „Glücksseil". Wenn man mit Tieren arbeitet, die das Potenzial haben, einen ernsthaft zu verletzen, wird man in solchen Dingen leicht abergläubisch. Genau dieses Seil lag jetzt zusammen mit ein paar für Wolfszungen schmackhaften Leckerchen neben mir auf dem Beifahrersitz. Ich war zuversichtlich, dass Raquel und ich die bepelzten Ausreißer zusammen einfangen konnten.

Die Schutzengel, die zum Aufpassen auf kranke und schniefende Rotschöpfe abgestellt waren, waren an diesem Tag offenbar auf Zack, denn ich fand einen Parkplatz gleich neben dem Eingang zur Baumschule, wo auch schon zwei Autos der Veterinärbehörde parkten. Raquels alten roten Jeep Cherokee, den Vetter meines dunkelgrünen gleichen Modells, erspähte ich ein Stück weiter die Straße hinunter. Raquel, eine rund dreißig Jahre alte und kräftige, attraktive Frau mit Indianerblut, wusste viel über Wölfe. Sie hatte viele Jahre mit Wolfshunden gelebt und dem Tierheim oft beim Transport von Wölfen geholfen, das Verhalten von Neuzugängen eingeschätzt und bei vielen anderen Dingen geholfen. Und genau wie ich war sie auch oft in Notfällen zur Stelle. „Die Polizei war schon hier, ist aber wieder gefahren", erzählte sie mir sichtlich genervt. „Sie konnte rein gar nichts ausrichten. Stattdessen haben sie den Grauen so verängstigt, dass er über den Zaun gesprungen ist. Der ist jetzt weg. Daraufhin haben sie das Veterinäramt dazu gerufen." Zumindest hatten sie die Tiere nicht erschossen. Zähneklappernd fragte ich nach, wie denn der weitere Plan aussähe. Raquel zog die Kapuze ihres Parkas hoch und sagte: „Wir warten auf den Amtsveterinär mit dem Narkosegewehr. Wir werden nicht aufs Gelände gelassen, weil wir nur Zivilisten sind." Wir tauschten einen wissenden Blick aus. Wir mochten Zivilisten sein, aber wir waren mit ziemlicher Sicherheit die einzigen mit ausgiebiger Erfahrung im Einfangen von Wölfen.

So standen wir alle – ich, Raquel und vier hochgewachsene, kräftig gebaute Mitarbeiter der Veterinärbehörde – zusammengekrümmt im Wind und Regen und warteten. Und warteten. Endlich, nach langen, kalten zwanzig Minuten, kam der Amtsveterinär an. Er kannte Raquel und mich, wies uns aber entschuldigend an, doch bitte draußen zu warten, damit die gesetzlichen Vorschriften nicht verletzt würden. Mit dem Narkosegewehr bewaffnet betraten er und seine Mitarbeiter das Baumschulgelände. Raquel und ich blieben frustriert und voller Sorge um den Wolf draußen. Wir konnten nicht sehen, was drinnen passierte, hörten aber hin und wieder Rufe wie „Da drüben! Ich kann ihn sehen!" oder „Nein nein, er ist in die andere Richtung!" Nach einer Wartezeit, die uns unendlich vorkam, kamen die Männer endlich zurück und sahen reichlich mitgenommen aus. „Wir haben ihn in die Ecke getrieben", berichtete einer von ihnen, „aber dann ist er über den Zaun gesprungen." Raquel und ich seufzten beide gleichzeitig. Was sonst sollte man von einem Wolf erwarten, den man in die Ecke treibt? Und offensichtlich war er gesprungen, bevor der Veterinär mit seinem Narkosegewehr zielen konnte.

Was als Nächstes passierte, hätte direkt aus einem Actionfilm stammen können. Amtsveterinär und Mitarbeiter rannten jeweils zu ihren Autos, Raquel und ich zu unseren Jeeps. Die Beamten hatten eine ungefähre Vorstellung, in welche Richtung der Wolf gelaufen war, weshalb wir mit quietschenden Reifen hinter ihnen herfuhren. Wir schlängelten und drängelten uns durch den dichten Verkehr von Los Angeles, wobei wir im Bemühen, mitzuhalten, öfter mal schleuderten und rutschten. Block um Block flog an uns vorbei. Irgendwann machten Läden und Lagerhallen Wohngebieten Platz. Halt! Da war sie, eine große, schwarz-silberne Wölfin und streifte leise über die Mittellinie einer breiten, belebten Durchgangsstraße namens Victory Boulevard. Autofahrer machten Vollbremsungen und große Augen. Vermutlich dachten sie, sie hätten Halluzinationen. Zumindest würden sie beim Abendessen eine interessante Geschichte zu erzählen haben.

Die Wölfin rannte nicht mit voller Geschwindigkeit, aber trotzdem noch schnell genug. Wir folgten der trüben, silbernen Silhouette so gut es in dem strömenden Regen möglich war, wobei wir scharfe Kehrtwendungen und andere Manöver hinlegten, die einem auf Sicherheit bedachten Autofahrer sonst im Traum nicht einfallen würden. Wir alle waren komplett im Jagdfieber und hatten jeden Gedanken an Sicherheit beiseite geschoben. Endlich bog die Wölfin in eine breite Wohnstraße ein und fiel in Schritt. Wir alle folgten ihr. Die Autos der Veterinärbehörde überholten sie und hielten weiter hinten an. Die Beamten sprangen auf den Gehweg, die Fangstangen schon griffbereit. Raquel und ich kamen auf gegenüberliegenden Straßenseiten hinterher, die Fangseile fertig zum Werfen in der Hand, falls die Wölfin plötzlich die Richtung ändern würde. Diese schaute erst die Beamten vor ihr an, dann zu uns zurück und sprintete dann an den Männern vorbei, über die Straße und den Block hinunter. Wir rannten zu unseren Autos zurück und nahmen die Verfolgung wieder auf.

Inzwischen regnete es nicht nur, sondern es schüttete wie aus Eimern. Wir konnten kaum die Straße vor uns erkennen und schon gar nicht, wo der Wolf hingelaufen war. Nach einer gefühlten Stunde verrückten ziellosen Umherfahrens, das man normalerweise nur in einem Videospiel ausprobieren sollte, erspähten wir einen verschwommenen Schatten, der gerade in eine enge Gasse einbog. Wir waren inzwischen alle durchgefroren und erschöpft und die Beamten waren froh, unsere Unterstützung zu haben. Sie parkten ihre Autos vor der Einfahrt zu Gasse und baten uns, das andere Ende mit unseren Autos zu blockieren. Nachdem wir das erledigt hatten, standen wir wieder mit unserer Wolfsfang-Ausrüstung bereit. Jeder Beamte hatte neben seiner Fangstange auch noch Fangseile, während wir durchnässte Zivilisten unsere eigenen Fangseile hatten. Der Veterinär hatte sein Narkosegewehr schon angelegt, aber im Moment lief der Wolf noch zu schnell, um sauber auf ihn zielen zu können.

Raquel und ich standen etwa zwanzig Meter voneinander entfernt. Die Wölfin rannte an mir vorbei und mein Fangseil streifte ihr Nackenfell. Verflixt! Ich hatte danebengeworfen. Mit dem gleichen Ergebnis flitzte sie an den Beamten vorbei. Jetzt begann sie so langsam, Panik zu bekommen. Immer wieder kam sie hechelnd an einem von uns vorbeigerannt, die gelben Augen weit aufgerissen, und wir verfehlten sie immer nur knapp mit den Seilen. Plötzlich schoss sie in eine kleine Maueraussparung, die außer einer Mülltonne nichts enthielt. Der Veterinär rannte hinterher, zielte und schoss. Der Narkosepfeil fand in sein Ziel und die Wölfin sank zu Boden. Sie lag auf der Seite, den Pfeil in ihrer linken Flanke. Das lange, silbrige Fell hob und senkte sich schnell im Rhythmus ihrer beschleunigten Atmung. Ihre Augen wurden trübe und sie verlor schnell das Bewusstsein. Wir standen im Kreis um sie herum – um ein majestätisches, wildes Tier, das darauf reduziert war, verloren und hilflos auf dem schmutzigen Asphalt einer Großstadt zu liegen. Es war herzzerreißend. „Wir müssen sie ins Tierheim im East Valley zurückbringen," sagte der Tierarzt. Die Beamten hoben den Wolf vorsichtig in den Wagen und alle verabschiedeten sich voneinander. Auf dem Heimweg und fühlte ich Trauer für den gefangenen Wolf, Sorge für den anderen, der noch frei unterwegs war und vor allem Ärger über die Besitzerin, die die Tiere überhaupt in diese Lage gebracht hatte.

Am nächsten Nachmittag rief Tia an. Raquel, die bei ihren Nachbarn als „die Wolfslady" bekannt war (wie anscheinend wir alle), hatte morgens einen Anruf von einer Dame bekommen, die doch ein wenig überrascht gewesen war, einen Wolf unter der Veranda ihres Hauses vorzufinden. Wobei es sich natürlich um den vermissten Rüden handelte. Raquel war sofort hingefahren und hatte es geschafft, den Wolf mit Leckerchen, sanfter Stimme und unendlicher Geduld herauszulocken. Da er Menschen mehr oder weniger gewohnt und mehr als nur ein bisschen hungrig war, fraß er Raquel irgendwann aus der Hand und sie konnte vorsichtig das Seil über seinen Hals streifen. Sie hatte ihn selbst zum Tierheim gefahren. Ich konnte nicht anders, als zu denken, wie viel einfacher es doch auch für die Wölfin gestern hätte sein können, wenn man uns nur hätte helfen lassen.

Beide Wölfe blieben ein paar Tage im Tierheim, bis alle Vorkehrungen getroffen waren, um sie an einen Wildpark in der Nähe zu übergeben. Trotz meiner Bronchitis, die sich später noch zu einer leichten Lungenentzündung entwickeln sollte, fuhr ich beide im Tierheim besuchen. Man hatte sie zusammen in einem Gehege untergebracht. Ich hoffte, dass das ihnen zumindest ein bisschen Trost vermittelte, aber obwohl sie sich aneinander drängten, sahen beide schrecklich verängstigt und leidend inmitten von all dem Gebell und Tierheimchaos aus.

Raquel fand schließlich die Identität der Besitzerin heraus, aus deren Hof die Wölfe entlaufen waren. Sie meldete sich nie, aber das Tierheim hätte die Wölfe ohnehin nie an sie zurückgegeben. Ironischerweise waren in ihrer Wohngegend nicht nur keine Wölfe erlaubt, sondern ihr Zaun war auch nur ganze ein Meter zwanzig hoch gewesen! Er hätte noch nicht einmal einen großen

Hund lange aufgehalten, geschweige denn einen Wolf. Schließlich kam jemand vom Wildpark und nahm die beiden mit, und das war das Letzte, was wir von ihnen hörten. Ich kann nur hoffen, dass sie ihr restliches Leben in wohlverdienter Ruhe und in Frieden verbringen konnten.

Vom Wolf getroffen

In manchen Teilen der Welt bedeuten windige Tage nichts Gutes. Die Menschen werden launisch und reizbar, klagen über Müdigkeit, Schlaflosigkeit oder sogar Übelkeit, Frieren oder Migräne. Die Verbrechensrate steigt, die Einlieferungen in die Krankenhäuser schießen in die Höhe und es kommen mehr Selbstmordversuche vor als sonst. Was haben manche Winde an sich, dass sie all diese schlechten Auswirkungen haben? Zwei Worte: Positive Ionen.

Ionen – elektrisch geladene Atome – sind normalerweise zu gleichen Teilen positiv und negativ geladen. Herabfließendes Wasser wie zum Beispiel an Wasserfällen oder unter der Dusche schafft eine Atmosphäre negativer Ionen. Wissenschaftler haben herausgefunden, dass negative Ionen Neurosen und Angst lindern, Durst steigern und sogar Sexualverhalten stimulieren können. Positive Ionen haben den gegenteiligen Effekt. (Genau, Ladies, ab sofort können sie sagen: Heute Nacht nicht, Schatz – zu viele positive Ionen!) Von trockenen Wetterlagen verursachte und elektrisch positiv geladene Winde sind zum Beispiel in der Alpengegend als Föhn, in Italien als Scirocco, in Westkanada als Chinook oder Südkalifornien als Santa Anas bekannt. Die mit ihnen einhergehenden krankmachenden Auswirkungen erklären vielleicht, warum Phantom den Wind so hasst.

Weil unsere Mini-Ranch am Ende einer langen Talstraße eng an sanft abfallende Hügel geschmiegt ist, werden Luftströme dort hin- und hergeworfen und nehmen dabei an Kraft zu. Zu manchen Jahreszeiten ist es nicht ungewöhnlich, dass sie fast Hurricanstärke erreichen. Und weil Wölfe sensible Wesen sind, zeigten sie oft Beunruhigung und Erregung, wenn die Santa Anas bliesen. Sie liefen dann nervös mit erhobenem Fang hin und her, schnüffelten die Luft nach Gefahren ab und winselten häufig. Ich wünschte mir dann jedes Mal, ich könnte sie vor allem beschützen, was ihnen Angst macht. Ständig machte ich mir Gedanken, wie es ihnen wohl da unten im Gehege ging. Es war, als würde ein Teil meines Herzens außerhalb meines Körpers leben. Und so machte ich mich eines Tages, als die Santa Anas wieder zu heulen begannen, eilig auf den Weg die Treppen hinunter, um zu schauen, ob die Wölfe nicht allzu gestresst waren.

Sequoia und Heyoka schienen in Ordnung zu sein, wenn sie auch ein wenig hechelten. Phantom dagegen schien viel nervöser zu sein als sonst. Mein ständig wacher Mutterinstinkt sagte mir, ich müsste ins Gehege gehen und ihn zu trösten versuchen. Sorgfältig schloss ich das Gattertor hinter mir und ging zu einem der Holztische herüber, die C.C. und ich gebaut hatten. Es gab drei davon: Einen 1,50 m hohen in der Mitte mit stabilen Füßen aus Baumstümpfen und einer Leimholzplatte als Tischplatte sowie einen kleineren, einen Meter hohen jeweils seitlich davon. Die Wölfe hatten Spaß daran, sich gegenseitig um die Tische zu jagen, verspielt vom einen zum anderen zu springen und auf der anderen Seite wieder runter. Ich kletterte selbst auf den hohen Mitteltisch, machte Phantom auf mich aufmerksam und klopfte mit meiner Hand neben mich auf die Tischplatte. Wie ein einziger schwarzer Blitz war er dann immer neben mir und ich kratzte und kraulte ihn von Kopf bis Schwanz, während er wie eine zufrieden schnurrende Katze vor mir hin- und herlief. Manchmal rollte er sich sogar auf den Rücken, damit ich ihm den Bauch kraulen konnte. Das war ein Ereignis! Er ruderte mit seinen langen Schlaksebeinen in der Luft und quietschte vor Vergnügen. Keine Frage – Phantom war ein Wolf im siebten Himmel. Ich hatte genauso viel Spaß an diesen Sitzungen, aber immer ein bisschen Angst, er könnte dabei irgendwann vor lauter Herumwinden vom Tisch fallen. Was zum Glück nie passierte. Zum Abschluss dieser Besuche sprang Phantom immer zufrieden auf den niedrigeren Tisch herunter und dann auf den Boden, um weiter seinen eigenen Geschäften nachzugehen.

An diesem besonders windigen Tag saß ich auf einem der niedrigeren Tische und lehnte mich mit dem Rücken an den hohen. Phantom sprang, wahrscheinlich aus Gewohnheit, zuerst auf den niedrigen Tisch und dann an mir vorbei auf den höheren hinter mir. Während der Wind seine gespenstische Sonate durch den Maschendraht pfiff, konnte ich spüren, wie regelrechte Wellen der Spannung von Phantom ausgingen. Ich schaute mich nach den anderen Wölfen um und wünschte mir wieder, ich könnte sie vor allem beschützen, was ihnen Angst machte, als plötzlich mein Kopf mit ungeheurer Kraft nach vorn geschleudert wurde. Phantom war, zum ersten Mal überhaupt, vom hohen Tisch gesprungen, ohne dabei den unteren zu erreichen versuchen. Die Wucht des Schlages war unglaublich. Es fühlte sich an, als ob mir jemand mit einem Metallrohr auf den Hinterkopf geschlagen hätte – und zwar mit Schwung und mit einem schweren. Selbst in meinem Schockzustand war mir klar, dass ich sofort aus dem Gehege herausmusste. So sehr die Wölfe und ich uns auch gegenseitig mochten und vertrauten – es wäre sicher nicht gut für mich, bei ihnen eingesperrt ohnmächtig zu werden, und genau das befürchtete ich. Ich krabbelte vom Tisch und machte mich wacklig auf den Weg zum Tor.

Als ich mich draußen angekommen am Außenzaun festhielt, trafen mich Schwindel, Übelkeit, Orientierungslosigkeit und Schmerzen mit voller Wucht. Ich fiel auf die Knie. Als ich zu den Wölfen zurückzuschauen versuchte, stellte ich fest, dass ich meinen Kopf nicht mehr zur Seite drehen konnte. Das hier war etwas Ernstes und ich bekam richtig Angst. Langsam machte ich mich auf den Weg die Treppen hinauf, wobei ich mich kräftig am Geländer abstützen musste. Die 38 Stufen kamen mir wie 300 vor. Endlich schaffte ich es, ins Haus zu kommen und rief C.C. auf der Arbeit an. Eine Stunde später saßen wir im Wartezimmer vor der Notaufnahme des Krankenhauses. Mir war immer noch schwindlig und ich hatte Schmerzen, aber ich schaffte es, die nötigen Formulare auszufüllen. Als ich zu der Frage kam, welche Art von Unfall ich gehabt hätte, zögerte ich. Was sollte ich denn da schreiben? „Von einem Wolf getroffen?" Man würde mich zweifellos sofort an die Psychiatrie überweisen. Ich entschied mich für „Schleudertrauma" und hoffte, dass mir eine plausible Erklärung einfallen würde, bis der Arzt kam.

Die Ärztin, die mich dann untersuchte, war nett und freundlich und ich erzählte ihr letzten Endes doch ganz genau, was passiert war. Sie sah mich ein bisschen befremdet an, als ich berichtete, wie mein armer, verängstigter Wolf mich am Kopf getroffen hatte. Vielleicht fragte sie sich, wie stark mein Schädeltrauma wohl sein mochte, aber sie schien meine Erklärung zu akzeptieren. Wie sich dann herausstellte, hatte ich eine leichte Gehirnerschütterung, aber keine bleibenden Schäden. Es würde zwar eine Weile dauern, aber mein Hals würde wieder ganz heilen.

Damals war der Vorfall gar nicht lustig, aber im Nachhinein ist er es schon...oder gut, wenn vielleicht nicht gerade lustig, so doch wenigstens ungewöhnlich. Ich vermute, dass der Club der Menschen, die von einem Wolf am Kopf getroffen wurden, ziemlich wenige Mitglieder hat. Noch Jahre später erinnerte ich mich immer an diesen Tag, wenn die Santa Anas klagend heulten.

Apocalypse Now

Ich liebe es, wie sich unser Haus an die salbeibewachsenen Hügel schmiegt. Die Wüste ist wunderschön und die Tatsache, dass wir am Ende eines langen, unbefestigten Wegs in einem Canyon liegen, ist in vielerlei Hinsicht ein Segen. Es gibt praktisch keinen Autoverkehr und von den Nachbarn hört man nur sehr wenig. Andererseits sind von allen Seiten von hohen, trockenen Büschen umgeben, sodass wir praktisch mitten in einer Zunderkiste leben. Es gibt nur einen einzigen Ausgang aus dem Canyon heraus, und weiter entfernt als wir kann man davon nicht sein. Diese Tatsache wird besonders dann beunruhigend, wenn es sehr trocken ist, das Thermometer die Vierzig-Grad-Marke überschritten hat und diese verflixten Winde aufkommen. Die perfekten Zutaten für einen Waldbrand.

Die Monate von Juni bis Oktober gelten in Südkalifornien als „Feuersaison". Im Oktober und November, wenn die Santa Anas wie wütende Geister durch die Canyons fegen, ist die Gefahr noch größer. Der 21. Oktober 2007 war der Beginn unserer persönlichen Apokalypse. Wir hatten in den Nachrichten gehört, dass zu beiden Seiten von uns Waldbrände ausgebrochen waren. Der weiter entferntere von ihnen war in Castaic, knapp zwanzig Kiometer weiter nördlich. Der nähergelegene loderte nur 15 Autominuten die Straße hoch. Die Nachrichtensprecher im Fernsehen beschrieben die Windstärken als „hurricanähnlich". Sie übertrieben nicht. Wir hörten die Sturmböen ums Haus toben, an den Fenstern rütteln und wie kämpfende Kater singen. Unsere Notfall-Reisetaschen standen wie gewohnt griffbereit gepackt. Interessanterweise bestand meine aus wichtigen Papieren, Fotos und einer Garnitur Kleidung zum Wechseln, während C.C.'s ein vollständiges Reisegepäck war. Raten Sie mal, wer von uns beiden sich hätte etwas zum Anziehen ausleihen müssen, wenn es hart auf hart gekommen wäre.

Mojo war mit uns im Haus, weshalb ich mir um ihn keine besonderen Sorgen machte. Falls wir vor dem Feuer fliehen mussten, könnte er auf dem Beifahrersitz von C.C.'s kleinem Honda del Sol mitfahren und ich würde den Jeep fahren, weil dort Boxen in den Kofferraum passten. Sequoia war im Alter von dreizehn an einer seltenen Form von Krebs gestorben und ließ nur Phantom und Heyoka zurück. Ich hatte Transportboxen im Gehege stehen, die groß genug für beide waren, aber wie ich schon erzählte, war Heyoka immer schon sehr scheu und unglaublich schwierig einzufangen. Tief in meinem Inneren wusste ich, dass es in einem Notfall und bei Aufregung faktisch unmöglich sein würde, ihn einzufangen und in Sicherheit zu schaffen. Das war einer der Nachteile der Tatsache, dass wir ihn erst als Erwachsenen zu uns genommen hatten und keine Chance gehabt hatten, ihn frühzeitig zu sozialisieren und ans Angefasstwerden zu gewöhnen. Ich hatte mir schon Gedanken um Narkosegewehre und anderes gemacht, war aber letztendlich zu keiner gangbaren Lösung gelangt. Wir achteten aber darauf, alles trockene Gehölz und Gebüsch rund ums Gehege immer zu entfernen, damit ein Feuer wenig Nahrung haben und damit weniger bedrohlich sein würde.

Phantom mit seiner Furcht vor Wind war an diesem Tag extrem ängstlich. Er und Heyoka liefen nervös Runde um Runde im Gehege am Zaun entlang und schauten sich ständig um, so, als ob sie gleich etwas anspringen könnte. Mir selbst ging es auch nicht viel besser. Ich wanderte nervös durchs Haus, schaute aus den Fenstern und informierte mich im Fernsehen und Internet. Zumindest klang es von den Reportern aus nicht so, als ob sich die Feuer in unsere Richtung bewegen würden.

Der Wind tobte inzwischen so heftig, dass er fast ohrenbetäubend war, selbst noch durch unsere doppelt verglasten Wohnzimmerfenster. Was erklärte, warum wir nichts hörten, als die Polizei unsere Straße hinaufgefahren kam und durch ein Megafon zur sofortigen Evakuierung aufrief. Was wir wenig später allerdings schon hörten, war ein wildes Hämmern an unsere Haustür. Es war John, unser Nachbar von der anderen Straßenseite. Er wirkte gequält, und wir erfuhren bald, warum: Das Feuer war schon auf der Rückseite des Hügels hinter unserem Haus! Wir mussten sofort hier raus. Alle anderen Nachbarn waren schon gefahren.

Mein erster Gedanke galt den Wölfen. Während C.C. den Jeep belud, lief ich mit einer Tasche voll Wurst zum Gehege. Ich versuchte, so entspannt wie möglich zu wirken, als ich ins Gehege schlüpfte. Ich sprach ruhig mit Phantom, während ich ein Wurststückchen nach dem anderen auf den Boden warf, von wo er es mit seinen kräftigen Kiefern aufschnappen konnte. Ihn als „futtermotiviert" zu bezeichnen wäre eine pure Untertreibung gewesen, und zum Glück war er nicht zu gestresst zum Fressen. Unser verführerischer Würstchen-Tanz führte uns allmählich immer näher zum Tor der Fangschleuse und schließlich in sie hinein. Schnell ging ich hinter Phantom hinein und schloss die Tür. Ihn in die Box zu bekommen, war nun eine andere Frage. Ich hatte zwar etwas Vorarbeit geleistet, um ihn mit einer Box vertraut zu machen, aber mit drei Wölfen im Gehege war es immer extrem schwierig gewesen, zu üben. Außerdem hatte ich immer noch so viele andere Dinge zu tun, dass ich es irgendwann aufgegeben hatte.

Und so standen wir da nun, ich warf Wurststückchen in die Box und Phantom streckte misstrauisch den Hals vor. Er steckte seinen Kopf nur so weit hinein, wie es nötig war, um an die Wurst zu kommen und zog sich dann schnell wieder zurück. Während ich mit meinen lahmen Versuchen, ihn in die Box zu locken, weitermachte, überquerte das Feuer den Kamm des Hügels hinter unserem Haus und kam nun zu uns heruntergekrochen.

Da tauchte C.C. außen vor dem Gehege auf und rief mit atemloser, besorgter Stimme: „Komm los, Nicole! Wir müssen weg. Der Jeep steht unten an der Straße und ich muss zurück den Hügel rauf, um das Auto zu holen."

„Ich lasse Phantom nicht hier!" schrie ich. „Schnell, komm hier rein." Mit entnervtem Blick kam C.C. ins Gehege. Heyoka, der schon immer unverhohlen Angst vor Männern hatte und jetzt bei all dem, was passierte, besonders nervös war, hielt sicheren Abstand. Auch Phantom hatte immer ein bisschen Angst vor C.C. gehabt, trotz der Tatsache, dass dieser nette Mann ihm jeden Morgen Stückchen rohes Hähnchenfleisch zuwarf. (Wie war das nochmal mit der klassischen Konditionierung?). Aber egal. Ich hoffte, dass ich dieses bisschen Angst zu meinem Vorteil nutzen konnte.

„Komm her und stell Dich direkt neben die Fangschleuse," drängte ich. Als C.C. vorwärtsging, versperrte ich Phantoms Fluchtweg, sodass er nirgends anders hinkonnte als in die Transportbox. Phantom starrte auf die Boxenöffnung und sah sich dann nach anderen Möglichkeiten um. C.C. kam näher. Phantom zeigte jetzt vor Angst das Weiße in seinen Augen und machte einen Versuch, an mir vorbeizukommen. Ich blieb entschlossen stehen. Endlich ging er halb in die Box hinein – um dann quasi einzufrieren. Er hatte ganz klar Angst vor der Box, Angst vor C.C. und war vor Furcht fast gelähmt. Ich hatte keine Ahnung, wie er reagieren würde, wenn ich versuchte, ihn weiter hineinzuschieben. Würde er herumfahren und mich beißen? Ein ungehemmter Biss von einem Wolf, besonders einem verängstigten, so war mir klar, würde mich schwer verletzen. Aber wir hatten keine Zeit mehr. Ich schickte ein Stoßgebet zum Himmel, fasste Phantom um die Hüfte und schob. Eine Sekunde später schlug ich die Tür hinter ihm zu.

Phantom war einer der größten Wölfe, die ich je kennengelernt habe. Wie ich bereits erwähnte, wog er über sechzig Kilo und die riesige Transportbox brachte weitere 20 Kilo auf die Waage. Es muss der Adrenalinstoß gewesen sein, der mich und C.C. in die Lage versetzte, die Box aus dem umzäunten Grundstück hinaus auf die Straße hinaus zu schleppen, während wir aus dem Augenwinkel beobachteten, wie das Feuer immer schneller seinen Weg durch das trockene Gebüsch fraß. Es kam schon am Fuß des Hügels auf uns zu, und oben am Hügel loderte eine weitere Flammenwand auf das Haus zu. Es gab nichts, das wir tun konnten. C.C. rannte die Auffahrt hinauf und holte sein Auto. Ich machte den Kofferraum meines Jeep Cherokee auf, und als zurückkam, luden wir die Box hinein. Oder besser gesagt - wir versuchten, sie einzuladen. Ich hatte sie vor etlichen Monaten von Tia ausgeliehen und irgendwie angenommen, dass sie genau wie die anderen ins Auto passen würde. Ich verfluchte mich selbst dafür, dass ich so dumm gewesen war. Wieso hatte ich es nicht vorher ausprobiert? Phantom würde auf keinen Fall in eine kleinere Box passen, und uns lief die Zeit davon.

„Nicole," sagte C.C. in einem ernsten Tonfall, den ich noch nie von ihm gehört hatte, „wir müssen los." Er ging schnell vom Jeep weg los in Richtung seines Autos.

Der Käfig stand mitten auf dem staubigen Weg, und das Feuer kam näher. „Ich kann Phantom nicht einfach hierlassen!" schrie ich. Es musste doch irgendeinen Weg geben, ihn mitzunehmen. Schlimm genug, dass wir Heyoka zurücklassen mussten. Beide mitzunehmen schien einfach unmöglich. Allein der Gedanke daran schnürte mir die Brust so weit zusammen, dass ich dachte, ich müsste ohnmächtig werden. Aber ich musste mich auf die aktuelle Aufgabe konzentrieren. Durch den Rauch und die dichten Wolken aufgewirbelten Staubs konnte ich den verzweifelten Ausdruck in C.C.s Gesicht erkennen.

„Und *was* sollen wir machen?" rief er durch den Wind.

Ich wusste, dass er Recht hatte. Zu bleiben, wo wir waren, war extrem gefährlich für uns. Die Tränen liefen mir übers Gesicht. Ich fühlte mich vollkommen hilflos. Wie konnte ich die Wölfe zurücklassen? Wie konnte ich so dumm wegen der Box sein? Es musste doch irgendeine Lösung geben. Dass wir Heyoka nicht evakuieren konnten, hatte ich immer gewusst. Aber ich konnte doch Phantom nicht auch noch zurücklassen. Ich konnte einfach nicht.

Genau in diesem Moment materialisierte sich unser Nachbar John wie ein Engel aus dem Rauch. Durch den Staubsturm konnte ich erkennen, wie sein großer weißer Pickup den Weg heraufgefahren kam. Ich konnte sehen, dass auf der Ladefläche exakt genug Platz war, um eine große Box mit einem sehr verängstigten Wolf darauf unterzubringen. Vor Erleichterung schluchzend, winkte ich ihn zu uns. Er und C.C. hoben die Box schnell auf den Pickup. „Fahrt rüber zu Kriegsveteranen-Clubhaus," schrie John durch den Sturm. Wir sprangen in unsere Autos und fuhren den Weg hinunter, weg von den sich schnell nähernden Flammen.

Als wir die asphaltierte Hauptstraße erreichten, sahen wir, wie die Flammen zu unseren beiden Seiten die Berge herunter züngelten. Der Wind heulte. Überall war Staub, wie ein Sepia-Filter, der sich über die Landschaft legte. Wir folgten John den Sierra Higway entlang zum Parkplatz der Kriegsveteranen-Clubhaus und hielten neben ihm. Ich rannte sofort hinüber, um nach Phantom zu sehen. Er war ein einziges schwarzes, zitterndes Fellbündel, das sich so weit in die Ecke der Box drückte, wie es nur ging. Ich blinzelte durch den Staub, versuchte, den Wind mit meinem Körper abzuhalten und versuchte ihn zu beruhigen, was aber keinen sichtbaren Effekt zu haben schien. Ein paar der vorbeihastenden Leute fragten, wem denn der Wolf gehöre. Ich ignorierte sie, weil ich diesen Tag nicht als Coming-out-Party für Phantom geplant hatte und verdeckte den Vorderteil der Box so gut ich konnte mit einem Handtuch.

In dem kleinen, rustikal eingerichteten Gebäude, das als Bar und Treffpunkt der Kriegsveteranen diente, waren an der Rückwand Tische mit Pizzakartons, Getränken und anderen Notrationen aufgestellt. Einige unserer Nachbarn, John inbegriffen, waren regelmäßig hier zu Gast. Jetzt saßen sie an der Bar und unterhielten sich über das Feuer. Die großen Plasma-TV-Bildschirme an den Wänden zeigten alle die gleichen schrecklichen Bilder. Es war irgendwie unwirklich. Wir sahen die Berichterstattung im Fernsehen, und wenn wir unsere Köpfe aus der Hintertür streckten, zeigten sich uns die exakt gleichen Bilder. Wir setzten uns an die Bar. Die Leute aßen, tranken und tranken noch ein bisschen mehr. Wir klebten alle an den Fernsehern, um zu sehen, ob unsere Häuser brannten. Mehrere nette Menschen drängten mich, doch etwas zu essen, aber beim Gedanken an dem im Gehege eingesperrten Heyoka war mir so übel, dass ich mich entweder nur übergeben oder hyperventilieren konnte. Außerdem hatte ich schneidende Schmerzen in der linken Schulter, die, wie sich später herausstelle, von einem Riss der Rotorenmanschette stammten, den ich mir beim Versuch zugezogen hatte, Phantoms Box in den Jeep zu heben. Aber die Schmerzen waren im Moment meine geringste Sorge.

Ich stellte mir das Schlimmste vor. Ich glaubte zwar nicht, dass die Flammen sich bis ins Gehege fressen konnten, hielt es aber für möglich, dass Heyoka vom Rauch erstickt wurde. Ich hatte ehrlich keine Ahnung, ob wir ihn lebend vorfinden würden, wenn wir zurückkamen. Als ich meine Sorgen einem Mann mitteilte, der neben mir an der Bar saß, fragte er, wieso wir Heyoka nicht einfach freigelassen hätten. Der Gedanke mochte zwar logisch erscheinen, aber Tatsache ist, dass wir in dem Fall praktisch keine Chance gehabt hätten, ihn je wieder einzufangen. In dem Tierheim, in dem er fast sein ganzes Leben verbracht hatte, hatte er nie etwas tun müssen, um sein Futter zu verdienen – abgesehen davon, dazuliegen und niedlich auszusehen. In freier Wildbahn wäre er langsam verhungert.

Nachdem ich Phantoms Box abgedeckt hatte und bevor ich die Bar gegangen war, hatte ich noch mit Tia telefoniert. Sie hatte sich sofort auf den Weg zu uns gemacht. Als sie ankam, brachte ich außer wiederholtem hysterischem Stammeln „Heyoka! Ich hab es nicht geschafft, ihn rauszubringen!" nichts Sinnvolles hervor. Polizei und Feuerwehr hatten uns erklärt, dass niemand mehr über die Hauptstraßen zurück in Richtung Feuer gelassen werden würde, aber Tia kannte einen Schleichweg. Mit zwei Helfern machte sie einen waghalsigen Versuch, einen Weg die gefährlichen Straßen entlang zu finden, um Heyoka zu retten. C.C. folgte ihnen, während ich zurückblieb, um ein Auge auf Phantom in der Box und Mojo im Auto zu behalten.

Wenn irgendjemand einen verängstigten Wolf fangen und in die Box schaffen konnte, dann Tia. Ich heulte, wartete und heulte. Endlich kamen sie irgendwann zurück. Sie waren auf halbem Weg zum Haus von der Polizei zurückgeschickt worden. Mir rutschte das Herz in die Hose und mein einziger Trost war die Tatsache, dass wir Phantom herausgebracht hatten. Wir luden die Box in Tias Bus um, und sie fuhr mit Phantom an Bord durch die orange glühende Landschaft davon. Er würde die Nacht in der Box in ihrem Bus verbringen. Da war zumindest fürs Erste sicher.

Die nächsten zwei Stunden lang passten wir auf Mojo auf, schauten die Nachrichten und warteten. Die Neuigkeiten waren eher schlecht. Das Buckweed Fire, wie es getauft worden war, war noch ganz und gar nicht unter Kontrolle. Der weiterhin wütende Wind hatte zur Folge, dass es sich in alle möglichen Richtungen ausbreitete. Viele Gebäude waren bedroht und manche brannten schon, aber aus den Nachrichten war schwer zu schließen, wo genau sich diese befanden. Seltsamerweise hatte ich bis zu diesem Moment noch keinen Gedanken an unser Haus verschwendet. Natürlich wäre es schrecklich, wenn wir es mitsamt all unseren Habseligkeiten verlieren würden. Aber Heyokas Sicherheit nahm in meinen Gedanken im Moment den ersten Platz ein.

Meine Freundin Leslie lebte im San Fernando Valley und hatte uns angeboten, bei ihr zu übernachten. Sie wohnte in einem kleinen Gästehaus auf dem Grundstück eines freundlichen älteren Ehepaars, das Hunde mochte. Es gab dort noch einen leeren Zwinger und die beiden hatten Leslie gesagt, wir könnten gerne Mojo für die Nacht dort unterbringen. Nachdem wir eine weitere Stunde in der Bar gesessen hatten und die Nachrichten nichts Neues brachten, war es fast Mitternacht und wir beschlossen, Leslies Angebot anzunehmen. Wir machten uns auf den Weg auf die raucherfüllten Straßen.

Die Szenerie auf den Straßen war surreal. Es war eine Feuerhölle, die reinste Apokalypse. Flammenwände umfingen uns zu beiden Seiten und schossen Funken in den Himmel. Rauch und Staub waren so dicht, dass wir kaum die weißen Straßenmarkierungen erkennen konnten. Endlich schafften wir es bis zum Freeway. So besorgt ich auch um Heyoka war - mit jedem Kilometer, den wir zurücklegten, spürte ich Erleichterung, die schreckliche Szenerie hinter mir zu lassen und saubere Luft zu atmen.

Wir kamen um zwei Uhr nachts mit roten Augen und nach Rauch stinkend an Leslies Haus an. Wir brachten Mojo im Zwinger unter und fischten einen Satz Wechselklamotten aus unseren Taschen. Nachdem wir Leslie die Ereignisse des Abends berichtet und uns online vergewissert hatten, dass die Lage sich nicht weiter verändert hatte, gingen wir alle schlafen. Oder vielmehr – Leslie zog sich in ihr Zimmer zurück und C.C. und ich legten uns auf die Bettcouch, die sie für uns zurechtgemacht hatte. Ich konnte nicht einschlafen. Die Minuten tickten qualvoll langsam vorbei, während ich immer wieder die gleichen unangenehmen Bilder vor meinem inneren Auge sah: Wie das Feuer unaufhaltsam den Hügel zu uns heruntergekrochen kam. Ich, wie ich mit Phantom in der Box mitten auf dem Weg stand und mich völlig hilflos fühlte. Der im Gehege gefangene Heyoka. Heyoka. Ich versuchte, leise zu weinen, um C.C. nicht zu wecken. Was war ich bloß für eine Tierschützerin, dass ich Heyoka dort zurückgelassen hatte? Wie sollte ich damit leben können, wenn ihm etwas passiert war? Obwohl ich mir einzureden versuchte, dass sicher alles gut werden würde, konnte ich nicht anders, als mir immer wieder Vorwürfe zu machen.

Letzten Endes fand ich überhaupt keinen Schlaf. Aber am Morgen ging trotz meiner endlos wiederholten Schreckensvisionen die Sonne wieder auf. Sobald C.C. wach war, schaltete ich den Fernseher ein. Die Feuer waren immer noch außer Kontrolle und es waren weitere Häuser abgebrannt. Unser Nachbar John hatte mir seine Handynummer gegeben, bevor wir uns an der Kriegsveteranenbar verabschiedet hatten und gesagt, dass wir ihn jederzeit anrufen könnten. Auch er kannte alle Schleichwege und hatte vorgehabt, sich zu seinem Haus zurück zu stehlen – trotz der offiziellen Warnung, wegzubleiben, bis die Lage gesichert war. Es war sechs Uhr morgens, als ich ihn anrief, und offensichtlich hatte ich ihn geweckt. Ich entschuldigte mich schnell und fragte, wie die Lage sei. „Oh Mann", sagte er, und man hörte seiner Stimme an, wie erschöpft er war. „Die Feuerwehrleute haben Euer Haus gerettet. Sie standen von Mitternacht bis halb fünf morgens in Eurer Einfahrt."

„Heyoka? Wie geht es Heyoka? Du weißt schon, der Wolf im Gehege."

„Mach Dir keine Sorgen", sagte John. „Dem geht's gut." Ich stieß einen Seufzer der Erleichterung aus.

„Das waren übrigens vier Feuerwehrfrauen", berichtete John weiter. „Ich habe noch nie eine Feuerwehrmannschaft gesehen, die nur aus Frauen besteht. Sie haben sich alle richtig Sorgen gemacht, dass der Wolf genug Wasser hatte und es ihm gut ging. Sie haben die ganze Zeit nach ihm geschaut. Wirklich, er ist in Ordnung, und Euer Haus auch. Ich glaube, ihr könnt jetzt zurückkommen."

Es war, als ob eine Klammer, die sich seit gestern die ganze Zeit um mein Herz geschlossen hatte, sich endlich lösen würde. Ich berichtete die guten Neuigkeiten an C.C. weiter und dann auch an Leslie, als sie wach wurde. Nachdem wir Mojo gefüttert, schnell gefrühstückt und Leslie zutiefst für die Gastfreundschaft in der Not gedankt hatten, machten wir uns auf den Weg nach Hause.

Es hatten rund um Los Angeles mehrere große Feuer gebrannt, die alle außer Kontrolle waren und die wenigen Feuerwehrleute kämpften auf einem riesigen Gebiet. Als der größte Brand – das Station Fire – am 16. Oktober endlich unter vollständiger Kontrolle war, waren über sechzigtausend Hektar Land und 209 Gebäude verbrannt, darunter 89 Wohnhäuser. Zwei Feuerwehrleute waren bei dem Versuch, den Flammen zu entkommen, gestorben, als ihr Wagen eine Klippe herunterstürzte. Es war der größte Waldbrand in der jüngeren Geschichte von Los Angeles und war, wie man später feststellte, durch Brandstiftung verursacht worden. Das Buckweed Fire, das von einem zehnjährigen Jungen verursacht worden war, der mit Streichhölzern spielte, hatte fünfzehntausend Hektar Land vernichtet. Angesichts dieses tragischen Ausmaßes der Feuer hatten wir wirklich Glück gehabt. Dass unser Haus gerettet werden konnte, war schon ein Wunder, aber hauptsächlich war ich vor allem dankbar dafür, dass wir alle gesund waren.

Wir passen heute immer noch auf, dass das Buschwerk nicht zu nah ans Haus heranwächst. Aber jedes Mal, wenn das Thermometer auf über vierzig Grad steigt und die Winde heulen, kann ich nicht anders, als an die flammende Apokalypse dieses schrecklichen Tages zu denken. Nervös halte ich dann Ausschau und warte.

Skorpione, Taranteln und Klapperschlangen

In Brooklyn, New York, aufzuwachsen war in jeder nur erdenklicher Hinsicht etwas vollkommen anderes, als mit Wölfen in der Wüste zu leben. Meine Erfahrungen mit Wildtieren hatten sich darauf beschränkt, dass ich mich über die aus der Küchenspüle flitzenden Kakerlaken erschreckte, wenn ich spät abends das Licht anmachte, um mir noch etwas aus dem Kühlschrank zu holen. Oder den fetten Ratten zu begegnen, die in der ganzen Stadt in der Umgebung der U-Bahn lebten. Wenn Sie glauben, solcherart Begegnungen hätten mich in gewisser Weise darauf vorbereitet, mit erschreckendem Kleingetier umzugehen, dann täuschen Sie sich. Ich war in keinster Weise für die Wesen der südkalifornischen Wüste bereit.

Fairerweise muss man sagen, dass nicht alle wilden Wüstenbewohner angsteinflößend sind. Da gibt es fingerlange, blassgrüne Eidechsen, die sich auf den Steinen vor dem Haus sonnen oder an den Rauputzwänden der Veranda kleben und darauf warten, dass nichtsahnende Insekten vorbeifliegen.

Singvögel sitzen in den üppigen Pfefferbäumen oder baden in den vom Rasensprenger zurückgelassenen Pfützen. Manchmal bauen sie auch Nester auf den flachen Holzabdeckungen der Windspiele, die vor der Haustür hängen. Oft ist Vogelgezwitscher die einzige Klangkulisse in diesem ruhigen Canyon.

Außerdem teilen wir uns die Hügel mit einer großen Population von grauen, langohrigen Baumwollschwanz-Wüstenkaninchen. Mit ihren großen, braunen Augen, den langen Ohren und den fluffigen weißen Schwänzchen sehen sie fast künstlich niedlich aus, wie kleine Stofftiere. Sie lieben die stacheligen Früchte unseres wuchernden Mega-Kaktusses, der sich fast über die ganze Vorderfront des Hauses erstreckt. Jedes Jahr, wenn Godzilla, wie C.C. das grüne Ungeheuer genannt hat, seine pflaumenähnlichen Früchte produziert, pflückt C.C. sie vorsichtig mit einer riesigen Zange und rollte sie zu der eifrig wartenden Häschenversammlung über den Boden. Sie erwarten ihn jeden Abend, wenn er von der Arbeit kommt. Es fehlt nur noch, dass sie in die Pfötchen klatschen und „Es ist Zeit!“ rufen. Sie haben ihn wirklich gut trainiert.

Als Zuschauerin beim jährlichen Hasen-Früchtegelage habe ich ein paar Dinge gelernt. Zum einen, dass diese ach so niedlichen Baumwollschwänzchen rundheraus frech werden können, wenn es um Dinge geht, die ihnen wichtig sind. Sie springen als Demonstration häsischen Draufgängertums steil in die Luft und versuchen, sich gegenseitig die Früchte abzujagen. Teilen kommt manchmal vor, aber nur kurzfristig. Und es ist definitiv irgendetwas ganz Besonderes in den Kaktusfrüchten – etwas, das Kaninchen betrunken macht. Gut, vielleicht ist nicht ganz ein kollektiver Hasenrausch, was da vor sich geht, aber es sieht auf jeden Fall so aus. Mit zitternden Tasthaaren knabbern sie sich durch die raue Fruchtschale, bis sie das süße, saftige Innere freigelegt haben. Wenn sie genug davon gefuttert haben, wackeln sie wie kleine pelzige Trunkenbolde durch die Gegend und versuchen vergeblich, mit schwachen Pfoten die verräterischen dunkelroten Flecken rund um ihr Mäulchen herum zu entfernen. Aber so sehr sie die Früchte auch lieben, halten sie ihre riesigen Radarohren doch immer auf Empfang in Richtung des lokalen Raubtier-Radiosenders namens Kojote FM, der, so bin ich sicher, rund um die Uhr eine Version des alten Iron Maiden-Songs „Run to the Hills“ spielt.

Als wir unser Anwesen kauften, war eins der ersten Dinge, die wir neben dem Bau des Wolfsgeheges unternahmen, die Errichtung eines Maschendrahtzauns auf der Rückseite des Hauses, um einen großen Hundeauslauf zu schaffen. Dabei sollte der Zaun nicht nur die Hunde drinnen, sondern auch die Wildtiere draußen halten. Zu unseren wilden Nachbarn zählen jede Menge der zuvor erwähnten Kojoten sowie gelegentlich auch der ein oder andere Rotluchs. Die Kojoten kommen selbstbewusst die Hügel hinuntergetrottet und stehen manchmal direkt am Zaun, um das Haus anzustarren. Was ein Problem war, als Mojo noch lebte und er einen Kojoten auf *seinem* Grundstück erspähte. Dann raste er mit aufgestellten Nackenhaaren und knurrend aus dem Haus, stellte sich auf die Hinterläufe und bellte den Eindringling wutentbrannt an. Oft genug stand der Kojote dann nur da und schaute Mojo an, als ob der seinen Verstand verloren hätte.

Als Mojo älter wurde, wurde all das wilde Herumspringen immer schlechter für seine Hüften und ich versuchte, die Kojoten zum Gehen zu überreden, bevor er sie entdeckte. Meine Verbannungsversuche waren manchmal effektiv, manchmal aber auch nicht so besonders. Ich marschierte dann immer energisch zum Zaun und kommandierte mit harschem Tonfall: „Geht nach Hause!" Meine Proklamation unterstützte ich noch mit einer autoritären Armbewegung. Manchmal funktionierte es tatsächlich, zu anderen Zeiten hatte ich nicht mehr Erfolg als Mojo. Der Kojote blieb sichtlich unbeeindruckt einfach stehen und guckte. Ich konnte fast die über seinem Kopf schwebende Gedankenblase sehen: „Ich bin hier *zuhause.* Und wer bist du?" Irgendwo hatte er Recht.

Kojoten haben ein hohes, markerschütterndes Jaulen, das sich anhört wie der Schrei einer Todesfee und etwas ganz anderes ist als das tiefe, kummervolle Heulen, das Wölfe hervorbringen. Der schrille Chor von *Jaajaajaajaajs* klingt, als seien mindestens zehn Wilde in den Hügeln versteckt, die gerade irgendetwas Niedliches, Pelziges in Stücke rissen. Wenn man es mitten in der ruhigen Nacht hört, gefriert einem das Blut in den Adern. Aber kürzlich erfuhr ich etwas Interessantes, als ich zum Wolfsforschungscenter „Wolf Park" nach Indiana fuhr. Unser privater Tourguide führte uns unter anderem an einem Paar in Gefangenschaft lebender Kojoten vorbei. Ich erzählte von den Geräuschen, die ich bei uns nachts in den Hügeln hörte und fragte, ob Kojoten in Rudeln jagen würden. Woraufhin der Guide das Kojotenduo zum Heulen animierte. Da standen ganz klar nur zwei Kojoten vor uns, aber es hörte sich definitiv an wie ein ganzer Chor. Der Klang ihres Heulens lässt mir in dunklen Wüstennächten immer noch die Nackenhaare zu Berge stehen, aber immerhin ist es gut zu wissen, dass vermutlich doch weniger Banden marodierender Kojoten da draußen sind, als ich dachte.

Trotz ihres furchterregenden Heulens habe ich eine gewisse Schwäche für die Kojoten. Sie sind wunderschöne und effiziente Räuber, die sich verteidigen oder im Bruchteil einer Sekunde verschwinden können. Auch die Luchse sind exotische, elegante Wesen, die mich faszinieren und mich jedes Mal nach meiner Kamera rennen lassen. Meine Zuneigung zu den Kreaturen der Wüste erstreckt sich allerdings nicht auf die Skorpione, für die ich leider keine warmen und zärtlichen Gefühle in mir entdecken kann. Der erste, der mir zu Augen kam, wohnte in meiner Badewanne. Zum Glück befand ich mich nicht zur gleichen Zeit in der Badewanne. Zum Glück für den Skorpion war auch gerade kein Wasser drin. Normalerweise schiebe ich Spinnen und andere Insekten immer in irgendein Deckelglas und bringe sie nach draußen, wo ich ihnen viel Glück für ihren weiteren Weg wünsche. Aber da ich keine Ahnung hatte, wie Skorpione auf Fangversuche reagieren könnten – können sie springen? Wenn ja, wie hoch und wie schnell? – weckte ich meinen Mann und bat ihn, Mr. Stachelschwanz doch bitte nach draußen ins schöne Außengelände zu geleiten. Anschließend ging ich online und suchte nach Informationen über Skorpione. Im Rückblick kann ich sagen, dass ich mächtig Glück gehabt habe, nur die kleine gelbe Variante zu treffen. Falls ich jemals einem, begegne, der diesen großen, schwarzen Science Fiction-Monstern ähnelt, wie ich sie auf den Webseiten gesehen habe, dann werden Sie meine Schreie bis zu Ihnen nach Hause hören.

In den zehn Jahren, die wir hier leben, hatten wir neun Skorpione im Haus. Wir erschrecken uns zwar jedes Mal, wenn uns einer über den Weg läuft, aber wir haben uns auch an sie gewöhnt. Vielleicht denken Sie, die Skorpione und vielleicht ein paar Bienen oder Motten sind die einzigen Kriech- und Krabbelviecher, die es ins Haus schaffen, aber weit gefehlt. Eines Abends lag ich auf dem Sofa und schaute fern. Ich war schon halb eingenickt, als irgendetwas über die Fußleiste der gegenüberliegenden Wand huschte. Ich setzte mich aufrecht hin und blinzelte ins Dämmerlicht, konnte aber nicht erkennen, was es gewesen war. Ich stand auf und bat C.C., doch unser Käferglas holen zu gehen. Während er in der Küche war, kroch ich näher heran, um besser zu sehen. „Äh, Schatz? Wir brauchen ein größeres Glas" rief ich und kam mir vor wie Roy Schneider in „Der weiße Hai". Die Tarantel war schwarz, haarig und hatte ungefähr die Größe meiner Faust. Glauben Sie mir, Sie möchten nicht, dass etwas, auf das diese Beschreibung passt, in Ihrem Haus herumkriecht. Zum Glück schaffte es mein Ritter im leuchtenden Nachthemd, die Tarantel sicher ins Glas und nach draußen zu schaffen.

So verstörend all die gerade erwähnten Kriech- und Krabbelviecher auch sein mögen, keins von ihnen ist so furchterregend und auch nicht so gefährlich wie die Königin der schrecklichen Wüstenwesen, die Klapperschlange. Mit den Jahren habe ich gelernt, mich mit verschiedenen Schlangen zumindest abzufinden. Ich habe kein Problem mit den ungiftigen, solange wir uns an unsere ungeschriebene Abmachung halten, uns gegenseitig zu ignorieren. Die Königsnattern zum Beispiel helfen, die Mäusepopulation zu regulieren und die gefährlicheren Schlangen auf Abstand zu halten, weshalb sie jederzeit willkommen sind, unter unserem Haus ihr Lager einzurichten. Königsnattern, Gophernattern, alles in Ordnung. Aber Klapperschlangen? Sie bringen dieses Mädchen aus Brooklyn völlig zum Ausflippen, und der Umgang mit ihnen fällt definitiv nicht in meinen Tätigkeitsbereich. Aber wie sich herausstellte, musste ich dank Phantom genau das tun.

Vor ein paar Jahren hatte C.C. im Sommer eine Klapperschlange hinter dem Haus gefunden, und zwar direkt unter dem Maschendrahtzaun am Hügel. Sie war tot. Die rautenförmig gemusterte Haut war aufgeschlitzt , als ob sie eine Reptilvariante von Harakiri begangen hätte. Offensichtlich hatte sie versucht, durch den scharfen Draht eines Zauns zu schlüpfen, den die Vorbesitzer in dem erfolglosen Versuch errichtet hatten, einen Gemüsegarten anzulegen. Natürlich war mein erster Gedanke, dass die Schlange auch leicht hätte durch den Maschendraht gelangen und die Hunde beißen können, die vermutlich nicht wussten, dass meine gefährliche Schlange besser in Ruhe ließ. Ich recherchierte im Internet und fand ein Ding namens Schlangenzange, ein Gerät, das speziell dazu hergestellt wird, schleichende und schlängelnde Schlangen so aufzuheben, dass weiche und bissanfällige Menschlein sich dabei deutlich sicherer fühlen. Und nicht nur das, es gab sogar ein spezielles Behältersystem, um die Schlange nach dem Fangen hineinzustecken. Ich bestellte beides, denn was hat man schon davon, die Schlange in der Zange zu haben, aber nichts, wohin man sie sicher verstauen kann?

Die Schlangenzange bestand aus einer blauen, einen Meter langen Aluminiumstange mit zwei dicken Metallgriffen am Ende, die, wenn man sie zusammendrückte, die Zange wie ein paar stählerner Kiefer zum Schließen brachte. Das Behältersystem war weniger ein „System" als vielmehr ein langer, enger Leinensack mit einem weiteren Sack, der am Ende einer Metallstange hing. Die kleine dreieckige Sacköffnung wurde von einem festen Metallring offen gehalten. Auch wenn ich mich etwas besser fühlte, nachdem ich die Zange besaß, konnte ich mir nur schlecht vorstellen, sie auch zu benutzen. Als ob allein das Anfassen der Zange eine Klapperschlange herbeibeschwören könnte, verstaute ich sie hinten im Besenschrank und vergaß sie bis auf Weiteres.

Ein Jahr später ging ich an einem brüllend heißen Hochsommertag hinunter ins Wolfsgehege, um Phantom zu besuchen. Heyoka war in diesem Jahr im Februar gestorben und Phantom war allein zurückgeblieben. Wegen Phantoms Temperament (bezeichnen wir es einmal als „anspruchsvoll") war es nicht möglich gewesen, ihn gefahrlos mit einem anderen Wolf aus der Rettungsstation zu vergesellschaften. Weil er jetzt allein war, hatte ich mehr Zeit mit ihm verbracht und ihn mit allen möglichen Varianten von Leckerchen, Streicheln und Bauchkraulen ganz schön verwöhnt. Wenn er meine Schritte auf der Holztreppe hörte, begann er vor Aufregung auf und ab zu springen, hin und her zu laufen und seinen großen Fang zwischen Maschendraht und Torpfosten hindurchzustecken, um auch ja meine Aufmerksamkeit zu bekommen. Aber heute war er nirgends in der Nähe des Tors zu sehen. Als ich die unterste Stufe erreichte, sah ich, wie er nervös in einem großen Bogen im hinteren Bereich des Geheges hin- und herlief. „Was ist in Dich gefahren, Kumpel?", rief ich. „Komm her, ich bin Dein letzter Freund," scherzte ich, als ich mich bückte, um die Kette, die das Tor verschloss, aufzuhaken.

Das Eingangstor war wie der Rest des Zauns aus dickem Maschendraht gemacht, aber nachdem ein Wolf einen Teil des Drahts durchgebissen hatte, hatten wir außerdem noch eine Leimholzplatte mit Draht davor befestigt. Was erklärt, warum ich nichts sehen konnte, als ich dahockte und meine Hand zwischen Tor und Pfosten durchsteckte, um die untere Kette loszufummeln. Schließlich hatte ich den Haken auf. Ich richtete mich auf, schloss das Schloss auf, schob den Riegel zurück und machte das Tor auf. Und hielt die Luft an. Vor meinen Füßen, genau vor dem Tor und *exakt da, wo ich gerade meine Hand durchgesteckt hatte*, war eine dunkel- und hellbraun gemusterte Schlange mit eckigem Kopf und Rasseln am Schwanz. Auch wenn ich Klapperschlangen bis jetzt nur auf Fotos gesehen hatte – hier war keine Verwechslung möglich.

Die Schlange hatte sich eingeringelt, sah aber nicht nach Angriff aus, sondern eher so, als würde sie die sommerliche Wärme genießen. Vorsichtig ging ich einen Schritt zurück und schloss leise das Tor. Ich streckte meinen Arm mit der Handfläche nach vorn in Richtung Phantom, um ihm zu signalisieren, dass er da hinten bleiben sollte. Er schaute mich mit wildem Blick an, als ob er sagen wollte: „Sehe ich vielleicht so aus, als ob ich in die Nähe von dem Ding da gehen würde?" Ich schaute mich nach dem metallenen Hundehäufchen-Entsorger um, mit dem ich das Gehege saubermachte. Ob er auch wohl auch als Schlangenentsorger fungieren könnte? Die Vorstellung einer sich aus dem Metallbehälter aufbäumenden Schlange war aber nicht gerade dazu geeignet, Vertrauen zu erwecken. Dann fiel mir die Schlangenzange wieder ein. Mit viel zu schnell pochendem Herzen rannte ich die Treppe zum Haus wieder hinauf und schnappte Zange und Sack. Ich war gerade wieder an der Haustür angelangt, als mir einfiel, dass ich das Instrument noch nie benutzt und keine Ahnung hatte, was ich da eigentlich tat. Aber da war eine tödliche Schlange bei meinem Wolf im Gehege! Mojos großer schwarzer Kong lag mitten in der Diele und ich versuchte, ihn übungshalber mit der Zange aufzuheben. Na also, war doch gar nicht so schwer. Bewaffnet und bereit, meinen Jungen zu verteidigen, rannte ich wieder nach unten.

Phantom vollführte immer noch seinen „Mama, halt mir das fiese Ding da vom Hals!"-Tanz. Mit der Zange in der einen und dem Leinensack an der Stange in der anderen Hand öffnete ich leise das Tor. Die Klapperschlange war noch genau da, wo sie gewesen war. Gut so. Ich schickte ein stilles Stoßgebet zum Himmel und streckte die Stange in ihre Richtung aus. Mit einer ruhigen, entschlossenen Bewegung schloss ich die Zange um ihren glatten, schuppigen Hals. Und hob einen Moment später schon den dicken, gut anderthalb Meter langen Körper in die Luft. Die Schlange war *schwer*. Das Foto auf der Internetseite hatte eine ruhige Schlange gezeigt, die sich brav im Sack verstauen ließ. Diese Schlange hier war aber nicht nur schwer, sie war auch nicht mehr ruhig. Sie schien vielmehr rundheraus verärgert, dass sie in ihrem Mittagsschlaf gestört worden war. Die letzten dreißig Zentimeter ihres Körpers rollten sich auf und schlugen, sodass ich die berüchtigten Rasseln am Schwanzende gut sehen konnte. Es mussten mindestens sechs oder sieben sein, aber sie zu zählen war jetzt gerade nicht mein vorrangiger Gedanke. Das Schwanzschlagen machte es schwierig, die Schlange mittig über die Sacköffnung zu halten und das Klappergeräusch ging mir durch Mark und Bein! Schließlich bekam ich das klappernde Ende in die richtige Position, senkte die Schlange in den Sack ab und öffnete die Zange. Irgendwie hatte ich angenommen, der Sack hätte eine Art Schnappverschluss, den man einfach zudrücken könnte, aber da waren nur Schnüre, die mir in diesem Moment schrecklich fadenscheinig vorkamen. Ich knotete sie einmal und zur Sicherheit dann noch ein zweites Mal zusammen. Wer konnte schon wissen, welche Houdini-mäßigen Fähigkeiten so ein gerissenes Klappervieh besaß?

Ich verriegelte das Tor wieder und stieß einen Seufzer der Erleichterung aus. Phantom ebenfalls, bin ich mir sicher. Alles war gut ... bis auf die Tatsache, dass ich nun einen Sack mit einer Klapperschlange drin an einer Stange festhielt. Was macht man in einer solchen Situation? Gab es dafür irgendeine Regel? Ich durchforstete mein Gedächtnis und kam zu keinem Ergebnis. Vorsichtig stieg ich die Treppen wieder hinauf und hielt den Sack schön weit von meinem Körper weg. Da fiel mir die große Kunststoff-Mülltonne hinter unserem Haus ins Auge. Ha! Das sah doch nach einer guten Option aus. Ich schlug den Deckel hoch und sah, dass sie bis auf ein paar Blätter am Boden leer war. Nervös steckte ich den Sack mitsamt Stange hinein, schloss den Deckel und konnte wieder weiteratmen. Für den Fall der Fälle legte ich noch einen schweren Pflasterstein oben auf den Deckel.

Jetzt hatte ich also eine Klapperschlange in einem Sack an einer Stange in einer Mülltonne. Das war ein Fortschritt, aber ich wollte die Schlange lieber *weghaben*. Eine schnelle Internetrecherche brachte mich zu der Webseite eines Mannes, der wohl so etwas Ähnliches wie der Schlangenflüsterer der hiesigen Gegend sein musste. Wenn jemand eine Klapperschlange auf seinem Grundstück fand und gewillt war, sie zu fangen anstatt sie zu töten, kam Hugo herausgefahren und nahm sie einem ab. Und nicht nur das – er nahm sie mit zu sich nach Hause, sorgte dafür, dass sie gut hydriert und glücklich war und ließ sie dann in einem unbesiedelten Stück Wildnis wieder frei. In meiner Fantasie malte ich mir einen Club Robinson für Schlangen aus, in dem die schlüpfrigen Gäste entspannende Massagen erhielten und wo im Hintergrund schlangenbeschwörende Musik spielte. Ich riss mich aus diesen Gedanken, rief Hugo an und bat ihn, so schnell wie möglich zu uns herauszukommen. Dann rief ich C.C. auf der Arbeit an und berichtete ihm, was passiert war. Sein Beitrag zur Unterhaltung bestand größtenteils aus „Du hast *was* gemacht?!"

Weniger als eine halbe Stunde später tauchte ein weißer Lieferwagen in der Einfahrt auf. Ein sympathisch wettergegerbter Mann in den Mittvierzigern sprang heraus und stellte sich als Hugo vor. Als er fragte, wo denn die Schlange sei, zeigte ich auf die Mülltonne auf der anderen Seite der Einfahrt und hatte keine Lust, näher heranzugehen. So sehr ich mich beim Einfangen der Schlange auch beherrscht hatte – jetzt zitterte ich am ganzen Körper. Während Hugo die Seitentür des Lieferwagens aufschob, erklärte er, dass er Mittelschullehrer war und Schlangen schon immer gemocht hätte. Er züchtete und rettete sie. Er hatte über dreihundert Schlangen in seiner Garage und eine offensichtlich sehr verständnisvolle Ehefrau. Als er einen kleinen Plastikbehälter mit luftdichtem Schraubverschluss aus dem Auto holte, schaute ich diesen zweifelnd an. „Ich glaube, Sie brauchen einen größeren Behälter," sagte ich getreu meinem Weißer-Hai-Motto.

In diesem Moment kam C.C. angefahren. Während wir in der Einfahrt standen und zuschauten, hob Hugo den Pflasterstein vom Mülltonnendeckel. Er holte den Sack an der Stange heraus und hatte schnell meine hastig gemachten Knoten geöffnet. Ich hatte erwartet, dass er nun den Sack geschickt so positionieren würde, dass die Schlange sicher in den Behälter gleiten würde und er diesen sofort verschließen würde. Stattdessen ließ er die Schlange auf den Asphalt fallen. Hatte dieser Mann denn kein Verständnis für die geistige Verfassung einer Person, die gerade einen Sack mit mehreren Knoten zugebunden und zur Sicherheit noch einen Pflasterstein auf den Deckel einer Tonne gelegt hatte? Ein Teil meines Verstandes versuchte zu begreifen, warum er die Schlange losgelassen hatte, während ein anderer mir den hilfreichen Rat gab: „Renn weg!"

Anstatt die Schlange unter Kontrolle zu bringen oder wenigstens mit ihr zu flüstern, begann Hugo uns eine spontane Kurzlektion über Schlangen zu erteilen. Während wir in einem großen Dreieck um die Schlange herumstanden, referierte Hugo über den natürlichen Lebensraum der Klapperschlange, erklärte, dass sie nicht von Natur aus aggressiv sei und ... „Äh, Hugo? Stehen wir nicht vielleicht ein bisschen nahe an ihr dran?" unterbrach ich ihn. Wir waren jeder etwas mehr als einen Meter von der Schlange entfernt, die zwar ruhig, aber auch völlig bewegungslos erschien. „Kann sie nicht nach uns schnappen?" Nein, stellte Hugo klar, die Angriffsdistanz einer Schlange betrage die Hälfte ihrer Körperlänge. Irgendwie beruhigte mich diese Rechnung nicht. Endlich holte er eine Stange mit einem Metallhaken am Ende herbei und senkte die Schlange in den Behälter ab. Erst, als er den Deckel fest verschraubt hatte, fiel mir auf, dass ich schon wieder die Luft angehalten hatte.

„Sagen Sie einfach Bescheid, wenn Sie mich brauchen", rief Hugo uns fröhlich über die Schulter zu, als er in seinen Lieferwagen stieg. Wie sich herausstellen sollte, riefen wir ihn tatsächlich wieder an, und zwar acht oder neun Mal während der nächsten sechs Jahre. Wir fingen weitere Klapperschlangen und sogar eine grüne Mojave, die den Titel der gefährlichsten Klapperschlangenart der Vereinigten Staaten hält. Na ja, wenn man schon gefährliche Schlangen mit der Zange fängt, dann kann man es auch gleich auf die beste anlegen, oder? Weil keine der Schlangen die Hunde oder Wölfe bedroht hatte und C.C. gerade zuhause war, wenn sie auftauchten, überließ ich ihm die Ehre, sie einzufangen und in den Sack zu stecken. Trotzdem ist es gut zu wissen, dass, wenn es hart auf hart kommt, dieses frühere Brooklyn-Mädel eine Klapperschlange fangen und ihre Caniden-Kinder beschützen kann.

Mit Wölfen leben

Immer wieder möchten die Menschen wissen, wie es denn ist, mit Wölfen zu leben. Lassen Sie mich das mit ein paar Beispielen aus unserem Alltagsleben illustrieren: Eines Tages kam C.C. nach der Arbeit ins Haus. Ich stand über einem blubbernden Topf am Herd und antwortete: „Rinderherz". So, wie er mich anschaute, dachte er wahrscheinlich, ich würde irgendwelche Molchaugen zum Nachtisch kochen.

Dabei war Rinderherz gar nicht mal das Schlimmste. Ich fütterte auch Pansen, der ebenfalls zu den Innereien zählt. Der Geruch war furchtbar und steht etwa in einer Reihe mit dem, den Hunde aus ihren Analdrüsen absondern. Appetitlicher sind da der Joghurt, von dem die Wölfe hier und da ein bisschen bekommen und die Eier, die es zwei Mal pro Woche gibt. Ich erinnere mich noch gut an das erste Mal, als ich Phantom ein rohes Ei gegeben hatte. Ich hatte mit drei Eiern im Korb außen vor dem Maschendrahtzaun gestanden. Er war so gierig auf eins, dass ich seins durch den Maschendraht hindurchsteckte. Mit seiner üblichen feinfühligen Art biss er seine Kiefer fest zusammen. Eiweiß und Eigelb spritzten überall hin! Ich konnte nicht anders, als den armen Phantom auszulachen, der mehr als nur ein bisschen überrascht aussah. Wenn einer dumm dreinschauend dasteht, sagt man im Englischen gerne „Der hat ein Ei im Gesicht", und beides war bei Phantom gerade der Fall. Zumindest war es Lernen durch Versuch und Irrtum und er nahm Eier in Zukunft vorsichtiger entgegen.

Wie schon zuvor erwähnt, machten Hähnchenrücken den Hauptbestandteil der Wolfsnahrung aus. Wir wechselten sie mit Truthahnhälsen als Fleischquelle ab und ergänzten mit weiteren Zutaten. So gab es püriertes Gemüse und die stets beliebten Innereien. Ich war fest entschlossen, das mit der Rohfütterung richtig zu machen. Mit drei zu stopfenden Wolfsmäulern (von den beiden Hunden einmal abgesehen) wurde das mit der Zeit teuer. So wurde ich Mitglied in einer Einkaufsgemeinschaft für Rohfutter, wo es durch die größeren Abnahmemengen der Gruppe bessere Preise gab. Dazu fuhren C.C. und ich einmal im Monat zu einem Abholpunkt im San Fernando Valley. Wir suchten die mit unserem Namen beschrifteten Kartons heraus, luden sie ein und fuhren nach Hause. Es gab Kartons mit Hähnchenrücken, Truthahnhälsen, Innereien und gelegentlich Fisch. Phantom, Heyoka und Sequoia schienen die Fischstücke alle drei zu mögen, genau wie die Sardinen in der Dose, die ich ab und zu im Supermarkt kaufte. Eines Tages kam ich auf die Idee, ihnen stattdessen doch ganzen Fisch zu füttern. Schließlich waren sie Wölfe, oder? Sicher würden sie einen ganzen Fisch mit größtem Vergnügen auseinandernehmen. So ging ich ins Gehege und warf jedem von ihnen einen ganzen Fisch hin. Von den dreien biss nur Sequoia an. Die Jungs standen nur verwirrt dreinschauend da und beschnüffelten und bepfötelten dieses seltsam aussehende Ding, das sich doch eigentlich im Wasser bewegen sollte.

Der größte Hit für alle drei war allerdings ein Hundeeis namens Frosty Paws. Sequoia schleckte es ganz damenhaft und anmutig aus dem kleinen Pappbecher, während Heyoka seins etwa eine halbe Sekunde lang anschaute und sich dann darauf stürzte. Phantom musste sich immer erst auf seinem wälzen, bevor er es fraß. Er ließ es zwischen seinen Pfoten herausfallen, dass es mit der Oberseite nach unten auf dem Kies landete. Dann beschnüffelte er es, legte den Kopf zur Seite und senkte den Hals. Sein Körper folgte, bis er letzten Endes komplett auf dem Rücken lag. Dann drehte und wand er sich mit rudernden Armen und Beinen hin und her, um seinen Pelz mit der süßen Leckerei einzureiben. Das war einer der komischsten Anblicke, die ich je genossen habe.

Mir war aber nicht nur wichtig, dass die Wölfe Abwechslung in ihrer Ernährung hatten, sondern auch, dass sie unterschiedliche Erfahrungen machten. Leider konnten wir ja aber nicht einfach mit ihnen aus dem Gehege herausspazieren. Was für mich eins der am schwierigsten zu akzeptierenden Dinge war. Dort, wo wir leben, ist die Haltung von Wölfen gesetzeswidrig, und auch wenn die Veterinärbehörde inoffiziell von der Existenz meiner Wölfe wusste und mich als Teil der Wolfsrettungsstation kannte, bestand ein Teil der Abmachung doch darin, dass die Tiere sicher verwahrt und niemals aus dem Gehege herausgebracht würden. Natürlich konnten sie sich bewegen, indem sie im Gehege rannten und spielten. Was ich ihnen nicht an Stimulation draußen geben konnte, versuchte ich, durch Interessantermachen ihrer Umgebung zu kompensieren. Wir hatten ja bereits die drei Holztische zum Draufspringen gebaut, und außerdem gab es noch eine riesige hölzerne Kabeltrommel von einer Elektrofirma, die ebenfalls Teil des Fitnessparcours wurde. Wenn es im Sommer heiß wurde, stellten wir eine große Plastikwanne ins Gehege und füllten sie mit Wasser. Sequoia genoss es, darin zu liegen, während Heyoka nur am Wasser schnüffelte und dann wegging. Phantom dagegen sprang mit allen vier Pfoten hinein und spritzte und paddelte so lange, bis kein Wasser mehr in der Wanne war. Was ziemlich genau das war, was ich erwartet hatte. Zumindest schienen alle Spaß daran zu haben.

Eines Tages brachten wir in der Absicht, etwas Neues und Interessantes zu bieten, ein paar Strohballen mit. Ich ahnte, dass Stroh zu viel Durcheinander führen würde, aber das war in Ordnung. Während wir die Ballen einluden, sagte ich zu C.C: „Sequoia wird sich oben auf die Ballen legen, wie es sich für eine Königin gehört. Heyoka wird dranpinkeln und Phantom wird sie zerschreddern." Nur Minuten, nachdem wir die Ballen im Gehege aufgestapelt hatten, passierte genau das.

Bei unseren Hunden war ich immer in der Lage gewesen, ihnen geistige Anregung in Form von gefüllten Kongs oder anderen Futterspielzeugen zu bieten. Aber Sachen zu finden, die von Wölfen nicht sofort zerbissen wurden, war eine Herausforderung. Selbst die schwarzen Kongs – die härtesten – konnten ihren starken Kiefern nicht standhalten. Irgendwann entdeckte ich den Jolly Ball, einen aus extrem hartem Kunststoff hergestellten Ball in der Größe einer Bowlingkugel. Ich bohrte in jeden der drei Bälle drei Löcher, die so groß waren, dass Trockenfutterstücke oder Leckerchen hindurchpassten. Das Füllen der Bälle dauerte eine Zeit. Für den Testlauf benutzte ich extra gutes Trockenfutter mit Lachsgeschmack, das ich als Probe von unserem Zoofachgeschäft bekommen hatte. Es war der Hit! Die Wölfe hatten einen Riesenspaß daran, die Bälle herumzurollen und hinunterzuschlingen, was herausfiel. Mit der Zeit wechselte ich die Leckerchen ab, damit es interessant blieb. Die Wölfe bekamen nie Streit über die Bälle und die Aktivität hielt sie beschäftigt. Es war wirklich eine gute Sache.

Leider war aber nicht alles so erfolgreich oder einfach. Da war zum Beispiel die Frage der medizinischen Versorgung. Zwar war die Tierärztin, die auch alle Wölfe der Station versorgte, gerne bereit, auch unsere zu behandeln, aber leider war es nicht so einfach, sie zu ihr zu schaffen. Von der Nervenprobe mit Heyoka haben Sie ja schon gelesen. Ich konnte auch keinen Tierarzt finden, der zu uns herausgekommen wäre, und so konnten auch kleinere Wehwehchen zu einer Herausforderung werden. Das Verabreichen von Tabletten ging noch, denn ich konnte sie in Wurst packen und die Wölfe schlangen sie einfach herunter. Aber in einem Sommer bekamen wir ein großes Problem mit Fliegen. Egal wie penibel ich darauf achtete, das Gehege sauber zu halten, hatten die Fliegen anscheinend beschlossen, es zu ihrem Sommerquartier zu machen. Sequoia schien das nichts auszumachen, aber Phantoms Ohren zeigten die ersten Fliegenbisse und die von Heyoka wurden richtig schlimm. Ich wusste, dass es schwierig werden würde, das zähe, rosafarbene Anti-Fliegen-Mittel auf Phantoms Ohren zu bekommen und bei Heyoka so gut wie unmöglich. Die Wölfe wurden schon argwöhnisch, wenn ich auch nur mit der Dose das Gehege betrat.

Zuerst versteckte ich das kleine Döschen im BH unter meinem T-Shirt und betrat das Gehege so normal wie möglich. Dann setzte ich mich auf den Boden und streichelte Phantom ruhig im Gesicht und an den Seiten. Sobald er den tiefen Seufzer machte, der mir sagte, dass er sich entspannte, rieb ich heimlich etwas von dem Fliegenmittel an meine Finger und streifte es an seinen Ohren ab. Natürlich wusste er nach der ersten Berührung, dass hier etwas vor sich ging und nach der zweiten war er auf den Beinen – aber zumindest für dieses Mal hatte es funktioniert. Bei Heyoka musste ich kreativer werden, weil ich ihn überhaupt nicht streicheln konnte. Es gab einen großen Baumstumpf, den wir einmal als Teil unseres Unterhaltungsprogramms ins Gehege gebracht hatten. Ich sprühte oder rieb hin und wieder verschiedene Gerüche darauf, damit die Wölfe daran schnuppern oder sich daran reiben konnten. Also bestrich ich den Stumpf an zwei Stellen mit der dicken, rosafarbenen Paste. Und wer hätte das gedacht – sie rieben sich daran! Die Paste erreichte ihr Ziel, die Wolfsohren ... und auch ihre Gesichter und Körper. Zwar versicherte ich ihnen, dass sie immer noch aussähen wie die königlichen Wölfe, die sie nun einmal seien, aber die Wahrheit war, dass sie mit ihren rosa Punkten übersät total albern wirkten.

Eine weitere Sache, in der ich kreativ werden musste, war, ihr Geheul zu kontrollieren. Ich erwartete ja gar nicht, dass sie nie heulten. Vielmehr war es sogar eine meiner größten Freuden, einen melodischen Willkommenschor zu hören, wenn ich den Hügel zu unserem Haus hochfuhr. Sequoia war diejenige, die begann und die Jungs stimmten ein, wobei sie es immer schafften, schöne Klangharmonien zu erzeugen. Aber diese gefühlvollen Sonaten wurden nicht nur vorgetragen, wenn ich nach Hause kam. Die Wölfe heulten auch als Antwort auf Sirenen oder auf die Kojoten in den Hügeln hinter unserem Haus. Was ja auch tagsüber kein Problem war, um vier Uhr morgens aber definitiv schon. Und dass unsere Nachbarn die Veterinärbehörde anriefen war das Letzte, das ich wollte.

Das Gehege war unten am Hügel ein ganzes Stück vom Haus entfernt und „Ruhe!" zu rufen hätte nichts genutzt. Ich kaufte eine hochwertige Antibell-Apparatur mit Ultraschall, die auf Geräusch hin auslöste und dann einen hohen Ton ausstieß, der nur für Wolfsohren zu hören war. Das funktionierte eine ganze Weile lang, bis der Kasten in einem schlimmen Gewitterregen beschädigt wurde. Bis Ersatz da war, musste ich mir etwas anderes einfallen lassen. Ich erinnerte mich, dass die Wölfe, als sie bei uns eingezogen waren, immer Angst vor C.C.s Laubbläser gehabt hatten. Er hatte ihn daraufhin nicht mehr benutzt und er stand schon seit Monaten im Schuppen. Ich hatte eine Idee. Ich erzählte sie C.C., der sich zum Helfen bereit erklärte – wenn er mich auch fast so zweifelnd ansah wie damals, als ich ein Herz auf unserem Herd kochte.

Wir hängten den Laubbläser mit einer starken Kette direkt vor dem Wolfsgehege auf und rollten eine sehr lange Kabeltrommel den Hügel bis zu unserem Haus hinauf ab. Das Kabel lief durch ein kleines Loch, das wir ins Fliegengitter am Fenster gemacht hatten, in unser Schlafzimmer bis zu einer Steckdosenleiste, die ich neben mein Bett stellte. Wenn der Schalter am Laubbläser auf „Ein" stand, erwachte er röhrend zum Leben, sobald ich oben den Stecker einsteckte. In jenen ersten Nächten schlief ich unruhiger als sonst, weil ich immer darauf wartete, ob die Wölfe heulten. Was sie natürlich nicht taten. Aber in der vierten Nacht hörte ich Heyoka heulen, Sequoia einstimmen und dann Phantoms tiefes, kummervolles Heulen. Ich steckte ein. Der Laubbläser ließ ein lautes, dröhnendes Brummen hören. Das Heulen stoppte sofort. Ich war ziemlich zufrieden mit mir – zumindest etwa eine Woche lang. So lange dauerte es, bis die Wölfe sich an das Geräusch gewöhnt hatten und es zu ignorieren begannen. Zum Glück kam der neue Anti-Bell-Kasten kurze Zeit später mit der Post.

In anderen Bereichen hatte ich mehr Glück. Ich hatte intensives Anfass-Training mit Phantom gemacht und wir machten Fortschritte, ihn an die Box zu gewöhnen. An einer Sache musste ich allerdings noch arbeiten: Phantom schubste und rempelte mich praktisch jedes Mal an, wenn ich das Gehege zum Füttern betrat. Wenn ich mit meinem Eimer Hähnchenrücken hereinkam, hielten Sequoia und Heyoka sich im Hintergrund und warteten, bis ich ihnen ihre Stücke hinwarf. Phantom dagegen hatte keinerlei Selbstkontrolle. Ich kam noch nicht einmal dazu, das Tor hinter mir zu verriegeln, da kam er schon angeschossen und stürzte sich auf mich. Er zwängte mit Gewalt seinen Kopf in den Eimer und drängte mich dabei zurück. Das war definitiv nicht in Ordnung. Ich musste ihm beibringen, dass er zurückweichen musste. Hunden bringe ich das bei, indem ich sie zwischen ein Sofa und einen Wohnzimmertisch manövriere und so einen engen Korridor schaffe, um dann ihre Individualdistanz zu unterschreiten. Im Gehege gab es diese Möglichkeit nicht. Ich wusste aber, dass Phantom immer ein bisschen Angst bekam, wenn ich meine Arme hob. Also begann ich, beim Hereinkommen beide Arme hochzunehmen. Dabei hielt ich den Eimer in der einen Hand und machte mit der anderen schnelle Bewegungen nach vorn, während ich auf Phantom zuging und „Zurück!" sagte. Es funktionierte. Schon bald konnte ich „zurück" sagen, ohne dass ich die Arme hochnehmen musste und er ging trotzdem zurück. Ich gab Phantom sein Hähnchen immer noch als erstem, machte es aber zur Gewohnheit, dass jeder Wolf in einer anderen Ecke des Geheges gefüttert wurde, was zum Erhalt des Friedens beitrug.

Natürlich war Futter für alle drei wichtig, aber noch mehr geschätzt waren die rohen Rindermarkknochen, die sie zwei Mal pro Woche bekamen. Die Wölfe liebten sie. Von allen Kauartikeln waren die Markknochen die einzigen, die länger als eine

Viertelstunde hielten. Es gab zwar nie Streit um die Knochen, aber Sequoia hatte definitiv eine bestimmte Meinung zu in der Nähe befindlichen Menschen, sobald sie einen davon besaß. Diese Meinung lässt sich leicht in einem Wort zusammenfassen: „Meiner!" Ich hätte nie versucht, einem von ihnen einen Knochen wegzunehmen (warum sollte ich ihnen beibringen, dass es schlecht ist, wenn sich Menschen ihren Sachen nähern?), aber ich musste mich auch gefahrlos im Gehege aufhalten können, wenn Sequoia einen Knochen hatte. Ich hatte keine Lust darauf, beim Kotschaufeln unbeabsichtigt in die Nähe eines Knochens zu kommen und gebissen zu werden. Bei einem Hund hätte ich jetzt einen Trainingsplan gegen Ressourcenverteidigung aufgestellt und befolgt. Aber auch hier war bei den Wölfen wieder einmal alles anders. Letzten Endes beschloss ich, Sequoia einfach über die Zeit lernen zu lassen, dass ich keine Bedrohung darstellte und nie auf die Idee kommen würde, ihren Knochen wegzunehmen. Dazu begann ich, mich in einer Entfernung, die für sie in Ordnung zu sein schien, einfach hinzusetzen, während sie am Knochen kaute. Anfangs war sie sehr argwöhnisch und behielt sowohl mich als auch den Knochen ständig im Auge, aber mit der Zeit lernte sie, mir zu vertrauen. Am Ende konnte ich direkt neben ihr sitzen und ihren Rücken streicheln, während sie fröhlich vor sich hin am Knochen nagte.

Wie jeder Leser meiner Bücher über Wolfshunde weiß, empfehle ich niemandem, loszuziehen und sich einen Wolf als Haustier anzuschaffen. Meine kamen aufgrund einer unglücklichen, schon bestehenden Situation zu mir und ich tat das Beste für sie, das ich konnte. Bei Sequoia und Phantom hatte ich immer das Gefühl gehabt, dass sie mit ihrem Leben hier glücklich waren. Aber Heyoka, die alte, sensible Seele, tat mir immer leid. Er war die Verkörperung des weisen „Alpha". Er konnte Phantom mit dem kleinsten Anheben einer Lefze und einem bedeutungsvollen Blick dazu bringen, sich auf den Rücken zu rollen und zu unterwerfen. Heyoka besaß eine ruhige, bedachte Art und eine stille, kraftvolle Energie. Egal wie gut ich alle drei auch behandelte, wie viel gutes Futter, geistige Anregung und Zuneigung ich ihnen auch bot, hatte ich doch immer das Gefühl, dass er angesichts seines Schicksals resigniert hatte. Natürlich spielte er und genoss schöne Momente und hatte die Gesellschaft der anderen Wölfe und von mir. Aber es fühlte sich trotzdem so schrecklich falsch an, dass er irgendwo anders sein sollte als frei in der Wildnis. Zumindest hatten wir unsere besonderen gemeinsamen Momente und ich freute mich immer, wenn ich ihm mit seiner Erlaubnis Zuneigung schenken durfte.

Sequoias einzige Beschwerde bestand darin, nicht genug gestreichelt zu werden. Wenn ich an schneidend kalten Wintertagen die Treppen zum Gehege herunterkam, sah ich sie vom halben Weg aus schon oft im Kreis herumwirbeln und aufgeregt „Ruuu! Ruuu!" machen. Irgendwann fing ich an, sie „Mein Ruu-Mädchen" zu nennen. Wenn ich dann ins Gehege kam, rannte sie mit wild wedelnder Rute auf mich zu. Ich hockte mich hin, sie eilte in meine Arme und legte ihren Kopf auf meine Schulter. Ich umarmte sie und wir beide genossen das innige Knuddeln. Viele Caniden, egal ob Hund oder Wolf, mögen es überhaupt nicht, umarmt zu werden, aber Sequoia liebte es sehr.

Etwas, das ich wirklich gerne mochte, war, jeden Tag Zeit mit meinen drei wölfischen Fellkindern zu verbringen. Die Energie von Wölfen hat etwas absolut Einzigartiges. Einmal wurde ich für die Radiosendung „All Things Considered" interviewt und gefragt, worin denn der Unterschied bestünde, mit Hunden oder mit Wölfen zusammen zu sein. Ein Teil meiner Antwort war, dass die Energie von Hunden immer irgendwie zerstreut ist: Sie sind immer überall gleichzeitig, springen einen fröhlich an oder hängen mit geöffnetem Maul und heraushängender Zunge mit einem herum. Die Energie eines Wolfs ist viel konzentrierter. Sie hat eine unglaubliche und friedvolle Intensität, eine ruhige, direkt unter der Oberfläche ruhende Stärke, die wirklich spirituell ist. Man sagt, dass die Augen eines Wolfs einem in die Seele blicken können. Ich kann verstehen, warum. Trotz aller Probleme des Alltags vermittelte es mir immer ein tief empfundenes Gefühl des Friedens, einfach nur Zeit mit ihnen im Gehege zu verbringen. Es war wie Meditation ... mit Bauchkraulen.

Wo wir gerade von dieser laserscharfen Konzentration sprechen: Als die Wölfe damals bei uns einzogen, ereignete sich ein seltsames Phänomen. Ich wachte öfter morgens plötzlich mit dem Gefühl auf, dass mich gerade jemand angeschaut hätte. Nachdem das ein paar Tage hintereinander passiert war, sah ich nach dem Aufwachen aus dem Fenster, das aufs Wolfsgehege hinunterblickte. Von wo aus mich drei schräge Augenpaare anschauten. Die Wölfe standen in einer Reihe nebeneinander und starrten intensiv auf das Schlafzimmerfenster. Ich denke, dass wir eine ziemlich starke energetische Verbindung hatten, denn alles, was sie taten, zeigte Wirkung! Das passierte Morgen für Morgen, bis ich irgendwann beschloss, das Verhalten zu ignorieren und die Wölfe nicht mehr für ihre Bemühungen zu belohnen. Es funktionierte.

Oft fragen Menschen, wie alt Wölfe denn in Gefangenschaft würden. Unsere wurden dreizehn. Die Jungs waren zehn Jahre lang bei uns, und Sequoia, die drei Jahre älter war, sieben. Sequoia ging als erste, die Jungs zwei Jahre später im Abstand von sechs Monaten. Phantom starb nur kurze drei Wochen nach Mojos Tod. Ich brauchte sehr lange, um nicht mehr jedes Mal automatisch zum Wolfsgehege zu schauen, wenn ich zu unserem Haus hinauffuhr. Ich vermisse ihr Heulen immer noch. Wenn ich eines Tages auch über die Regenbogenbrücke gehe, hoffe ich, diesen wunderschönen Willkommenschor noch einmal zu hören – zusammen mit den fröhlichen Begrüßungen all der Hunde und Wölfe, die ich je gekannt und geliebt habe.